# NO DORMIRÀS

ORIOL CANALS

# NO DORMIRÀS

ROSA
DELS
VENTS

Paper certificat pel Forest Stewardship Council®

MIXT
Paper | Donant suport
a la silvicultura responsable
FSC® C117695
FSC
www.fsc.org

Penguin
Random House
Grupo Editorial

Primera edició: setembre del 2024
Cuarta reimpressió: diciembre del 2024


Travessera de Gràcia, 47-49. 08021 Barcelona



*Printed in Spain* – Imprès a Espanya

ISBN: 978-84-19756-46-6
Dipòsit legal: B-10.380-2024

Compost a La Nueva Edimac, S. L.

Imprès a Romanyà Valls, S. A.
Capellades (Barcelona)

VT 5 6 4 6 6

*A la Maria, la millor iaia del món*

# Primera part

**Nessun dorma!**
Nessun dorma!
Tu pure, o principessa
Nella tua fredda stanza
Guardi le stelle
Che tremano d'amore e di speranza!
Ma il mio mistero è chiuso in me
Il nome mio nessun saprà!
No, no, sulla tua bocca lo dirò
Quando la luce splenderà!
Ed il mio bacio scioglierà
Il silenzio che ti fa mia!
Il nome suo nessun saprà
E noi dovrem, ahimè! morir! morir!
Dilegua, o notte!
Tramontate, stelle!
Tramontate, stelle!
All'alba vincerò!
Vincerò!
Vincerò!

# 1

El Víctor Alemany va posar-se un rellotge Patek Philippe al canell esquerre i un Blancpain al dret. Després, el corbatí. Va pentinar el moble bar amb la mirada i va triar el Dalmore Oculus per servir-se'n un got sense mirar prim. D'un glop, i amb la corresponent ganyota, va empassar-se el whisky gola avall.

L'hora a tots dos rellotges, perfectament sincronitzats, marcava les 21.25. El temps just. Va remenar dins la butxaca fins a treure un gram de cocaïna. Sobre del piano del camerino, va preparar una generosa ratlla que va esnifar amb avidesa. Després del pessigolleig nas amunt i de passejar-se la llengua per les dents, ara sí, estava preparat per dirigir l'espectacle *Viatge al cor d'Europa* amb l'Orquestra Filharmònica de Barcelona al Palau de la Música Catalana.

Entre bastidors, va cercar amb els ulls el Leo Duart, que, de seguida, s'hi va acostar mentre negava amb el cap.

—Ja l'has buscat bé?

—Per tot arreu. Què fotem?

La cocaïna el feia anar a força revolucions més del compte. El feia sentir amb més energia i estar més alerta. Li accelerava la concentració, la presa de decisions, les sensacions visuals i auditives. També l'agressivitat i l'ansietat. I, segons com, la paranoia. Però tot el que era nociu, com a bon dependent, pensava que no el concernia.

—Que el substitueixi el nano.

El Leo Duart va donar l'ordre al nano, que, a correcuita, va enfilar cap al camerino a mudar-se amb el frac, que li donava un aire de camperol endiumenjat. Les timbales no eren pas la seva especialitat, però amb el Toni Guasch desaparegut, les dues mil entrades esgotades i les autoritats més importants del país a la llotja, ves quin remei, oi?

Aquell era el primer d'un seguit de concerts que portarien el Víctor Alemany arreu del món i que el consagrarien com el gran mestre contemporani. L'únic català que havia dirigit el concert de Cap d'Any a Viena, Cavaller de l'Orde de les Arts i les Lletres de França, Creu de Sant Jordi i un fotimer de condecoracions més. *The New York Times* deia d'ell que era l'home que havia rejovenit la música clàssica. Una de les noves icones globals del país. Per què, si no, la llotja estava plena d'autoritats?

Cap d'aquelles persones es volia perdre el primer concert en què el mestre agafava la batuta sota un dels símbols de Barcelona: la lluerna de vidre situada a la gran obertura rectangular del sostre del Palau de la Música Catalana. La part central, en forma de cúpula invertida, era un sol de vidres daurats rodejat d'un cel de vidres blaus. L'inigualable efecte lumínic de la claraboia era mundialment famós i admirat.

Quan el Víctor Alemany va trepitjar l'imponent escenari del Palau de la Música Catalana, la cinquantena de músics de l'orquestra i els espectadors van regalar-li una generosa ovació. El mestre, agraït, va correspondre'ls amb una reverència des del faristol. Mirant el públic, va tocar-se el cor amb el palmell de la mà, va aclucar els ulls i va inspirar, profundament, el dolç perfum de la vanitat. Amb l'ego tocant el cel, va girar-se cap a l'orquestra i, batuta en mà, un, dos, un-dos-tres, va començar el concert.

Verdi, Strauss i Wagner. El mestre desplegava la seva màgia tot bressolant la batuta a l'aire, i l'orquestra responia. El Jaume Muntaner, primer violí, i el Samuel Ros, clarinetista, tocaven com els àngels. Fins i tot el nano debutava amb nota. Tot brodat.

Amb el concert avançat, arribava el torn per a la lírica. El Víctor Alemany va presentar el tenor Marc Pombo i, després, la soprano Nàdia Abad, a qui va dedicar una pomposa genuflexió. Si era per la seva bellesa o pel seu talent, només ho sabia ell. Ambdues coses les tenia.

Després de les interpretacions de la Nàdia Abad de «Vissi d'arte», de *Tosca*, i «Sempre libera», de *La traviata*, el director va agitar la batuta i les notes de «Nessun dorma», de *Turandot*, van començar a sonar per a deliri del públic barceloní. Des de la boca escènica, la veu aguda del Marc Pombo omplia la sala simfònica amb un timbre clar alhora que brillant.

*Tramontate, stelle!*
*All'alba vincerò!*
*Vincerò!*
*Vinceeeeeeeeeeròòòòòòòòò!*

De sobte, un terrabastall va canviar-ho tot.

Una visió infernal.

Una esgarrifança a l'espinada.

Una sensació d'aquelles que no s'oblida mai.

La preciosa lluerna modernista que presidia el Palau de la Música Catalana va esclatar en mil bocins. Una pluja de minúsculs vidres de colors va regar la platea i, darrere seu, a plom, va caure un home penjat amb una soga al coll. L'explosió va provocar un instant de silenci. Després, va arribar el caos.

# 2

Tot sovint, la foscor empara allò que està prohibit. Aquell cop no seria diferent, però la foscor anava acompanyada, això sí, d'una dolça brisa que li acaronava el rostre. Amb lluna plena i sense vent ni gaire onatge, feia una nit agradable per navegar. Amb les mans al timó, va inspirar fort per omplir-se els pulmons de la intensa olor de mar, i va deixar anar l'aire a poc a poc.

Després de matar la cigarreta, i pinçant-la amb l'índex i el polze, va llençar-la a l'aigua que colpejava el buc amb timidesa.

A l'horitzó va distingir una llanxa: blanca, amb cabina, no gaire gran. Si fa no fa, devia ser com la seva. Ell, que a l'aigua havia guanyat tantes curses en les quals s'havia jugat el coll, sabia distingir un bòlid com aquell d'una hora lluny. Només els rucs s'empassen allò que de nit tots els gats són negres.

El moment havia arribat. No podia perdre la concentració ni mig segon o tot se'n podia anar ben ràpid pel pedregar, cosa que significaria vint anys a la garjola, en el millor dels casos. En el pitjor, la mort. I anar-se'n a l'altre barri, ara mateix, doncs no li venia gaire de gust, la veritat. A més, de ben segur que el facturarien de pet a l'infern sense dret a devolució. Que cadascú se sap les seves coses.

L'altra llanxa va anar disminuint la velocitat fins a aturar-se paral·lela a la seva en un vaivé compassat amb l'onatge tranquil de la nit. Del comandament, un armari alt com un sant Pau, finalment, va fer-se viu quan va trencar la calma del mar.

—Q!

Sense necessitat de res més, va fer volar un farcell d'una embarcació a l'altra que el Q va caçar al vol. Amb un moviment àgil, va obrir una navalla de tipus papallona i va enfonsar-la dins. Afilada com estava, perforar les capes de cinta aïllant va ser bufar i fer ampolles. La punta metàl·lica en va sortir emblanquinada. Va acostar-se-la al nas i va inspirar amb força. L'olor de química maridava amb el salnitre que flotava a l'aire. Una barreja estranya. Va passejar la llengua pel paladar i per les dents. Un sommelier del que és prohibit, per dir-ho d'alguna manera.

—Endavant!

De llanxa a llanxa van començar a volar una gran quantitat de farcells. Dos goril·les els enviaven i uns altres dos els entomaven. Amb la feina feta, ni un trist «passi-ho bé». La gent de l'ofici no en gastava pas, de cortesia. Cadascú va guillar per la seva banda i va deixar una llarga estela d'escuma de mar al darrere. Fins a la propera. O fins mai més, segons com.

Amb dos-cents quilos més de pes, la llanxa del narcotraficant va seguir el trajecte pel litoral de Barcelona en direcció nord. Al fons, la Torre Agbar, la Sagrada Família, el Port Olímpic. Tot ben il·luminat i bonic. Aliè a les malifetes perpetrades mar endins.

Va navegar amb la llanxa fins a la platja de les Tres Xemeneies, davant de la central tèrmica de Sant Adrià de Besòs, avui desmantellada. Calia descarregar la cocaïna i, d'allà, cap al laboratori per tallar-la. Del vuitanta per cent de puresa amb què arribava de Colòmbia, sortiria al carrer amb menys d'un vint. Allargar-la era allargar els beneficis. Dissolvent, laxant, analgèsics, cafeïna, piracetam, guix, sosa càustica... Qualsevol porqueria servia. El que menys porta una ratlla de cocaïna és precisament això, cocaïna.

A la falda de les fantasmagòriques xemeneies, la llanxa va acostar-se a la riba de la platja fins que el buc va tocar terra. El calçat esportiu del Q va quedar xop en posar els peus allà on morien les onades. L'aigua era gelada, un calfred a les cames en va ser la conseqüència. El Q va avançar uns metres fins a la sorra. A cada passa, semblava que s'esmicolessin galetes sota els seus peus.

Ja fora de l'aigua, i amb els peus arrebossats de sorra, va aixecar la vista cap als tres cilindres gegants de formigó. Des d'allà sota t'aclaparen: setanta-dos metres d'alçària són molts. Et fan sentir un napbuf. La soledat en què es trobava immers aquell mastodont decadent deixat de la mà de Déu era tenebrosa. El temps, allà, s'havia aturat i hi havia deixat de testimoni el vestigi d'un passat energètic.

De l'obscuritat en van sortir els dos homes. Dues roques amb cames, però submisos com xaiets davant del Q. Sense dir ni ase ni bèstia —ja hem dit que el gremi no està gaire per a les formalitats—, van traslladar els farcells de cocaïna a una furgoneta en un tres i no res.

La negror de la nit va ser el teló de fons d'aquella actuació. Un altre cop, allò de la foscor i el que està prohibit.

# 3

Creada per Antoni Rigalt i Blanch, el que un dia va ser la peça modernista més famosa de la història ara era un cràter de vidre cap per avall del qual penjava un home amb una soga al coll.

Una espurna pot desencadenar el caos; de la resta ja se n'encarrega el pànic humà. Una estampida de públic enfollit va córrer cap a la sortida principal de la sala simfònica del Palau de la Música Catalana. La gentada, tota alhora, va provocar un cul d'ampolla que va obstaculitzar la porta. La bandada, que mai atén raons, va envestir tot el que va trobar per davant: ancians, nens, gent amb problemes de mobilitat, ciutadans de bona fe; tots van ser engolits pel tsunami. Atrapats sota els cabestres desbocats. La claustrofòbia els encapsulava i els robava un oxigen que no sabien d'on treure.

L'angoixa, traïdora com ella sola, es contagia amb rapidesa. I va a més. I a més, i a més i a més. No pots respirar, no et pots moure, no pots hiperventilar per la insuportable pressió que sents al pit: la pressió psicològica, perquè veus el final de la vida a tocar, i la pressió física, perquè hi ha uns salvatges que et foten, literalment, el peu al coll. Si esperes un bri d'humanitat en certes situacions és que ets molt més ingenu del que tu mateix creies. Quan el pànic posseeix l'ésser humà, la raó ja pot dir missa, que no té veu ni vot.

Des de la seva posició privilegiada, els preciosos cavalls alats de guix, l'escultura de Beethoven i les valquíries de Wagner veien com la histèria s'havia apoderat de la sala simfònica. Els espectadors queien, trepitjaven, empentaven, saltaven els uns sobre els altres mentre intentaven fugir de l'horror. Xiscles, desmais, espectadors amb talls per la pluja de vidres, vestits caríssims ensagnats de dalt a baix. Un caos absolut.

Tant de bo allò fos un malson, però era ben real. Ostres, si ho era. Tot i que la realitat és diferent depenent de l'estatus. A la llotja presidencial, cos a terra, els guardaespatlles van abalançar-se sobre les autoritats: un president, una ministra i una alcaldessa. Un atemptat fa augmentar els vots, però cal sortir-ne viu per poder somriure en el proper cartell electoral. Si no, ja em diràs tu quina gràcia.

L'Alfredo Chacón, cap de seguretat del Palau de la Música Catalana, va saltar sobre la Maribel Verdejo, la directora general. En els seus deu anys al capdavant de la seguretat, el Chacón no havia envaït mai l'espai vital de la seva cap. A uns escassos centímetres d'ella va percebre una fragància fresca al coll i una subtil olor de crema hidratant. De ben segur que ambdues de gamma alta. Tot i l'adrenalina del moment, va permetre's un instant per ruboritzar-se. Cinquantina, guapa, esportista, elegant, empàtica, més llesta que la gana i amb un somriure que quan te n'adonaves ja t'havia guanyat. El dia que es repartien les bondats, a la Maribel Verdejo Déu les hi va concedir totes.

Amb corredisses del públic cap a l'obstaculitzada sortida principal, el Chacón va assenyalar una alternativa per a les autoritats: una porta situada al final del primer amfiteatre de butaques que connectava amb l'edifici d'oficines del Palau. Avantatges del poder i de conèixer la instal·lació millor que el palmell de la mà. Havien d'anar, però, a contracorrent de la marea humana uns escassos trenta metres, que, amb la gent totalment histèrica, no era pas poc.

Així doncs, a obrir-se camí s'ha dit. A cops de colze, a cops de puny, a cops de peu, a cops del que fos. Quan s'entra en pànic, tota jerarquia moral salta pels aires. Ni criatures primer ni hòsties. Tot es redueix a la primera persona del singular, i als altres que els bombin.

Entre crits, empentes i ventallots, els guardaespatlles van aconseguir obrir pas als polítics i arribar al final del passadís del primer pis. Un cop allà, la mà del Chacón —bessons al puny de la camisa, rellotge més aviat clàssic i anell de casat— va acostar una targeta magnètica al lector i una llum vermella va canviar a verda. Porta oberta, dintre i porta tancada.

Les autoritats, els escortes, la Verdejo i el Chacón van baixar a correcuita per les escales interiors de la part d'oficines del Palau de la Música, decorades amb cartells de concerts mítics a les parets: Richard Strauss, Igor Stravinsky, Pau Casals, Montserrat Caballé i Herbert von Karajan.

Qualsevol hauria dit que als polítics els havien llogat un pulmó extra de tant com corrien. De cara a la galeria ja podien dir missa, però l'ensurt no els el treia ni Déu.

Ja a baix, el Chacón, de nou, va situar la mateixa targeta magnètica en un lector. Llum verda i patapam: porta oberta amb sortida directa al carrer.

—Corrin! —els va dir cridant el cap de seguretat.

Els polítics i les seves musculades ombres es van perdre entre la gentada esbojarrada per l'horror que fugia cap a via Laietana. Potser aquella seria l'única vegada en tota la legislatura que es mesclarien entre el populatxo i que tastarien els problemes reals de la gent que tant es posaven a la boca.

La Verdejo i el Chacón van respirar alleugerits. Sabien, però, que era momentani. Els seus problemes tot just acabaven de començar.

# 4

Amb les autoritats ja fora, la Maribel Verdejo i l'Alfredo Chacón havien de tornar a la gola del llop, on un rosari de maldecaps els esperaven amb els braços ben oberts.

—Ves a la sortida principal. Vull tothom fora d'aquí. Jo vaig a l'escenari amb el Dani.

—No la deixaré sola.

—És una ordre, Alfredo.

—Si m'ho permet...

—No. No t'ho permeto. Vull tothom fora.

I quan la directora general es quadrava ja sabies què tocava: callar, abaixar el cap i obeir sense dir ni piu.

En ple sidral, analitzar acuradament una situació d'incertesa no és a l'abast de qualsevol. Mantenir la calma i pensar amb serenor. Fàcil de dir, difícil de fer. T'ataquen per sorpresa, d'acord.

Com?

Quants?

Per on?

Què volen?

Qui ho fa i per què, en realitat, no importa a aquestes alçades de la pel·lícula. Salvar la pell és l'únic objectiu.

En la ment de la Verdejo hi havia una ciutat: Moscou. L'any 2002, presa d'ostatges del Teatre Dubrovka per part de rebels txetxens: seixanta hores de captiveri, vuit-cents cinquanta segrestats, set-cents ferits, cent setanta-tres morts. L'any 2024, atac d'Estat Islàmic al Crocus City Hall: cent trenta-nou morts i el teatre reduït a cendres després de banyar-lo amb benzina i calar-hi foc. Dos atacs que van ser portada a tots els mitjans del món. Dos merders de calibre planetari. Aquella nit, al Palau de la Música Catalana hi havia més del doble de gent que al Dubrovka. Així que tothom fora. Era una ordre.

Mentre enfilava cap a la sortida principal, la del carrer Sant Pere Més Alt, el Chacón va esprintar sobre la moqueta verda del *foyer* —la zona de descans durant els entreactes dels concerts— esquivant taules, cadires tirades per terra, plafons publicitaris bolcats i tot tipus de pertinences que els primers espectadors en fugir havien perdut camí de la sortida. Ceràmiques, vidres, mosaics, escultures, pintures i estucs modernistes van ser testimonis d'una cursa d'obstacles per arribar a la porta principal. Allà, amb l'alè entretallat, el cap de seguretat va presenciar la desoladora imatge de la desbandada.

Corredisses de gent ensangonada per la trencadissa dels vidres de la lluerna.

Una mare que feia voltes sobre si mateixa mentre cridava desesperada el nom de la seva filla. Buscant, per tot arreu, amb l'ànsia de qui perd el que més estima.

Un home arraulit en una cantonada. Totalment bloquejat. Amb el cul a terra i el cap entre els genolls. Senyant-se. Tremolant. Sobrepassat. Rendit a un destí que no havia triat.

Una seixantina, que regalimava sang a doll, va rodolar escales avall. El Chacón va acostar-s'hi, va ajudar-la a aixecar-se i, de bracet, va acompanyar-la al carrer, on les primeres ambulàncies començaven a arribar.

Una explosió, un penjat, ferits; la histèria en forma de crits i nervis no cessava.

Campi qui pugui.

L'equip de seguretat havia fet una bona feina i totes les sortides eren obertes. El Chacón i els seus homes apressaven els espectadors a guillar com més aviat millor.

Vinga, vinga, vinga.

Per la seva banda, la directora general, esbufegant, va arribar entre els bastidors, on va trobar el Daniel Mañaricúa al control de so. El director tècnic, micròfon en mà, emetia un missatge per la megafonia de la sala simfònica.

—Si us plau, romanguin en calma i evacuïn la sala ordenadament. Si us plau, romanguin en calma i evacuïn...

—Dani! —va interrompre la directora general—. Tanca els llums sobre el penjat! No vull fotos!

—Massa tard! A hores d'ara, això ja ho ha vist tot Cristo a les xarxes!

—Fes-ho!

—Que no podem, Maribel! Hauríem de tancar tots els llums de la sala. I com en sortiria la gent? Eh? No pots deixar-los a les fosques. Què vols? Encara més merder?

La Verdejo va mirar-se el Daniel Mañaricúa amb desconcert. Després d'uns breus instants, va fer una ganyota d'impotència. Tenia raó, hòstia. El director tècnic va correspondre amb una mirada condescendent.

Regla d'or de tot càrrec de direcció: rodejar-se de gent que porti la contrària quan calgui i mantenir-se ben lluny de llepaculs que diguin amén a tot.

Des de l'escenari, el mestre Víctor Alemany, sol i més elevat que ningú al costat del faristol, mirava el drama al pati de butaques des d'una posició privilegiada. Aquell no era pas el seu debut somiat al Palau de la Música Catalana. Homes que passaven per sobre de nens, dones que empentaven ancians, gent amb cadira de rodes deixada a l'estacada. El tumult a la sala simfònica era màxim. Una fiblada creixent li burxava l'espinada sense pietat. Va necessitar una bona dosi de voluntat per dominar la por, que venia acompanyada de suor freda i el cor a tota pastilla. De ben segur que la cocaïna que li corria per les venes no hi ajudava. La dantesca imatge del penjat que presidia la nit, tampoc. El veia d'esquena. Inert. De vint-i-un botons. Per què algú havia maquinat tal bogeria?

El Víctor era famós. I ric; en egolatria, però també en diners. Tenia una fortuna coneguda de quaranta milions d'euros. La desconeguda era sota la càlida manta de l'opacitat a les illes Caiman, Bahames i Belice. Millor no saber-ne la procedència. El coco, traïdor com ell sol, no parava de mortificar. De donar pel sac. De fer suposicions a mansalva. I si, i si, i si…

L'ombra del segrest es bastia amb força dins el caparró del mestre. Si volien calés, el voldrien a ell. Si volien donar un escarment, també. Pel passat, pel present, pels secrets, pel mal infligit. De motius, n'hi havia per triar i remenar. Tots igual de menyspreables. Cadascú se sap les seves coses. Puta farlopa.

Per penjar algú en ple concert calia, com a mínim, un parell de coses: un bon pla i tenir-los molt ben posats. En un acte instintiu, va ajupir-se a poc a poc rere el faristol. Empetitint-se davant aquell desgavell de Maria Santíssima; un caos mai vist abans.

Sobre l'escenari, els músics de l'Orquestra Filharmònica de Barcelona s'arremolinaven al fons amb el terror esculpit als rostres. Hi ha situacions en què saps com has de reaccionar, però, simplement, no pots. Amagat rere el tambor, el nano tancava els ulls amb força com la criatura que amaga les pors sota un llençol.

Al peu del gran orgue, atemorits, el Jaume Muntaner, el primer violí, i el Samuel Ros, el clarinet, es miraven l'un a l'altre. Tot esperant que algú agafés les regnes.

Tots dos van veure la soprano, la Nàdia Abad, i el tenor, el Marc Pombo, entre el públic de la platea mentre fugien cap a la sortida.

El primer violí i el clarinet es van tornar a mirar i van assentir alhora. El Jaume, finalment, va entrar d'una revolada darrere els bastidors per la porta lateral de l'escenari. El Samuel el va seguir cames ajudeu-me. Tots dos van tancar-se al camerino i van bloquejar la porta amb taules, cadires i bancs. Atrinxerats.

Passats uns minuts, la sala simfònica s'havia buidat. Els crits van ser substituïts per un murmuri decreixent que va anar agonitzant fins a morir.

La calma, d'allò més postissa, aparentava haver tornat. Va ser aleshores quan el Víctor, agotzonat rere el faristol, va aixecar lentament el cap com si fos un tímid periscopi. El mestre va aconseguir incorporar-se. D'un salt va baixar de l'escenari a la platea. El cor li irradiava potents martellades que li ressonaven per cada racó del cos.

Va començar a caminar pel passadís central amb passes pausades. Com si el terra fos de cristall, com si es pogués esfondrar en qualsevol moment. A poc a poc, avançava per aquell camp de batalla. Hi havia alguna bossa, programes de mà, ulleres, trossos de vidres de colors i un cabàs de pertinences escampades per aquí i per allà. El Víctor va avançar, lent, per la platea fins als peus del penjat. Va alçar la vista i els ulls se li van amarar de terror. Havia reconegut la persona que penjava de la destrossada claraboia modernista. Amb desesper, en va cridar el nom.

# 5

La cantant —afrodescendent, cabell com una escarola i aire *boho chic*— feia un concert acústic per a unes quaranta persones en un terrat del barri Gòtic. Amiga d'una amiga de no-sé-qui. Ben portada podria fer una pila de calés en això de la música, i qui sap si arribar a ser una estrella. No necessitava gaire per lluir: una guitarra, un tamboret, un micròfon, un doll de veu i aquell talent amb què els déus toquen els escollits.

*And so Sally can wait*
*She knows it's too late*
*As we're walking on by*
*Her soul slides away*
*But don't look back in anger*
*I heard you say*
*At least not today*

No miris enrere amb rancúnia. Com a mínim, avui no. Tinguem la festa en pau. Difícil no portar rancúnia a la motxilla amb tot allò viscut. Ni que sigui una miqueta.

Cervesa en mà, la Martina tenia el cap, rapat al zero, recolzat sobre el de la Irene. Nas amb nas, front amb front. Desinhibides, cantaven amb complicitat. Alhora que es feien un petó d'aquells de cine, els assistents a la festa aplaudien el final de la cançó. Encabat, totes dues van unir-se a un grup que xerrava animadament. Batalletes, rialles, tafaneries. Diuen, diuen, diuen. De fons, arrencava una versió acústica de *Born to Run*.

—Te'n vaig a buscar una —va dir la Martina, tot alçant una mitjana.

La Irene, a qui li queia la bava mentre repassava la seva nòvia, va seguir-la amb la mirada mentre agafava una cervesa d'un cubell ple fins a dalt de tot de glaçons i ampolles.

Que bé que pot arribar a posar-se una birra segons amb qui te la prenguis.

La Irene va veure com la Martina treia el mòbil de la butxaca. Després de mirar la pantalla, el seu rostre rialler va esdevenir, de cop, seriós. El que hi veia va fer-li esbatanar els ullassos blaus com dos grans finestrals. Ja havia observat aquell canvi de rictus altres vegades. Mala peça al teler. Passi-ho bé, festa. No pateixis, d'aquí a poques hores seré a casa. Ja la coneixia, aquella cançó. Totes dues sabien que era una mentida, potser pietosa, però una mentida al cap i a la fi.

La Martina va ensorrar el mentó al palmell de la mà. Pensava. Amb la vista fixada en un punt indeterminat d'aquell terrat decorat amb garlandes de llums. El que fos era gros.

La Martina va apartar-se a una banda amb el telèfon enganxat a l'orella. Uns minuts en què va escoltar molt i va parlar poc. Assentia cada dos per tres.

Després de penjar, va fer una darrera consulta al mòbil. Aquell esguard augurava el pitjor. La festa a la merda. Hauria pogut fer la sorda i no respondre. Fet i fet, per un dia, tampoc passaria res; però quina mena de poli seria si no agafava el telèfon? Una bona poli no les feia, aquestes coses.

Amb passes pesades i la cervesa encara freda va acostar-se a la Irene, que l'esperava amb una pregunta de la qual ja sabia la resposta.

—Marxes, oi?

La Martina va assentir amb un pes a l'estómac; el tenia tancat com un puny. La culpabilitat, segurament. La feina era la feina, però la vida era primer; però sense feina no hi havia vida. Si més no per a ella. Les dues coses convivien en perfecta harmonia tot i els sacrificis com el d'aquella nit.

—Hòstia, Martina, és el meu aniversari...

La Martina va tirar d'allò que una imatge val més que mil paraules. El fet cert era que aquell cop era ben veritat. I per una vegada que ho era, doncs va aprofitar-ho. Sense dir res més, va fer una cerca al mòbil, va allargar el braç i va mostrar un compte d'Instagram al qual la Irene va prestar tota la seva atenció.

Del telèfon, en va sortir la potent veu del Marc Pombo que interpretava «Nessun dorma» amb un complet domini de l'escena. De sobte, una explosió, un penjat cau a plom des del vitrall del sostre del Palau de la Música Catalana deixant una estela dc crits de pànic. La Irene, poc avesada a segons quines coses, va badar un pam de boca i després va tapar-se-la amb la mà.

—Hòstia... I ho han filmat?

—Avui dia la gent filma fins i tot quan va a cagar. Ni t'explico si va a un concert del Víctor Alemany.

—Però quin tarat fa una cosa així?

—Precisament això és el que he d'esbrinar.

Un gruny va ser l'única resposta que la Irene va ser capaç d'articular.

—Passa-ho bé mentre enxampo els dolents... Que després ja t'enxamparé jo a tu a casa. Seran només unes hores.

La cantarella de sempre. La Irene va exterioritzar un somriure entremaliat i va lliscar una carícia galta avall de la Martina fins a les arracades d'anella talla XXL que li penjaven de les orelles. Després es va acomiadar amb un petó d'aquells de ves-amb-compte-Déu-ens-guard-que-et-passés-res.

Mentre caminava pels carrers mal il·luminats del Gòtic, la

Martina sentia les seves passes que ressonaven en la nit. Superiors policials, superiors polítics, soroll mediàtic. *True crime* retransmès en directe. Barrinava en el fangar que l'esperava pocs carrers més amunt. Plaça Sant Jaume, carrer del Bisbe, Pont del Bisbe, plaça de la Catedral, via Laietana i Palau de la Música Catalana; l'epicentre del merder. Allà havia quedat amb el seu equip: l'Aran Bosch i el Fede Marín.

Els caporals l'esperaven al peu de *Carmela*, l'escultura del Jaume Plensa just davant del Palau de la Música. El carrer estava inundat de cotxes patrulla i ambulàncies que tenyien la nit amb estroboscòpiques llums blaves de sirena.

—La sergent, puntual com sempre.

—Vinga, Fede, no siguis així. És l'aniversari de la Irene. Deu haver fet un polvet ràpid i deu ser de camí... I tu què? Quin pla tenies aquesta nit?

—He deixat l'Imma sopant a casa amb els meus sogres.

—Uaaau...

—Sí, tu.

—Vaja, que el circ aquest t'ha anat de pebrots.

Un somriure murri del Fede Marín va corroborar la suposició de l'Aran Bosch.

Els dos caporals eren la nit i el dia. L'Aran, amb la trentena acabada d'estrenar, cabells curts, veu asexual, estatura mitjana, vestia sempre roba folgada. Els seus trets corporals externs no tenien un gènere definit. Un dia podia semblar un home, i un altre dia, una dona, sense deixar el més petit dubte. No hi havia millor manera de definir una persona andrògina. Amb una carrera meteòrica dins el cos, recentment havia ascendit de rang.

A la llunyania, els caporals van veure la Martina Roca que s'apropava. La xerrameca s'havia acabat. La sergent va mostrar la placa i un agent del cos dels Mossos d'Esquadra va aixecar el cordó policial. Va acostar-se al peu de *Carmela*, on l'esperaven els dos caporals.

—Què? El dissabte nit a prendre pel sac, no? Vinga, som-hi.

# 6

La Martina Roca, el Fede Marín i l'Aran Bosch van entrar per la porta principal del Palau de la Música Catalana, després de mostrar les plaques, per descomptat.

Al luxós vestíbul, la por ho havia arrasat tot. Hi havia un munt d'objectes per terra que la multitud, presa del pànic, havia deixat enrere en la fugida: bosses, programes de mà, ulleres, jaquetes i un fotimer de patracols més escampats per aquí i per allà. Curiosament, cap telèfon mòbil. Ni així la gent el deixava anar.

Al pas dels investigadors, un infermer cosia la cella d'una dona amb el vestit esquitxat de sang. Seixantina i ben conservada, aguantava cada puntada amb una ganyota de dolor, però sense deixar anar ni un ai per la boca.

Els detectius van deixar enrere la dona i les seves carotes de patiment. Mentre pujaven per la gran escalinata doble que conduïa al primer pis —barana de pedra tallada, grans fanals i sostre de ceràmica ornamentada—, el Fede va posar al dia la Martina.

—El penjat és el Toni Guasch, trenta-set anys, membre de l'Orquestra Filharmònica de Barcelona. Minuts abans de començar el concert l'han trobat a faltar. L'han buscat per tot el recinte, però no l'han trobat. A l'acostar-se l'hora d'inici, han posat un substitut al seu lloc.

—Hi ha més víctimes?

—No, gràcies a Déu. Diverses persones amb talls pels vidres que s'han desprès del sostre a causa de l'explosió i algunes lesions per les aglomeracions, però cap més víctima. Un miracle.

—L'escena està preservada?

—Sí, sergent. La científica ja hi treballa.

El Fede —cabell esclarissat, tap de bassa, indumentària de missa de diumenge— va emmudir en arribar al primer pis, on hi havia la porta d'accés a platea. Els investigadors, de nou, van haver de mostrar la placa a un agent. Ara, per entrar a la sala simfònica.

Ja a dins, amb caminar pausat, van avançar pel passadís de la platea observant cada detall al seu voltant. El rastre del caos era present per tot arreu. Una legió de membres de la policia científica —monos, peücs, guants i mascaretes— feia anar les turundes, el negre de fum, el *bluestar* i una pila més de material amb nom impronunciable per buscar vestigis plausibles d'esdevenir prova.

Endinsats al passadís de la platea, els investigadors s'apropaven al cordó de seguretat col·locat per la científica que preservava l'escena. El silenci era de plom. El terra cruixia sota els peus; els trossets de vidre del que havia estat l'element modernista més conegut del món en tenien la culpa. A cada passa, el cruixit es ramificava per tot el cos, des del taló fins al clatell posant la directa per l'espinada. Una sensació força desagradable. Va burxar encara més quan, ja al bell mig de la sala simfònica, els investigadors van alçar la vista per afrontar una imatge d'aquelles que no s'obliden. El macabre pèndol humà levitava sobre els seus caps. Inert, elegant, amb el cap arquejat, els ulls clucs i la boca esqueixada.

—La mare que em va parir. —La sergent Roca no va ser pas gaire original, però és que si la punxaven no li treien sang.

El Toni Guasch, el penjat, destacava enmig d'aquella meravella arquitectònica. Ni els vitralls multicolors, ni els mosaics de ceràmica vidrada, ni el majestuós grup escultòric de la boca escènica ni l'explosió de llum i de color de la sala li robaven un bri de protagonisme.

—Fede, Aran, reviseu si queda algun espectador a la sala i filieu-lo.

—Tret d'alguns músics que s'han amagat als camerinos i personal del Palau, em temo que no hi trobaran ningú del públic.

La sergent i els caporals van tombar-se i van topar amb el propietari d'aquella veu de nas que acompanyava la Verdejo i el Chacón.

—He cridat al desallotjament de la sala per megafonia.

—Encantada de saludar-lo, senyor M'ha-fotut-enlaire-els-testimonis-per-interrogar.

—No tinc un cognom tan llarg..., però gairebé. Mañaricúa, Daniel Mañaricúa.

—I vostè és...?

—El director tècnic del Palau.

El Mañaricúa va allargar la mà i la sergent Roca va encaixar-la amb una desgana que no va tenir cap mena d'interès a dissimular.

—Martina Roca. Sergent de la Divisió d'Investigació Criminal dels Mossos d'Esquadra.

—Sergent, soc la Maribel Verdejo, directora general del Palau de la Música. Crec que tinc una solució al seu problema.

—A quin d'ells, senyora Verdejo?

—Al dels testimonis.

La sergent, resignada, va encongir les espatlles, acció que la Verdejo va interpretar com a permís per explicar-se.

—La majoria d'entrades per als concerts es venen a través del nostre web. I, per això, els compradors han de deixar-hi les dades.

La Martina va dirigir-se al Mañaricúa tot picant-li l'ullet.

—Ben jugat, la mestressa. Sí, senyor. A un cafè, la convidarà, oi?

La sergent va canviar de to i de registre per dirigir-se a la directora general.

—L'hi compro, senyora Verdejo. Necessitaré la llista d'assistents amb totes les dades que tinguin. També les IP dels mòbils o dels ordinadors de les compres.

La Verdejo va mirar el Chacón, que va assentir. Per no quedar com un estaquirot allà al mig, ves quin remei, va haver de trencar la seva timidesa crònica per presentar-se.

—Soc l'Alfredo Chacón, cap de seguretat. Ho demanarem als informàtics.

—Ja posats, demani també els enregistraments de totes les càmeres de seguretat.

El Chacón va assentir de nou. Per què parlar quan es pot respondre en silenci.

Just en aquell moment, el telèfon de l'Aran va sonar. Era la trucada que esperava. Va fer lliscar l'índex per la pantalla per despenjar mentre s'allunyava alguns metres enllà.

Mentrestant, els de la científica van aixecar el cordó. El caporal, l'Edgar Dalmau, encara vestit amb la granota blanca, va donar via lliure a la Martina perquè els investigadors fessin la inspecció ocular per la platea.

—Tot seu, sergent. Ja hi poden entrar. Nosaltres hem acabat aquí.

—Un festival de vestigis, suposo.

—Ja ho pot ben dir. No sé pas quant trigarem a catalogar-ho tot. Per aquí ha passat una bandada de cavalls salvatges.

L'equip de l'Edgar Dalmau va abandonar la platea en el moment que l'Aran penjava la trucada i parlava a la sergent a cau d'orella amb un fil de veu gairebé imperceptible.

—La comitiva judicial ja és aquí.

—Qui ha vingut?

—El jutge Mir.

—Merda.

# 7

El jutge Primitivo Mir ho tenia tot: homòfob, masclista, classista, i, amb aquests precedents, era fàcil endevinar que també era franquista. Un digne representant de l'ala rància de la judicatura. Per si no n'hi hagués prou, sa senyoria era amic personal del conseller de Justícia. Cul i merda, se'n diria.

Que el Primitivo Mir estigués de guàrdia aquella nit tenia una cosa bona: no portaria la instrucció. Però en comportava una de dolenta: els superiors polítics sabrien tots els ets i uts del cas abans que sortís el sol. I, en conseqüència, hi hauria filtracions interessades als mitjans de comunicació, que això va en cascada. Ja se sap.

El magistrat —clenxinat amb quantitats ingents de gomina— va entrar pel passadís de la platea amb la resta de la comitiva judicial: la Maria del Pino, patòloga forense, la lletrada de l'administració de justícia i dos membres del servei funerari.

—Mi-te'l. Ja tenim aquí el bavós —va xiuxiuejar la Martina Roca.

—El Mir?

—Sí, Aran, sí. El Mir... Un depravat.

—Però si amb aquesta panxa deu fer anys que no se la veu...

Tot i la presència del jutge, la sergent Roca va fer una rebuda a la comitiva judicial que qualsevol persona imparcial hauria homologat com a protocol·lària. Els va explicar les novetats, més enllà de les rebudes en un primer moment per la sala de comandament, i els va conduir fins al bell mig de la platea. Als peus del Toni Guasch, el jutge, la forense, la lletrada de l'administració de justícia i els del servei funerari van contemplar l'escena a cavall entre la incredulitat i l'horror. Com una ment podia arribar a ser tan retorçada per barrinar una cosa així?

—Quan m'ho han dit, no m'ho podia creure.

—Doncs cregui-s'ho, senyoria. Aquí ho té —va respondre la sergent.

El jutge Mir va tombar-se cap a la Martina i, maleït instint animal, va plantar-li els ulls a la pitrera. La sergent, que amb els anys havia decidit que ja no es tallava ni mig pèl, va ajupir-se perquè la seva mirada topés amb la del magistrat.

Tinc els ulls a la cara, no als mugrons, semblava voler dir.

El Primitivo Mir, enrojolat, va retirar l'esguard, que va anar a petar als ulls de l'Aran, que havia presenciat l'escena amb un somriure murri.

—I vostè és...?

—Caporal Aran Bosch, senyoria.

Amb impunitat total, el Primitivo Mir va repassar l'Aran de dalt a baix intentant endevinar amb què estava parlant.

—Aran... és nom d'home o de dona?

—És de persona, senyoria.

L'Aran tampoc es tallava.

Dos clatellots en mig minut potser era massa per a un home acostumat a les reverències. Mentre el jutge Mir feia honor a la seva fama, la patòloga forense, la Maria del Pino, havia centrat tota l'atenció en el Toni Guasch en un perfecte pla contrapicat. Finalment, un espetec de dits imaginari va activar-la i la dona va verbalitzar una obvietat.

—Sergent, hauríem de despenjar-lo. Com procedim?

«Doncs bona pregunta», va murmurar per a si mateixa la

Martina. Tenia una llarga experiència a aixecar cadàvers, però amb un home penjat al mig d'una sala simfònica no s'hi havia trobat mai abans.

—Si m'ho permet, sergent... —El Daniel Mañaricúa, el simpàtic.

La sergent va mirar-se'l com a una mosca collonera d'aquelles que ve de gust esclafar. Començava a estar-ne fins al capdamunt. Tot i així, va fer que sí, a veure què coi deia.

—Suggereixo que pugin a la sisena planta, a la zona d'oficines. És la que queda just per sobre de la sala simfònica. Des d'allà s'accedeix a l'altra banda de la lluerna, la que no es veu des de la platea. Lliguin una corda a la corda del penjat i podran baixar-lo aquí. Amb les obres de manteniment del sostre, l'estiu passat vam haver de fer una cosa similar. Des de la sisena podran operar bé.

—Caram, gràcies. Li trec el negatiu per l'evacuació dels espectadors. —Al capdavall, potser no només era un torracollons.

—Espero aprovar l'examen final.

—No poden tocar el cos. Sota cap concepte —va advertir la Maria del Pino com a patòloga forense.

—No pateixi —va replicar el Mañaricúa—. Si ho fan com els dic, el cos no el tocarà ningú.

—Qui hi té accés? —va preguntar la sergent.

—Jo tinc accés a tot arreu dins el Palau —va intervenir el Chacón—. Si vol, podem acompanyar-los i indicar-los com ho poden fer.

—Molt bé. Però primer ha de pujar-hi la científica. Quan ells acabin, serà el nostre torn. No deu voler que contaminem l'escena, oi?

Dit i fet, el Chacón va acompanyar el caporal Edgar Dalmau i l'equip de la científica amb tots els seus patracols fins a la sisena planta.

Després d'un dring, les portes de l'ascensor van obrir-se. Els de la unitat científica van sortir de l'ascensor i, darrere d'ells, el Chacón. Al replà de la sisena planta, l'Edgar Dalmau va aturar-se davant del cap de seguretat amb el braç estès cap endavant.

—Vostè no.

—Com diu?

—Que vostè no hi entra, aquí.

—Però si no els he indicat on és...

—Som a la sisena, oi? Doncs no pateixi, que ja ho trobarem.

—Però soc company, jo. Soc expolicia.

—Vostè ho ha dit, ex.

Amb l'índex ben ferm, el caporal Dalmau va assenyalar la porta de l'ascensor. Una clara invitació. Fo-ra.

—Ja m'ha sentit. No vull que em contamini l'escena.

—Si treballo aquí... Les meves empremtes ja són per tot arreu.

—Té por que trobem alguna cosa?

Mesurades les forces, el Chacón va assumir que tenia les de perdre i que aquella conversa només podia empitjorar les coses. El mosso no cediria ni un pam. El cap de seguretat va fer mitja volta i va entrar a l'ascensor per baixar de nou a la platea.

L'Edgar Dalmau, al replà de la sisena planta, i el Chacón, dins de l'ascensor, van aguantar-se la mirada fins que les portes van tancar-se.

# 8

La sala d'assaig de l'Orfeó Català va ser el lloc escollit pels Mossos d'Esquadra per interrogar in situ els membres de l'Orquestra Filharmònica de Barcelona. Un espai íntim i acollidor, pensat per a concerts de petit format o assaig de cors. Quatre grans columnes ornamentades, vitralls i decoració típica del modernisme català vestien aquella petita joia on, un dia de Sant Jordi del 1905, va posar-se la primera pedra del temple creat per Lluís Domènech i Montaner.

Al bell mig, abraçats per un arc semicircular de butaques vermelles vellutades, l'equip d'investigadors va improvisar els interrogatoris. Mentre duressin, cada un dels testimonis estaria aïllat per no contaminar les declaracions dels altres. Sota aquelles circumstàncies, potser era ser més papista que el papa; perfectament havien pogut parlar abans, durant i, fins i tot, després del caos, però ni que fos per allò de les formes, els investigadors van seguir el protocol. La dona del Cèsar no tan sols ha de ser honesta, sinó que, a més, ha de semblar-ho.

La sergent Roca, flanquejada pels caporals Marín i Bosch, va dirigir els interrogatoris en què, l'un rere l'altre, els testimonis de l'OFB anaven prestant declaració. L'informe que van redactar els investigadors explicava la cronologia dels fets següent:

Leo Duart (cap de comunicació de l'OFB):

«Abans dels concerts, sempre faig fotos al *backstage*. Ja sap, per a les xarxes socials. No trobava el Toni i ho he comentat al Víctor».

Víctor Alemany (director de l'OFB):

«Quan m'ho ha dit el Leo, el nostre cap de comunicació, ens hem posat a buscar-lo per tot arreu».

Leo Duart (cap de comunicació de l'OFB):

«Passadissos, camerinos, sales...».

Jaume Muntaner (músic de l'OFB):

«Hi havia moviment. He vist el Leo i el Víctor molt nerviosos».

Leo Duart (cap de comunicació de l'OFB):

«L'he buscat per tot arreu, fins i tot per la platea. Però res».

Víctor Alemany (director de l'OFB):

«Aleshores he decidit substituir-lo».

Aurora Molina (gerent de l'OFB):

«Què podíem fer? La sala plena, totes les entrades venudes, les autoritats a la llotja, els patrocinadors...».

Samuel Ros (músic de l'OFB):

«El Toni? Un comportament estrany? No. En absolut».

Leo Duart (cap de comunicació de l'OFB)

«No».

Jaume Muntaner (músic de l'OFB):

«No».

Víctor Alemany (director de l'OFB):

«No».

Aurora Molina (gerent de l'OFB):
«Ha estat la mar de normal, tots aquests dies». *(La testimoni nega amb el cap).*

Leo Duart (cap de comunicació de l'OFB):
«No sé de cap fet que pugui haver provocat això».

Jaume Muntaner (músic de l'OFB):
«Ni idea». *(El testimoni s'encongeix d'espatlles).*

Víctor Alemany (director de l'OFB):
«Ho desconec, la veritat».

Aurora Molina (gerent de l'OFB):
«No sé qui ho ha pogut fer».

Samuel Ros (músic de l'OFB):
«Enemics? El Toni? Si era un tros de pa...».

Víctor Alemany (director de l'OFB)
«Ho saben, la mare i la filla?».

Leo Duart (cap de comunicació de l'OFB):
«És impossible que algú volgués fer mal al Toni».

Tots ells, de manera fingida o no, estaven commoguts pel succés. La pregunta era obligada: algú d'ells mentia?

# 9

La façana principal del Palau de la Música Catalana estava ornamentada amb escultures que feien al·lusió a la música i a elements, tant arquitectònics com decoratius, d'estil modernista. En un d'ells, a la balconada de la sala Lluís Millet —just sota els bustos de Palestrina, Bach, Beethoven i Wagner—, l'Aurora Molina, la gerent de l'OFB, remenava un Nokia 8210, una relíquia difícil de rastrejar. Ella, prudent, no era amant dels telèfons intel·ligents per a segons quins menesters. D'aquells que geolocalitzaven, guardaven historials de cerca i suggerien publicitat de laxants si deies en veu alta que anaves restreta. No estava el panorama per facilitar les coses a l'enemic. Així doncs, un Nokia clandestí per a algunes coses i l'iPhone oficial per a les altres.

Amunt i avall del balcó de la façana principal, caminava feta un manyoc de nervis entre columnes cobertes de mosaics i vitralls de colors. El puny que sentia a l'estómac amenaçava a pujar gola amunt i no era pas per a menys. Una nit intensa, aquella. Tant pels fets públics com pels clandestins. Va mirar el rellotge. Mitjanit passada. Havia arribat el moment: Nokia en mà, va prémer la tecla verda.

—On ets, Q?

—Al cau.

«Cau» era una bona definició del tuguri: un soterrani de ciment vist, mal ventilat i humit com una mala cosa. A l'ambient, hi surava una ferum rància barreja de salfumant, tabac i lleixiu que s'impregnava a les fosses nasals, al paladar, a la pell, a tot arreu. Repugnant. Mig en la penombra, una llum càlida il·luminava una taula on hi havia feixos de bitllets que el Q comptava fins que la trucada de l'Aurora Molina el va interrompre.

—Tot bé?

—Tot bé. Descàrrega feta. Cap problema.

—Aquí s'ha muntat un sidral de pebrots.

—Sí, ho he vist. És per tot arreu. Qui és?

—El Toni.

—Hòstia...

—Sí... Truca a la Trinidad. Que tranquil·litzi l'O Pai. Jo, ara mateix, no puc, amb la policia rondant per aquí.

—I no pots fer-ho després?

—Millor avançar-nos i trucar-li nosaltres.

—D'acord. —El Q va renillar una llarga esbufegada. Parlar amb la Trinidad Torquemada no era plat de bon gust—. Qui penja algú al mig d'un concert, Aurora? Qui declara així una guerra?

—Tant de bo ho sabés. Et deixo, Q. Parlem.

A través del vitrall, l'Aurora va veure arribar el Leo i el Víctor a la sala Lluís Millet, contigua al balcó. Va entrar-hi —terra de marbre, sostre altíssim, circumdada per vitralls de valor incalculable— per reunir-se amb el cap de comunicació i el director.

—Ja és portada a tot el món.

—I què collons esperaves, Leo? —Els pèls de la poblada i famosa barba del Víctor es movien al ritme de les seves paraules.

—Ens calmem i pensem quins moviments fem? Per favor? Ens hi juguem moltíssim —va dir l'Aurora.

—No fotis! Ens hi juguem molt? No ho sabia, tu... Gran aportació de la gerent de l'OFB. Bravo! Bra-vo! —Els aplaudiments sarcàstics del director que van omplir la sala Lluís Millet van irritar la gerent.

La convivència entre l'Aurora i el Víctor era com un gerro de porcellana: podia trencar-se en qualsevol moment. Tots dos sabien, però, que estaven condemnats a entendre's. Era un *win-win*, que se n'hi deia ara. L'estrella mediàtica versus la gestora. La rauxa versus el seny. Un matrimoni de conveniència que reportava a tots dos els objectius que perseguien a la vida: molts diners per a la gerent, fama i molts diners per al director. Els diners n'eren el denominador comú. Com en tantes relacions; amoroses, familiars, polítiques, comercials, empresarials, mafioses. Sempre pel mig, els molt punyeters.

El director i la gerent van desafiar-se amb la vista fixa. A veure qui els tenia més quadrats, a veure qui era més dèbil i cedia abans.

Mira que en són de dolents, els nervis. El Víctor —amb les pupil·les dilatades i la mandíbula ballant *hula hoop* gentilesa de la cocaïna— podia perdre'ls en qualsevol moment. La tensió va durar els segons que el Leo va trigar a posar-hi pau.

—Vinga, va. Feu el favor. Que això no és culpa de ningú.

Tots tres sabien que allò no era ben bé cert. Però, ja se sap, coses que es diuen per calmar els ànims.

—Tinc mil missatges i trucades de mitjans de comunicació. Cal reaccionar ràpidament amb un comunicat. Hem de consensuar el missatge.

L'Aurora va assentir al Leo mentre el Víctor encara mirava la gerent i maleïa tota la seva família.

—Fins que no s'aclareixi tot, jo seria molt pragmàtic. Que ens posem a disposició de la policia, que tenen tot el nostre suport...

—I bla, bla, bla —va reblar l'Aurora.

—I que lamentem la mort del Toni, potser? —va protestar el director.

—Per descomptat, Víctor.

—Leo, quan ho tinguis, t'importa si ho veiem junts? —Més que un prec, allò era una exigència de la gerent.

—És clar.

—Leo, hem de guanyar el relat davant dels mitjans o aquesta merda ens devorarà. Si el públic agafa por de venir a veure'ns, ja l'hem cagat.

—El Víctor té raó. Si això se'ns gira en contra, les conseqüències seran molt fotudes... Suspensió de concerts, retirada de patrocinis...

El Leo, seriós, va gesticular afirmativament amb el cap. Acceptava el repte, ves quin remei. Hi ha cops a la vida en què no pots triar. Com a cap de comunicació, parlava amb periodistes culturals, no pas amb els de successos. Va posar-s'hi de seguida i va marxar de la sala Lluís Millet deixant l'Aurora i el Víctor sols.

—M'he de preocupar, Víctor?

—No.

—Els nois s'han portat bé?

—Jo poso la mà al foc per mi. Però fins on sé, sí.

—Val més que sigui així.

—O què, Aurora? O què?

—O explico a qui tu ja saps els vostres saraus que posen en perill el *tinglado* i veuràs la gràcia que li fa.

# 10

Les portes de l'ascensor es van obrir i van sortir la Martina, l'Aran, el Fede, el Mañaricúa i el Chacón. La sisena planta, la que hi havia just a sobre del sostre de la sala simfònica, era un espai circular, envoltat dels despatxos on treballaven els empleats del Palau de la Música Catalana. Programadors, protocol, mecenatge, gestors, contractació, tècnics, administració, i així uns quants departaments més. Quatre-cents concerts a l'any no s'organitzaven pas sols.

Els de la científica ja havien recollit tots els patracols i sortien cap a comissaria a catalogar. El caporal Edgar Dalmau va creuar-se amb el Chacón i van intercanviar una mirada penetrant, més llarga del que seria habitual. Una baralla de galls marcada pel moc que el caporal havia propinat al cap de seguretat feia una estona.

En un petit apart, el Dalmau va donar el relleu a la Martina.

—Ja se'n refia, d'aquest? —va assenyalar el Chacón amb la barbeta.

—Jo no em refio ni de ma mare.

—I per què el deixa entrar?

—Vull veure com reacciona. En una situació així, els delators no són fàcils d'emmascarar. Veurem si n'és capaç.

—N'està convençuda?

—Del tot. —I amb la seguretat que ho deia, a veure què havia de respondre l'Edgar Dalmau.

—En fi... Vostè mana. Ara, l'escena és seva. Nosaltres ja hem acabat aquí.

—Hi han trobat alguna cosa?

—Aquí hi treballa moltíssima gent. Això és un festival. Ara bé, l'escena de la lluerna està força neta. Potser alguna traça d'explosius, però ni empremtes latents ni vestigis biològics.

—Podem...? —va preguntar la sergent assenyalant amb l'índex cap a l'interior.

—Tot seu. Sort. La necessitarà.

La Martina va deixar anar un soroll a mig camí del gruny i la riota davant els auguris del seu company.

El caporal Dalmau marxava cap a la comissaria de les Corts, on la nit encara seria llarga. Després, vindrien dies d'una feinada ingent. La seva labor no era tan senzilla com la dels seus afortunats homòlegs a les sèries de la tele. La ficció havia creat un imaginari col·lectiu absolutament fals pel que feia a aquesta matèria. No existia cap programa informàtic que en el moment de posar una empremta latent trobés, per art de màgia, una coincidència en un minut a la base de dades de detinguts. Aquell era un treball manual que feien els tècnics de laboratori contrastant crestes papil·lars una a una. Un procés molt manual, gairebé artesanal, que depenia de la perícia de l'operador. Calia trobar dotze similituds entre les empremtes d'un sospitós i les empremtes latents trobades al lloc dels fets. En un informe pericial no s'hi valien mitges tintes: si s'acusava algú havia de ser amb el cent per cent de garanties.

Amb aquest panorama per davant, els de la científica van marxar de l'escena per deixar pas als investigadors.

Només entrar a la zona d'oficines de la sisena planta hi havia un terra de vidre transparent des del qual es veia l'escenari, que era exactament a sota. Un pla zenital perfecte que donava la sensació de flotar suspès a l'aire. La Martina va passejar-s'hi. A Chicago, havia estat en alguna atracció turística similar, amb la Irene. No recordava en quin coi de pis de quin coi de gratacel. La Irene sabria dir-ho; a ella li va encantar. I amb això la Martina ja estava més que contenta.

La sergent va tornar a mirar avall. No era Chicago, però déu-n'hi-do. Sort que no tenia vertigen. Uns trenta metres sota els seus peus, instruments, cadires, faristols i partitures estaven escampats per l'escenari de qualsevol manera.

Allà mateix, al costat del terra de vidre, l'Aran va alçar la mirada i va assenyalar una càmera de seguretat amb l'objectiu tintat de negre.

—N'hi ha més? —va preguntar al cap de seguretat.

—A dins.

Amb el Chacón fent de guia, el grup va deixar enrere portes de despatxos fins a plantar-se en una muralla de vidrieres que protegien el forat on hi havia la claraboia. Just allà, l'Aran va assenyalar una altra càmera de seguretat, també tintada de negre.

—N'hi ha més? —va tornar a preguntar.

El Chacón va negar amb el cap.

Merda, van pensar els policies. Passi-ho bé, imatges de la sisena planta.

—Per què estan obertes les oficines a aquesta hora de la nit? —Ara era el Fede qui preguntava.

—Quan hi ha un concert en què treballa la gent que té el despatx aquí, es deixa obert perquè puguin deixar les seves coses.

—Qui són?

—Protocol, tècnics, la senyora Verdejo... Depèn.

—I no hi ha ningú, aquí?

—No. La gent és a baix, treballant en el concert.

—Això no ho sap qualsevol, suposo.

—Suposa bé, caporal.

—Vaja, que els autors coneixen el Palau a la perfecció.

El rostre del Chacón va mostrar una preocupació que a la Martina, amb un sisè sentit per desemmascarar el mal encara que es disfressés molt bé, va fer-li l'efecte que era sincera. El caporal de la científica, l'Edgar Dalmau, potser havia jutjat massa ràpid.

Els investigadors i els seus amfitrions ja eren a la zona zero del desastre: l'altra banda dels vitralls. La visió des de la sisena planta era força menys glamurosa que la que es coneixia arreu del món. Circumdada per un cubicle de vidre, una estructura de bigues d'acer pintades de blanc sostenia la meravellosa lluerna modernista, ara destrossada. D'una travessa en penjava, ben lligada, una corda que es perdia pel forat provocat per l'explosió.

—Aquí.

La Martina va assenyalar el cubicle de vidre; hi havia una obertura que estava tallada en un quadrat perfecte. Prou gran perquè hi passés el cos del Toni Guasch.

A terra, davant l'obertura, hi havia una catifa de minúsculs fragments de vidre escampats per tot arreu. A pocs metres, arraconada, una cadira de rodes.

—Sempre és aquí?

—No, sergent. A recepció en tenim dues per si s'han de menester.

—I què hi fa, a la sisena planta?

—Potser ja sap com han traslladat el penjat fins aquí dalt.

—La cadira, els vidres tintats... Vaja, que podem descartar el suïcidi.

—Exacte. Qui és al darrere d'això ho ha planificat molt bé.

La reflexió del Chacón tenia sentit. La Martina va quedar-se uns instants mirant la cadira de rodes, com si d'un moment a l'altre hagués de confessar qui diantre l'havia empès unes hores abans.

—Han entrat per aquí. —La sergent va assenyalar l'obertura i va elucubrar—. Hi han deixat la cadira de rodes, han assegurat la corda, han ficat el Toni Guasch al forat i… bum!, ha començat el mambo.

El polze de la Martina va imitar l'activació d'un detonador.

—Ja ho pot ben dir. S'ha sentit amb força des de la regidoria tècnica, darrere l'escenari. —El Mañaricúa també volia ficar-hi cullerada.

La sergent mirava, dubitativa, la corda d'on penjava el Toni Guasch.

—Veu el que li deia? —va interrompre el Mañaricúa—. Si lliguen una corda a l'altra, podran baixar el cos a la platea.

Al compàs de les explicacions del director tècnic, els investigadors no apartaven la vista de l'entramat de bigues.

La Martina, pensativa, va reflexionar uns segons. Finalment, va afirmar amb el cap.

—Fede, Aran, disposeu-ho tot.

Els caporals van seguir fil per randa els consells del Mañaricúa. La visió del cos mentre descendia era esgarrifosa. Difícil d'assimilar. Quatre agents dels Mossos van recollir el Toni Guasch i el van estirar sobre d'una llitera. Al voltant, tots els membres de la comitiva judicial i els investigadors.

La patòloga forense, la Maria del Pino, va vestir-se les mans amb guants de làtex per procedir a l'examen extern. Va situar els dits índex i anular al coll del Toni Guasch. De sobte, se li van tensar els músculs de la cara. Electricitat d'alt voltatge se li va expandir a través dels nervis. Calia córrer.

—És viu! És viu! Una ambulància! Ràpid!

La Martina, incrèdula, va mirar l'esvoranc al sostre i el Toni Guasch. Qui és capaç de sobreviure a trenta metres de caiguda penjat d'una soga pel coll?

# 11

La Maria del Pino va tallar la camisa del Toni Guasch amb tisorades apressades i desiguals. Volia examinar-ne el ritme cardíac i, si era menester, fer-li un massatge de reanimació. Amb el tors del músic nu, la patòloga va descobrir per què havia sobreviscut.

Espòiler: no era un miracle. Els miracles no existeixen.

La Maria del Pino, els investigadors i la resta de la comitiva judicial van pensar el mateix, però tan sols la patòloga va ser capaç de verbalitzar-ho.

—Què collons és això...?

Les formes de la forense no eren les més refinades, però, vist amb el que acabava de topar, no era pas per a menys.

Sota la camisa, un arnès lligat a la corda subjectava el músic penjat. La soga al voltant del coll era d'attrezzo i estava cosida a la corda.

Un silenci incrèdul va flotar per la sala simfònica. De debò tot aquell caos era una macabra broma de mal gust?

Hi ha situacions en què saps, a l'instant, que no les oblidaràs en ta vida. Sens dubte, aquella n'era una. L'arnès subjectava el Toni Guasch amb un ancoratge dorsal, esternal, ventral i lateral. I, també, amb un ajust pectoral, a les cuixes i a la cintura. La corda que l'havia subjectat estava lligada a una anella posterior. Tot plegat de bojos.

Superat el xoc inicial, l'instint professional de la Maria del Pino va surar per sobre el desconcert. Amb una llanterna, va alçar les parpelles del Toni Guasch. La patòloga va arquejar una cella i la comissura dels llavis. Després, amb un fonendoscopi, li va escoltar el ritme cardíac. En un humà, la freqüència normal en repòs oscil·la entre cinquanta i cent batecs per minut. El Toni Guasch en tenia seixanta-cinc.

Amb cara de qui se les sap totes, va remenar el seu maletí fins a treure'n l'agulla d'una xeringa. Va descalçar el penjat i l'hi va clavar a la planta del peu, davant el desconcert dels presents. El músic no va reaccionar.

—Però què fa, Maria?

—A veure, senyoria, qui és la forense, vostè o jo?

—Vostè, vostè...

—Doncs deixi'm fer la meva feina.

La forense va obrir la boca del Toni Guasch i va examinar-li els llavis. Després, va agafar aquells dits abotifarrats per inspeccionar les ungles. Ni els llavis ni les ungles havien adquirit un to blavós, cosa que hauria significat enverinament.

—Hi ha absència de resposta a ordres verbals i a estímuls dolorosos, però el patró respiratori, el ritme cardíac, la resposta pupil·lar i el reflex corneal són normals.

—Aleshores? —va inquirir el jutge.

—Està sedat.

—N'està segura?

La Maria del Pino va fulminar el Primitivo Mir amb la mirada. El magistrat va fer-se petit, camuflat en el seu silenci. Però un milhomes amb la genètica del Mir no accepta gaire bé que una dona li abaixi els fums en públic. Què millor que una altra dona de rang inferior per contraatacar.

—Ja pot posar-se les piles, sergent. Algú s'està rient de vostè.

«I de tu també, bavós de merda. De tots nosaltres, de fet», va pensar la Martina. La sergent, però, va preferir no verbalitzar allò que li passava pel cap per no embolicar més la troca. Es va limitar a mirar el magistrat amb cara de te'n-diria-una-de-fresca-porc-llardós-però-he-de-callar. Ben mirat, potser encara es tallava més del que ella mateixa estava disposada a admetre.

En aquell moment, els sanitaris que la patòloga forense havia reclamat van entrar cames ajudeu-me pel passadís de la sala simfònica. Desconcertats, no entenien absolutament res: que algú torni de l'altre barri no passa cada dia.

Els sanitaris se'l van emportar corrents cap a l'hospital. De camí en comprovarien les constants, la tensió, el sucre i la saturació d'oxigen.

Quan la llitera que transportava el Toni Guasch va desaparèixer de la platea, la sergent Roca va quedar-se mirant la claraboia, pensativa, mentre es pentinava el cap rapat amb el palmell de la mà. Si es pensava que ja ho havia vist tot a la vida, s'equivocava a totes passades. Coïa admetre-ho, però el Primitivo Mir tenia tota la raó: algú els estava desafiant. Però per què?

# 12

El sol despuntava sobre Barcelona quan el taxi va deixar el Víctor a la seva residència de la zona alta. Encara portava el frac, un rellotge a cada canell i un ensurt com una catedral. Un cansament que començava no sabia ben bé on se li estenia per tot el cos, que ja havia eliminat la cocaïna. Amb la droga reduïda a traces, deia adeu a l'eufòria i donava la benvinguda a la davallada. Era dura, desagradable. Sempre ho era. La fatiga, la irritabilitat i la somnolència acudien ben puntuals a la cita. El paquet complet. Sentia el cos de plom, l'ànima buida, un desànim cruel i una angúnia claustrofòbica que l'encapsulava. No era com hauria volgut acabar la nit, però necessitava estirar-se al llit, dormir, i demà seria un altre dia.

Amb el coll de la camisa i el llacet descordats, va travessar el jardí amb els ulls mig clucs que, instintivament, es protegien del sol matiner. Va ignorar l'aire fresc de primera hora i les privilegiades vistes sobre Barcelona amb el Mediterrani al fons. Aquell era el seu dia a dia; els rosegons d'un pa que d'altres haurien matat per tastar. S'havia guanyat fama, estatus i diners perquè fos així.

Va entrar a casa. La construcció era moderna, elegant i ostentosa en la seva justa mesura. Tota envidriada, hi entrava la llum natural. Molt bonic, sí, però, amb el cap a punt d'esclatar, tanta claror no era precisament el que li demanava el cos.

Va deixar les claus en un cendrer darrere del qual hi havia un marc de plata amb una foto d'ell i la seva dona, la Cristina. Va mirar-la fugaçment. Uns ullassos preciosos en els quals queies de quatre potes i t'ho feien perdre tot. Això últim també incloïa l'oremus.

Al peu de les escales, va mirar amunt com si es disposés a fer l'esforç més gran de la seva vida. A poc a poc, amb pesantor i esbufecs, va deixar enrere esglaons de fusta. Devia tenir la tensió per terra. En moments com aquell, es preguntava per què diantre a alguns dissenyadors d'interiors no els agradaven les baranes. Quarts de set del matí no eren hores per practicar esports de risc.

Va entrar al dormitori —amplíssim, amb mobles de disseny i un quadre Pop Art de colors estridents sobre una paret blanca—. Només posar-hi el peu, mig en la penombra, va topar amb un rastre de roba tirada per terra que conduïa fins al llit: brusa, faldilla, pantalons, tanga, sostenidors, camisa, calçotets. Va avançar amb passes silencioses fins a veure la Cristina amb un home al llit. Estaven adormits, profundament. Nus, de pèl a pèl. Sobre la tauleta de nit hi havia dos preservatius i un bitllet de deu euros cargolat.

La cara del Víctor no va mostrar ni sorpresa ni enuig. Segurament, la Cristina havia pensat que, com sempre, després del concert hi hauria una festa. Amb cautela per no despertar-los, es va retirar de l'habitació i va baixar les escales que tant li havien costat de pujar.

A la pica de la cuina, va mullar-se la cara per mirar d'apaivagar una baixada que, amb la cocaïna que havia consumit aquella nit, havia augurat més forta.

Va descalçar-se i va obrir el moble bar. Un trago de ben segur que l'ajudaria. Un metge potser diria que era per minimitzar l'estat d'alteració que provoca la cocaïna, però ell es coneixia el cos. El sabia escoltar. Sabia dir prou. Controlava.

Al moble bar hi tenia un extens ventall dels millors whiskys del mercat: Cardhu Gold Reserve, Macallan Triple Cask, Dalmor, Talisker Storm, Lagavulin de setze anys. Va agafar aquest darrer i se'n va servir un got generós —baix, ample, de vidre tallat lliure de plom, dissenyat per potenciar el sabor del licor mitjançant l'oxigenació—. Va mirar-lo, fixament, com si allà hi hagués la resposta a tot el que havia passat aquella nit al Palau de la Música Catalana. Es va beure el whisky d'un glop i va servir-se'n un altre. Got en mà, va badar davant la vitrina de les vanitats que tenia al saló: la medalla de l'Orde de les Arts i les Lletres de França, la Creu de Sant Jordi, el premi Grammy al millor àlbum de música clàssica, fotos amb Barack Obama, Lionel Messi i el Sant Pare. En els moments en què la baixada s'acarnissava amb ell, recordar els mèrits era sanador.

Assegut al sofà, va descordar-se un parell de botons més de la camisa i va deixar mig a l'aire els seus musculats pectorals de gimnàs. Va treure's el Patek Philippe del canell esquerre i el Blancpain del dret i va dipositar-los damunt una tauleta amb especial cura. Va notar-ne el pes, el tacte. D'or rosa, l'un. De titani, l'altre. Després, va alinear-los fins a deixar les esferes amb fons de cristall de safir exactament a la mateixa altura. Va comprovar que les agulles i les busques dels segons d'ambdós estaven perfectament sincronitzades.

Tic-tac. Tic-tac. Tic-tac.

Les set en punt.

Dormiria a l'habitació de convidats.

Mentre glopejava el Lagavulin, va agafar el mòbil per revisar-lo. A la bústia de WhatsApp hi havia un fotimer de missatges de col·legues de professió, polítics, assessors de polítics, assessors dels assessors de polítics, mànagers i gent del gremi. Tots ells, més o menys sincers, s'interessaven pel succés i li donaven el condol per la mort del Toni. El desenllaç de tot plegat encara era una informació embargada.

D'entre tots els missatges, n'hi havia un amb un remitent desconegut. Una nota de veu. Era llarga, gairebé d'un minut. A la imatge que acompanyava el número es podia llegir un premonitori «Nessun dorma». Encuriosit, va prémer el «Play».

Hola, mestre,

Una llarga jornada, imagino. Però em temo que encara no s'ha acabat. De fet, ara és quan comencen els seus problemes de debò.

La veu, distorsionada com la d'un robot, anava acompanyada de fons per les notes de «Nessun dorma». La mateixa ària que el Marc Pombo interpretava al Palau de la Música Catalana quan la lluerna modernista havia esclatat.

Avui deu haver assajat, menjat, descansat i, és clar, deu haver fet el seu ritual abans de sortir a escena: una ratlla i un whisky amb un rellotge a cada canell. Després, haurien arribat les aclamacions i, un cop acabat el concert, la festa... Però avui... Avui li he fotut la nit enlaire, oi?

El públic, les autoritats i els principals auditoris del món rendits als peus del geni que va superar Gustavo Dudamel. Saben que vostè en realitat és un monstre?

VOSTÈ i els seus han causat patiment, dolor... I MORT.

Aquella darrera frase li va provocar un esglai que li va recórrer tot el cos fins al moll de l'os. Va agafar aire per continuar. Cada alè raspava com el paper de vidre.

Nàpols, la cocaïna, el pacte de silenci. Vet aquí l'origen de tot. Recorda què va passar després del concert al teatre de San Carlo? Jo crec que sí. Sap?, penso que és injust que la seva maldat quedi impune. Però diuen que, si errar és humà, perdonar és diví. I, miri, em sento generós i li donaré una oportunitat de redempció. Confessi, mestre. Confessi les seves culpes, demani perdó públicament i assenyali els altres tres culpables. Vull que li quedi clara una cosa: aquí mano jo. Jo fixo les normes. I n'hi ha una de molt important: amb només autoinculpar-se no n'hi ha prou; només assenyalant els altres, tampoc n'hi ha prou. Han de ser totes dues coses. I en públic.

Pensi en la fatalitat que suposaria no fer-ho: per a la Cristina, la seva dona; la Montserrat, la seva mare; el Jordi, el seu pare; el seu germà Jordi; el seu nebot, el petit Nico, i, per descomptat, per a vostè.

L'extorsionador havia fet els deures. Se sabia fil per randa els noms de cada membre de la seva família. I no se n'havia deixat ni un. Una bateria d'imatges de tots ells va passejar-se-li pel cap. No en tenien cap culpa.

Compleixi, mestre. Compleixi, o la propera vegada no hi haurà cap arnès a la corda. Ni per a vostè ni per als seus éssers estimats.

El compte enrere ha començat.

L'adverteixo que no dormirà.

Amb les darreres notes de «Nessun dorma», la veu robòtica es va apagar i la mirada del Víctor va deambular pel jardí a través dels grans finestrals que rodejaven el saló. Mentre processava el missatge. El whisky, que glopejava, semblava més amarg, cremava més el trànsit per l'esòfag.

La baixada ja no era la seva principal preocupació.

La ira va començar a aflorar en diversos formats. La seva mirada s'enfurismava cada vegada més. El puny, catalitzador de la ràbia, premia el got amb força fins que va estavellar-lo contra la paret amb totes les seves forces. Bocins de vidre i restes de whisky van quedar escampats per tot arreu.

Un compte enrere, una amenaça. A ell. Al gran Víctor Alemany. Al mestre. Com s'hi atrevien, els molt fills de puta?

## 13

La Martina entrava al Recinte Modernista de Sant Pau amb una càrrega nuvolosa interna. Els ulls, inflats i emboirats, se li aclucaven de manera instintiva. Tot just s'havia pogut estirar un parell d'hores, i el cafè, per molt que en beguis, tampoc fa miracles.

Quan havia arribat a casa havia trobat la Irene adormida davant del televisor encès. La investigació, com sempre, s'havia allargat i la que havia de ser una nit boja va acabar amb un petó al front i para de comptar.

Mentre pujava les escales del monumental Recinte Modernista de Sant Pau, la Martina va alçar el cap amunt per contemplar la magnífica façana coronada per la torre del rellotge a seixanta-dos metres d'altura. Estava edificada sota vitralls, finestrals i un grup escultòric que simbolitzava la separació per sexes que antigament es feia a l'hospital: les dones en una ala i els homes en una altra.

La Martina hi va entrar per sota d'un dels arcs peraltats, va travessar el vestíbul majestuós entre columnes de marbre i es va endinsar en els jardins que unien el conjunt de dinou edificis modernistes construïts a principis del segle passat. I fins aquí la part lúdica del dia.

Un cop deixat enrere el recinte, seu de l'antic hospital, va accedir a l'actual Sant Pau: trist, impersonal, mancat de recursos. El que vindria a ser un hospital de la sanitat pública, vaja.

Tot caminant per un llarguíssim passadís, la sergent de seguida va percebre una forta olor d'antisèptic que es mesclava amb la flaire de les *delicatessen* que servien als malalts per dinar. Un festival d'«etes»: sopetes, cremetes, verduretes i truitetes. Tot sense sal, és clar.

A mesura que avançava, la Martina va esquivar sanitaris, metges i algun zelador, fins a arribar a la porta d'una habitació escortada per un mosso d'esquadra vestit de paisà. Li va mostrar la placa i, després d'obtenir el vistiplau de l'agent per accedir-hi, hi va treure el cap amb discreció per allò del respecte a la intimitat del malalt.

L'habitació era individual i d'allò més comuna: terratzo, llit articulat i freda llum fluorescent. El Toni Guasch —bata verd poma i connectat a un sèrum— estava enllitat mentre una doctora el visitava. Asseguda en una butaca, l'Aurora Molina, que havia vingut a interessar-se pel *seu* músic, presenciava l'escena en silenci.

—Segueix el meu dit amb la vista.

La doctora movia l'índex horitzontalment i el pacient obeïa.

—Perfecte... Si les anàlisis de sang surten bé, demà te n'aniràs cap a casa. Vindrà la teva família a recollir-te?

—La meva mare s'ha de quedar amb la nena.

—Jo el portaré a casa —va dir l'Aurora Molina.

Cap dels presents s'havia adonat de la presència de la Martina a la llinda de la porta. La sergent, cansada de fer l'estaquirot, va escurar-se la gargamella i va entrar.

—Escolti, vostè no hi pot estar, aquí.

La investigadora va mostrar la placa i la doctora va respondre arronsant les espatlles.

—Si fos així, el company no m'hauria deixat passar. Com està? —va preguntar assenyalant el pacient amb la barbeta.

—Té contusions a l'esquena per l'estrebada de la corda quan va caure. I l'ensurt… Que no és poca cosa.

—Què li van injectar?

—Propofol, un sedant potentíssim.

—Com per no assabentar-se de res?

—Amb la dosi que li van administrar, absolutament de res.

El Toni Guasch, amb cara de xai degollat, i l'Aurora Molina, amb cara de llop afamat, seguien la conversa.

—He de parlar amb ell.

—Tot seu. Jo fa dues hores que hauria d'haver acabat el torn i encara en tinc per a una bona estona. Així que…

La doctora va anar-se'n de l'habitació a la francesa, sense acabar la frase.

La Martina, al peu del llit, va fixar la mirada sobre el Toni. Ho va allargar, acompanyat d'un silenci deliberadament hostil; volia examinar la seva reacció, que no va ser una altra que fer cara de pena. Després, va fer el mateix amb l'Aurora, que en cap moment va retirar els ulls dels de la sergent. Totes dues mesuraven les seves forces.

—Aurora Molina, oi?

—Veig que recorda el meu nom.

—Només han passat unes poques hores. Què hi fa, aquí?

—He vingut a interessar-me per l'estat del Toni.

—Així m'agrada, que sigui una bona cap. Ara, podria deixar-me sola amb el senyor Guasch? No voldria que la seva presència contaminés la declaració.

L'Aurora, de mala gana, va aixecar-se de la butaca mentre adreçava a la Martina un esguard antipàtic. Fugaçment, va clavar els ulls en el Toni, com si volgués advertir-lo d'alguna cosa. Les passes de la gerent van retronar dins l'habitació fins que un cop de porta va anunciar que la sergent i el músic estaven sols.

—Què és el que recorda, senyor Guasch?

Va bellugar lleugerament el cap a esquerra i dreta.

—Poca cosa. No recordo ben bé on era quan, de sobte, vaig sentir com tot s'esvaïa al meu voltant. El següent que recordo ja és aquí, a l'hospital.

—Una imatge? Una paraula? Un so?

—Res.

—Una olor? Alguna cosa? Intenti-ho.

—De veritat, sergent, que no recordo res.

—Recorda on era abans que perdés els sentits?

—No ho sé.

No es pot dir que la Martina no ho provés del dret i del revés. Amb amabilitat, empatia i un to reposat. Després d'una carretada de preguntes amb respostes buides, va deixar la careta de poli bona per posar-se la de dolenta.

—Imagino que també em dirà que no té ni idea de per què li han fet això, oi?

—No en tinc ni idea. —El Toni Guasch parlava amb un finíssim fil de veu.

—Ja ho deia jo... —Va fer petar la llengua—. Si és que el diable, quan és vell, sap més per experiència que per consell. Em dec estar fent vella, jo. Càgon l'ou... M'està dient que algú l'ha segrestat, ha fingit el seu assassinat i ha destrossat patrimoni mundial de la UNESCO... per res? Mira que n'arriba a ser de gamberra, la gent, eh?

La mirada del Toni, furtivament, es va desviar cap a la porta per on havia sortit l'Aurora.

—La gerent no el sent, pot estar tranquil.

—Li dic que no en sé res —va insistir amb aïrament.

—Algú amb qui tingui un compte pendent?

—No.

—Una aventura amb la dona d'algú...?

—No.

—O amb el marit d'algú?

La puntualització, feta amb tota la intenció, no va agradar

gens ni mica al músic, que per primer cop va fer la sensació que tenia sang corrent-li per les venes. Va negar, enèrgicament, amb el cap com si d'aquesta manera reafirmés la seva condició de mascle.

—Si recupera la memòria, truqui'm.

La Martina va entregar una targeta al Toni mentre, amb la mirada, li perdonava la vida.

En sortir de l'habitació, la sergent va topar amb l'Aurora amb la seva cara de pal habitual. Afegida a les poques hores dormides, riu-te'n tu, de la bruixa de la Blancaneu.

—La felicito, senyora Molina.

—Per?

—Té els cadells molt ben ensinistrats. Ja pot estar ben tranquil·la, que no ha dit ni piu.

## 14

L'agent —tot ell pell i os— va acompanyar la Maribel Verdejo per les entranyes de la comissaria de les Corts en un silenci feixuc. Passadís amunt, passadís avall, les passes s'amplificaven com si caminessin per una cova solitària. La Verdejo, obedient, seguia el clatell canós del mosso, fins que, per fi, la va fer entrar en una sala.

Era la primera vegada que la directora general del Palau de la Música Catalana trepitjava una comissaria: encuriosida, va examinar cada detall de l'estança. Una pantalla, un projector, parets despullades i mobiliari de nyigui-nyogui que demanava a crits la jubilació. Força àmplia, això sí. Va percebre un tuf de lleixiu flotant a l'ambient que, en dejú, li hauria fet venir ganes de vomitar. Va suposar que devien haver fregat el terra no feia pas gaire. L'examen a la sala va acabar tan bon punt la porta va obrir-se i la Martina, l'Aran i el Fede van entrar l'un darrere l'altre.

—Bon dia, senyora Verdejo. Gràcies per venir. —La directora general del Palau de la Música va fer el gest d'incorporar-se—. No, si us plau. No s'aixequi.

La Verdejo, fent cas de les indicacions de la sergent, va encaixar la mà dels tres mossos amb el cul enganxat a la cadira. Els investigadors van seure davant la testimoni en formació de tres contra un, mode escamot d'execució. Qualsevol altra persona s'hauria posat nerviosa, però calia alguna cosa més per impressionar una dona que havia edificat la seva carrera professional batallant en ecosistemes històricament masculins i masculinitzats, amb tot el que això comportava: primer la premsa, després el futbol i, ara, la música. Obrint-se pas, trencant dinàmiques, traçant línies vermelles. Per a ella, respondre davant de tres policies era bufar i fer ampolles. Al cap i a la fi, hi anava a dir la veritat.

—Els porto el que em van demanar.

La Verdejo —manicura perfecta, ruixada de fragància fresca i amb poc maquillatge al rostre— va lliurar un dossier imprès que els investigadors van començar a devorar com lleons afamats.

Primer, un interminable quadre d'Excel amb una pila de caselles, una per a cada persona que tenia entrada per al concert de l'Orquestra Filharmònica de Barcelona al Palau de la Música Catalana. Nom, cognoms, DNI, data de naixement, gènere, correu electrònic, telèfon, adreça postal, targeta de crèdit, IP i el consentiment o no per tractar aquesta pila de dades. El color de la roba interior encara no hi figurava, però temps al temps.

Segon, un quadre d'Excel amb la recaptació del concert, lleugerament superior als tres-cents cinquanta mil euros; entrades venudes, zona per zona, i a quin preu cadascuna.

Els tres investigadors llegien amb avidesa. Document a document. La sergent, primer; després, els anava passant als caporals fent cadena.

En aquells minuts de silenci, la Verdejo va quedar-se atrapada intentant desxifrar l'Aran. Tot un trencaclosques. No tenia pit, però tampoc tenia nou al coll, però era imberbe, però portava els cabells curts, però duia les ungles pintades, però no tenia veu femenina, però tampoc la tenia masculina, però portava una arracada, però avui dia això no vol dir res. Un «però» rere l'altre.

Les cabòries van durar fins que la Verdejo va espolsar-se la curiositat de sobre —sense risc d'equivocar-se també se'n podia dir «tafaneria»—. Després de deixar fer una estona als policies, va decidir fer una aportació que creia important.

—Si em permeten una observació... —Els investigadors van aixecar la mirada dels papers en perfecta compenetració coral—. He estudiat les dades dels informes abans de venir i hi ha una cosa que em grinyola.

La Martina la va encoratjar a continuar amb un gest de la barbeta.

—A l'informe generat pel Departament de Tiquetatge hi ha mil vuit-cents quaranta-cinc registres. Espectadors amb noms i cognoms. No obstant...

—Es van vendre dues mil quinze entrades —es va anticipar la sergent amb un ull posat als documents.

—Això mateix. Tot ple. Però, segons la liquidació del concert, hi ha noranta entrades anònimes... —La Verdejo va fixar bé la vista en els papers sense necessitat d'ulleres—, que sumen més de disset mil euros de recaptació. Disset mil cent, per ser exactes.

—I les entrades anònimes són...?

—Les venudes a la taquilla. Comprades en efectiu. Trinco-trinco.

—A la taquilla no es pot pagar amb targeta de crèdit?

—És clar que sí. Però, curiosament, totes les d'aquest concert van ser comprades en metàl·lic i els primers dies que es van posar a la venda.

Els policies van mirar-se entre ells sense necessitat de verbalitzar que aquell era un fil que s'havia d'estirar.

—I no hi ha registre de qui va comprar aquestes entrades anònimes? —va preguntar el Fede.

Resignada, la Verdejo va negar amb el cap.

—I a cent noranta euros per entrada? Trobo que cobren car, aquesta gent.

—Doncs encara em semblen barates. El Víctor Alemany, juntament amb el Gustavo Dudamel, és el millor director del món, ara mateix.

—Quin percentatge suposa la venda a taquilla en qualsevol altre concert?

Ara era l'Aran qui preguntava. La Verdejo va intentar no perdre el contacte visual amb els seus ulls per mantenir la tafaneria a ratlla, però, merda, una mirada traïdora es va escapar fugaçment cap a l'aixella per sota la màniga de la samarreta. Un altre punt a afegir a la llista de peròs: no es depilava.

—Avui dia, caporal, gairebé tota la venda es fa per internet... El que es ven a les taquilles no acostuma a arribar a les deu entrades per concert.

La Verdejo va ser capaç de verbalitzar la resposta sense que la seva expressió filtrés les curiositats internes.

—De deu a noranta... Déu-n'hi-do.

—Ja els ho he dit, que em grinyolava.

—No tenen una alerta que els salti si se sobrepassa una quantitat determinada?

—Ja he donat ordres perquè sigui així, però fins ara no m'hi havia trobat mai, la veritat.

—Tenen càmeres de seguretat a les taquilles? —La Martina agafava de nou el relleu.

—Sí, sergent. Tant a dins com a fora.

—Necessitarem els enregistraments dels dies que es van vendre aquestes entrades anònimes.

—Cap problema.

—Qui és el promotor del concert?

—Què vols dir, Fede? El promotor? —L'argot va descollocar l'Aran.

—El promotor és l'empresa que organitza el concert i que lloga la sala —li va aclarir el Fede.

—I el més important: qui es queda la pasta recaptada —va afegir la sergent.

Uns segons de silenci van donar pes a la resposta de la Verdejo.

—El promotor és T&M Events, una empresa de T&M Grup. Tot i això, la informació que els interessarà és que T&M Grup és un hòlding empresarial del qual forma part la mateixa Orquestra Filharmònica de Barcelona.

—M'està dient que la propietària de l'OFB organitza un concert que recapta més de disset mil euros en efectiu?

—Exactament, sergent.

Patapam. Aquesta no se l'esperaven. Els investigadors van tornar-se a mirar entre ells. Ara, més allà del que seria raonable.

Aquella darrera resposta va posar el punt final al testimoni de la directora general del Palau de la Música Catalana. La Maribel Verdejo —«moltes gràcies, passi-ho bé, seguim en contacte»— va abandonar la sala, però els investigadors s'hi van quedar per reflexionar sobre la declaració de la testimoni.

—Noranta seients de dos mil quinze passen desapercebuts.

—Cert, Aran. I són disset mil euros en metàl·lic —digué el Fede.

La Martina i l'Aran van intercanviar una mirada còmplice; d'aquelles que són fruit d'un munt d'hores treballant braç a braç. L'Aran va assentir i, immediatament, va consultar al seu portàtil. Una bala teclejant. Al cap de res, va fixar els ulls a la pantalla mentre comptava amb un fil de veu gairebé imperceptible. Va esbufegar augurant com de gros era el que estava a punt de verbalitzar.

—Quaranta-sis concerts en tot l'any. Per ser música clàssica, això és una barbaritat.

—Si aquest paio és tan bo, deu omplir allà on vagi —va suposar la Martina—. Imagina que d'aquests quaranta-sis concerts, T&M Events n'organitza... Quants? Fem una suposició... vint-i-dos? A disset mil cadascun...

—Això s'ha d'investigar! —va exclamar el Fede.

Els caporals salivaven davant una possible investigació mediàtica, d'aquelles que catapulten la carrera d'un policia —o que la desgracien, que quan els mitjans et posen la creu ja has begut oli—. Però la Martina era allà per posar aigua al vi.

—Ho sento, però sense cadàver no tenim cas. Això se'n va directament a la unitat de delictes econòmics.

# 15

La Martina va esperar uns instants fins a l'hora en punt, les 12.00, i va trucar a la porta amb els artells. No gaire fort, no fos cas que el senyor s'ho prengués malament. Després de sentir una mena de gruny, va entrar.

El despatx —orfe de decoració, de llum natural i d'un mínim d'empatia— estava presidit per un enorme escriptori emmurallat per un feix de llibres i documents. Atrinxerat, hi havia el jutge Evaristo Salazar: obès, calb, mostatxo prominent, cadira de rodes, un fotimer d'anys exercint, maniàtic i torracollons com ell sol.

—Bon dia.

Cap resposta. Com sempre. Hi havia policies que ni saludaven. La Martina, però, era d'aquelles persones que pensaven que això era posar-se a la mateixa alçada. Quina mena de poli seria si no respectava un jutge? Una bona poli no les feia, aquestes coses.

La sergent va asseure's davant de sa senyoria, que repassava documentació mentre xiuxiuejava, com si passés el rosari. Amb el cap cot, la bola de billar lluïa com la bandera japonesa.

La sergent ja el coneixia, el Salazar. La gent l'esperava a ell, mai a l'inrevés. Aquell xiuxiueig podia durar un minut o una hora. Que ella sabés, a un dia no hi havia arribat mai. Així que paciència.

La sergent va passejar la mirada pel mur de llibres que circumdaven l'escriptori, perfectament alineats i ordenats alfabèticament. Al costat del darrer volum, un dossier sobre el projecte de llei orgànica de garantia integral de la llibertat sexual. «Mira que els agrada posar noms pomposos a les coses», va pensar. Inevitablement, la Irene va aterrar als seus pensaments. En una reacció espontània del cos, però sobretot del cor, va renillar un llarg sospir. El Salazar, a qui devia haver trencat la concentració, va aixecar la mirada per fulminar-la. A veure qui li explicava que el sospir no tenia res a veure amb sa senyoria ni amb la seva dèria absurda de fer esperar la gent. Ella només havia pensat en la seva nòvia, de qui estava enamoradíssima.

El Salazar va tornar als documents i els pensaments de la Martina, a la Irene. Havia tingut molta sort de trobar-la. I això que el començament no va ser fàcil. Normal. A la Irene li costava diferenciar la Martina persona de la Martina policia. La veia com a part del sistema que havia fallat. Així que no va tenir altre remei que picar pedra amb hores i hores de WhatsApp d'anada i de tornada. Va costar molt aconseguir aquella primera cita al Michael Collins. D'allà ja en va sortir amb la panxa plena de papallones i un «tu no te m'escapes ni de conya». Des d'aleshores, es posava sentimental amb cançons d'amor, amb pel·lícules ensucrades i amb una posta de sol davant del mar. El record de quan la va veure per primer cop sense roba encara li eriçava la pell. De sentir el seu cos nu, la seva cabellera rinxolada entre els braços, els seus llavis petonejant-li l'esquena. L'ajudaria a superar les pors, a vèncer el passat. Construirien un futur juntes i algun dia es casarien.

Hòstia, quan es posava així de cursi no es reconeixia. Tan canalla com havia sigut. Qui ho hauria dit!

L'Evaristo Salazar va estampar un gargot en un document i, finalment, va aixecar la vista cap a la sergent. Durant uns llargs segons va examinar-la de dalt a baix. La seva mirada va aturar-se al cap rapat, a les arracades d'anella enorme i a la manicura de coloraines. Una bona repassada. Silenciosa. Feixuga. Incòmoda, però en cap cas lasciva, tot s'ha de dir. Per fi, el jutge va dirigir-li la paraula.

—Doncs vostè dirà.

El to impertinent sí que no tenia remei. Això venia de sèrie.

La Martina va donar explicacions, va aportar documentació i va ensenyar imatges al seu portàtil per articular una exposició en què va gesticular enèrgicament.

«Diners en metàl·lic», «grans quantitats», «entrades», «hòlding d'empreses» va ser el podi de termes més destacats en l'explicació. El magistrat, immòbil i inexpressiu, prestava total atenció.

—Segons el que li he exposat, senyoria, crec que procedeix sol·licitar el trasllat de la causa al jutjat de delictes econòmics.

Sa senyoria va plantar la mirada de rèptil als ulls de la sergent. Era penetrant. Dura. Va aguantar-la durant uns llargs segons. Set, vuit, nou, deu segons que, fit a fit amb el Salazar, es feien eterns. Finalment, l'home va reaccionar com si un clic invisible li hagués espetegat a dins.

—Doncs tramitem el trasllat.

La Martina podia respirar tranquil·la. Passi-ho bé al cas del Palau de la Música Catalana. I a despatxar amb l'Evaristo Salazar, que no era pas poca cosa.

## 16

Des del seient del copilot, el Toni mirava fugaçment cap a l'esquerra. Encara atordit, cercava un mínim de complicitat —demanar afecte ja seria passar-se—, però l'Aurora, gèlida, seguia muda al volant del seu totterreny de gamma alta. Ni un «com estàs», ni un «et fa mal aquí» o un «com van els ànims». Només silenci. Absolut. Granític. Violent, fins i tot. Una de les tècniques passives-agressives que més dany emocional poden causar. Exercint-la cap al Toni, l'Aurora pretenia manipular-lo perquè prengués consciència que sortir-se del guió, ni que fos un mil·límetre, no estava permès. Ell no ho faria pas; sabia el pa que s'hi donava, dins l'organització.

L'Aurora va aturar el seu cotxàs davant la residència del Toni i va trencar, puntualment, la llei de gel per advertir-lo. No va caler ni assenyalar amb l'índex ni elevar el to de veu. Amb el seu posat habitual de pomes agres n'hi havia prou.

—Quan torni aquella poli, perquè tornarà, et faràs l'imbècil. Queda clar?

—Tranquil·la. Sé què he de fer.

I fins aquí la cordialitat entre tots dos. Sense donar opció a rèplica, el Toni va baixar del cotxe amb els ulls de la lloba al volant que el seguien amb la mirada. Ell, que ho sabia, no va girar-se per donar-li l'oportunitat de clavar-los-hi. No li donaria aquella satisfacció.

El Toni va entrar al portal amb passes curtes, gairebé telegrafiades. Cadascuna anava acompanyada d'una ganyota de dolor que se li ramificava per tot el cos.

Aquells, però, eren els darrers instants en què es permetia la queixa. Quan entrés a casa, davant de sa mare i de sa filla, tot serien flors i violes. Elles dues eren el que més s'estimava en aquest món. Precisament perquè se les estimava, no havia deixat que anessin a l'hospital: per estalviar-los el tràngol de veure'l enllitat i amb aquella cara de xaiet que es vesteix quan un se sent tou. La motxilla de la mala consciència també hi tenia a veure una mica, tot sigui dit.

L'ascensor —enreixat, emmirallat, d'aquells regis que corren per l'Eixample— el va deixar al replà. Darrera ganyota i cap dins.

El rebedor era antic. Rajoles hidràuliques, sostre alt i biblioteca de punta a punta de la paret. Arribar a casa era balsàmic. Allà hi havia crescut, havia sigut feliç i va tornar-hi, alliberat, després de divorciar-se. Allò era casa. CASA. El lloc on sempre podia tornar, on sempre hi havia un plat a taula i una espatlla on plorar. Sempre hi havia estat feliç, allà. Segurament, el fet que ni son pare ni son germà haguessin mort entre aquelles quatre parets ajudava a mitificar el lloc.

Només deixar les claus al cendrer de l'entrada, la Francina Garçon, la mare del Toni, i la Marta Guasch, la seva filla, van córrer a tirar-se-li al coll. La reacció espontània va ser una nova ganyota, però abraçat a les dues dones de la seva vida potser el dolor tenia un deix dolç i tot. Tanmateix, es va prometre que aquell seria l'últim lament, ara de debò. Començava el teatre. Va desitjar-se molta merda.

—Com et trobes, papa?

—Bé, bé. Estic bé. Les anàlisis han sortit bé. Tot bé, tot bé. La doctora m'ha dit que un parell de dies de repòs i vida normal.

—Què et fa mal?

—Una mica l'esquena, però res més. M'han donat analgèsics, però no els necessitaré. Segur.

—Vols menjar res, fill?

—Després, mareta. He pres alguna cosa abans de sortir de l'hospital. Ara vull estirar-me una estona.

El Toni, content de ser a casa, va fer un petó al front de la mare i de la filla.

Després de tancar la porta de l'habitació darrere seu, va poder deixar-se anar una mica i permetre's un parell de gemecs fins arribar al llit. Va percebre l'olor de llençols nets, eixugats a l'aire, sobre el matalàs ben dur. Va expirar llargament. Casa.

Vestit de carrer i estirat, va consultar el telèfon. WhatsApp, Twitter, Instagram, abans d'adormir-se una estona. Mentre agafava la posició, l'esquena hi deia la seva protestant de valent. Ja còmode, els marrameus interns es van acabar i el mòbil va centrar la seva atenció. Va entrar al WhatsApp. Hi tenia un niu de missatges: del Víctor, del Jaume, del Leo, de la Nàdia, del Samuel. Un cop contestats amb agraïments sincers, va topar amb un número que no tenia identificat. Va obrir-lo. Era una nota de veu de poc menys d'un minut. En aquell moment van trucar a la porta. Sa mare tenia aquest sa costum. Ràpid, va deixar el mòbil sota el coixí abans que ella tragués el cap.

—Puc?

—És clar, mareta.

La Francina va seure a la vora del llit. El Toni va percebre la fragància que sempre anava associada amb ella. Rive Gauche: colònia, no perfum.

—Se sap alguna cosa de qui ho va fer, fill?

—La policia ho està investigant —va dir mentre arronsava les espatlles.

—Fill, per què a tu?

—No ho sé.

—Perquè et facin una cosa així... Si t'has ficat en un embolic, pots confiar en mi.

—Vaig tenir mala sort, mareta. Hauria pogut ser qualsevol. Em va tocar a mi.

—Si tu ho dius...

—No has de patir per res. Deixa'm descansar, si us plau.

La Francina va fer com si s'ho empassés. Ja ho fan això, les mares.

Capjupa, va marxar de l'habitació amb l'esperança de treure-li la veritat al fill en un altre moment.

Amb la mare ja fora, va regirar sota el coixí i de nou va tenir el mòbil a la mà. Va clicar per escoltar el missatge del número desconegut.

La veu robòtica va etzibar-li un calfred, primer. La sensació de tenir les galtes bullint va ser després.

> Hola, senyor Guasch, com es troba? Imagino que amb la por al cos, encara.

El missatge anava avançant. Suor al front, el cor desbocat i una lleugera tremolor a les cames en van ser les conseqüències.

> Recorda què va passar després del concert al teatre de San Carlo?

El missatge, en essència, era el mateix que havia rebut el Víctor la nit dels fets al Palau de la Música Catalana.

Mateixes exigències: «Confessi les seves culpes, demani perdó públicament i assenyali els altres tres culpables».

Mateixes amenaces: «La propera vegada no hi haurà cap arnès a la corda. Ni per a vostè ni per a la seva mare Francina i la seva filla Marta».

Mateix comiat: «L'adverteixo que no dormirà».

«Nessun dorma» i la veu robòtica van fer-se fonedisses per donar la benvinguda a la por. A la suor —ara freda— i al cor accelerat, s'hi van afegir unes nàusees amb epicentre a l'estómac que van fer via fins a l'esòfag. El regust de bilis va ser el preludi d'un vòmit que va deixar els llençols fets un fàstic i un tuf flotant a l'aire. Els espasmes combinats amb el mal d'esquena el van deixar trinxat. Li feia mal tot. Ajagut a la punta del llit, va inspirar i expirar, tractant de trobar una calma que no sabia ben bé d'on pescar.

Va agafar el mòbil. Va serpentejar l'índex sobre la pantalla fins a trobar el número del Víctor. Després d'uns segons mirant al no-res, va decidir-se i va prémer el botó verd.

# 17

Capritxós de mena, el Víctor va triar la terrassa de l'hotel W, Vela entre els barcelonins per la seva singular silueta, perquè el nucli dur de l'orquestra es retrobés després de l'incident al Palau de la Música.

Una situació ben estranya, aquella. Retrobar-se comportava, per nassos, afrontar l'arrel del problema. Ara sí, era inevitable tenir una conversa desada conscientment al calaix de les procrastinacions. O això creia el Toni, que va arribar amb caminar fatigós a la taula amb vistes a la platja de la Barceloneta on els altres ja l'esperaven. Primer, va saludar el Víctor, per allò de respectar les jerarquies. Els goril·les, els cerca-raons i els militars també ho fan en les seves respectives jungles.

—Mira qui tenim aquí. —El Víctor i el Toni van abraçar-se—. Quin ensurt ens vas donar, malparit.

—Ja ho pots ben dir, ja.

Seguit el ritual amb el *capo*, el Toni va xocar les mans de dits abotifarrats amb el Jaume Muntaner i el Samuel Ros. Després, va acomodar-se en una cadira, amb la corresponent protesta de l'esquena; un parell de fiblades carregades de mala bava.

Una brisa agradable amb flaire marina va acaronar-lo. Va inspirar amb força per carregar-se els pulmons d'aquell aire perfumat. Adorava el salnitre. Allà, prop de la platja, va experimentar una petita sensació de llibertat després de dies sent el centre d'atenció. A ell, sempre en un segon pla, estar al centre del focus no el feia sentir gens còmode.

—Quin lloc més xulo, aquest.

—Oi que sí, Toni? Doncs això digue-ho aquí a l'amic —el Víctor va assenyalar el Jaume—, que tan a prop del mar li agafen tots els mals.

—No m'agrada l'aigua, collons. Ja ho sabeu. —El Jaume, de sobte incòmode, va posar-se la mà a l'estern amb cara de dolor.

—Què et passa, amb l'aigua?

—Deixa estar què li passa amb l'aigua. Parlem de temes importants. Vens a Hamburg? —pregunta i glop de whisky del Víctor.

—Sí, sí. Hi vaig. Estic entumit i amb mal d'esquena, però estic bé. Més espantat que cap altra cosa.

—Apa, va... No siguis dramàtic. —I més whisky cap dins.

—Qui collons ho va fer? —La veu del Jaume va tremolar més del que hauria volgut.

—Pel missatge, algú que sap allò de Nàpols.

Aquelles paraules del Toni van induir un silenci incòmode. El nom maleït. No va caler verbalitzar-lo. La cara del Víctor va canviar en un instant. La mirada, l'expressió, el rictus van endurir-se. El posat, també. A la defensiva. Cames encreuades i braços encreuats; probablement els cables també se li encreuarien si no ho estaven ja. A partir d'aleshores, tot aniria pel pedregar.

—Estàs paranoic, Toni. Es pot saber què hi tenim a veure, nosaltres? Que jo sàpiga, la policia ho va certificar com a suïcidi. O és que començo a tenir Alzheimer? —El Víctor, dèspota com sempre.

La reacció del director havia contaminat l'ambient i també la conversa.

—Quan vau rebre el missatge? —va preguntar el Víctor.

—Dissabte a la nit. —El Samuel.

—Jo, igual. —El Jaume.

—Jo, dilluns. Quan vaig sortir de l'hospital.

—O algú ens ha seguit durant molt de temps o bé és algú de dins.

—De dins, Samuel? Acuses algú de nosaltres?

—Jo no he dit això, Víctor. Però pot ser algú de l'orquestra. En som uns quants. Si no, com saben el nom de la meva mare? Que viu a Mallorca, hòstia!

—El meu germà viu a Chicago —va recordar el Jaume.

—També han amenaçat la meva família. Però cal aguantar, em sentiu? Tal com estan les coses avui dia et munten una cacera de bruixes en un tres i no res. —El Víctor va fer petar la llengua—. El pitjor que ens pot passar és que s'arribi a saber. O voleu que ens fotin la vida enlaire?

—I com sabrem qui hi ha al darrere?

—D'això, me n'ocupo jo, Samuel. És el que fa un bon líder, no? Parar els cops als de sota. Jo ho faré per vosaltres.

Contradir el director després d'aquella proclama era tant com dir que no eres al seu vaixell. El Víctor estava per sobre de tot i de tothom. Sempre havia sigut així i ara, amb quaranta i tants, ja no el canviaries. Per a ell no hi havia mitges tintes; o hi estaves a favor o hi estaves contra. Tot era o blanc o negre. No hi havia espai per als grisos.

—Hem d'aguantar. Si el Víctor diu que ho arreglarà, ho farà. Quan ens ha fallat? —El Jaume va triar el bàndol fàcil.

—Jo estic amb vosaltres. —L'aparent seguretat del Samuel era del tot impostada.

Amb mi o contra mi. Blanc o negre. Zero grisos. Zero matisos. El primer violí i el clarinet, submisos i atemorits, van claudicar. El percussionista, el Toni, no triaria el mateix camí.

—Com es nota que a vosaltres no us han penjat d'una claraboia davant de dues mil persones.

—Em pensava que se t'havia deixat clar quin era el camí a

seguir. —No va caler que el Víctor fes referència a l'Aurora.

—Se'm va deixar claríssim. Però això era abans de rebre el missatge i que amenacessin la meva mare i la meva filla.

—Mira, no vull discutir... —Coneixent el Víctor, un «però» era inevitable. I efectivament, va arribar—. Però t'has preguntat per què et van penjar a tu?

Abans que el Toni pogués respondre, el Víctor va continuar, ara assenyalant-lo amb l'índex de manera amenaçadora. A partir d'aquell moment, les paraules serien escopides amb una combinació de ràbia i ganes de fer mal.

—Et van triar a tu perquè ets el més feble. Perquè ets dèbil.

—No vull que ni a la meva filla ni a la meva mare els passi res. És tan difícil d'entendre?

—Va, home, va... I per culpa de la teva paranoia hem de caure la resta? De debò, Toni? De debò em faràs això? A mi? Qui t'ha tractat millor que jo? Després que et divorciessis, qui va convèncer l'Aurora perquè t'arreglés el sou? I ara cediràs?

—Puc tenir la meva pròpia opinió, Víctor?

El Toni va desafiar el director sense esquerdar-se gens ni mica. Una cosa que no havia passat mai fins aleshores i que els altres van observar sense gosar obrir la boca.

—No. De cap manera pots tenir opinió pròpia. No pots perquè em fots. A mi i els teus suposats amics. Amb el que *jo* he fet per tu, tu no em faràs això a *mi*. No *ens* faràs això.

El Víctor va assenyalar el Jaume i el Samuel, que miraven el Toni amb cara de qui espera el veredicte del judici final.

—I si ho faig, què? Què passa, eh, Víctor?

El Víctor el va mirar fixament durant uns segons llarguíssims. Estava tastant el sabor amarg de la traïció. Per a ell, la frontera entre el bé i el mal no tenia traçada cap línia vermella. No es deixaria trepitjar.

—Vols saber què passa, Toni? Que ets home mort.

# 18

A la comissaria central de delictes econòmics, el caporal Fèlix Fanés buscava l'auto del jutge al seu escriptori, que, dit suaument, podria qualificar-se de desastre. Informes, atestats, expedients i altra paperassa convivien en el que un dia ell mateix havia batejat com l'ordre dins el caos. El cas és que sempre sabia on trobar les coses i, amb aquest pretext, no veia raó objectiva per la qual hagués de canviar de rutines. El temps que d'altres perdien endreçant, ell el passava buscant. I aquí pau i després glòria. Sense estressar-se.

Irritada fins a l'extrem, l'agent Laura Molinero treia foc pels queixals . De tant en tant, una esbroncada al seu superior sí que l'hi clavava. S'havia guanyat aquest dret a còpia d'anys de fidelitat i paciència.

—On és l'auto del jutge?

—Ha de ser per aquí... —El Fèlix Fanés regirava papers com ningú en aquest món. Gairebé sense fer soroll, ràpid com un empleat de banca comptant bitllets. Un superdotat en la matèria.

—Cagontot, Fèlix! Això és una cort de porcs. —No va ser pas diplomàtica, l'agent Molinero.

—És... aquí! —Va aixecar un document com si fos un geni de l'il·lusionisme—. Ho veus? No cal perdre els nervis... I, si no, es torna a imprimir i llestos.

—Quins collons... Amb això de tornar a imprimir deixaries els boscos sense arbres.

—No sé per què t'atabales. Si ja saps que ho acabo trobant tot.

El pitjor era que tenia raó. I això, a la Laura Molinero, li fotia una ràbia fora mida; va mirar-se'l amb cara de no em provoquis que te'n vento una de fresca.

Enmig de l'estira-i-arronsa, la secretària va acostar-se a l'escriptori i, sense saludar, hi va deixar un document. Sabia que corria perill de submergir-se entre el mar de paperassa, així que va preferir anunciar-ne el contingut.

—Ha arribat la citació. El dia 21 testifiques al judici del cas Duvnjak.

El Fèlix Fanés, absent, va aixecar la mirada. Projectada en el no-res, va perllongar-la durant uns segons. La secretària —sarcàstica, condescendent i odioseta tota ella— va cantarellejar com si parlés a un nen que encara anava amb xumet..

—El cas Duvnjak, blanqueig de capitals, evasió d'impostos, vas enxampar els xoriços...

El Fèlix no reaccionava. Feia l'efecte que tenia el cap en una altra banda. Aleshores, la secretària va optar per fer encara més el numeret.

—Trucant a Fèlix Fanés, caporal de delictes econòmics... —va cridar com si parlés per un megàfon.

—Ja et sento, collons, però el 21 és l'aniversari de la Rebeca i volia anar-me'n fora amb ella.

—La d'ara es diu Rebeca?

El Fèlix va fer com si no hagués sentit el comentari. El seu pap era capaç d'emmagatzemar muntanyes d'impertinències per tal de no entrar en conflicte. Un home de paciència infinita.

La secretària, que va evolucionar el to de sarcàstic a insolent, va assenyalar la citació amb l'índex.

—Doncs em sap greu, reietó, però el polvet d'aniversari l'hauràs de fotre després. En aquesta vida, tot no pot ser.

—Això és el que tu et penses... —l'amargada va marxar i el Fèlix va aprofitar per acabar la frase—, tros d'imbècil.

Havent-se quedat a gust, va prosseguir amb l'agent Molinero.

—Per on anàvem, Laura?

—L'ordre del jutge. Ja ha arribat.

—Demana les liquidacions dels concerts. Tens la llista de quins són?

La Laura va fer una ràpida consulta al seu ordinador. Endreçada i quadriculada com era, ho tenia tot escrupolosament documentat, classificat i calendaritzat. Era fàcil entendre per què el caporal la treia tant de polleguera.

—A l'Estat, T&M Events va organitzar els seus concerts al Teatro Real de Madrid, a l'Arriaga Antzokia de Bilbao, a la Maestranza de Sevilla i al Palau de les Arts de València.

—A banda del de Barcelona.

—A banda del de Barcelona. —La repetició era a mode d'afirmació.

—Si al Palau de la Música van colar disset mil dos-cents quaranta-vuit euros... —El Fèlix va alçar la vista uns segons al sostre mentre calculava mentalment—. A Espanya en poden haver blanquejat més de vuitanta-sis mil.

—Pagar en efectiu no és blanquejar, Fèlix.

—Cert. Però deus estar d'acord amb mi que és un indici que fa pudor quan hi ha tanta diferència amb qualsevol altre concert. De tota la seva gira, en quants concerts són ells els promotors?

—En vint-i-vuit.

Més càlculs ràpids. Quan el caporal va adonar-se de la xifra va deixar anar una llarga esbufegada amb alè de caramel de menta.

—Déu-n'hi-do. Podria acostar-se al mig milió d'euros anual.

# 19

—Tu no vas tenir la culpa de res.

Va encongir les espatlles.

—Em sents, Irene?

—Jo anava borratxa.

—I creus que això et fa culpable de res?

La Irene va guardar un llarg silenci mentre es mossegava el llavi inferior. No sabia ben bé què respondre. Aquella frase se l'havia repetit mil vegades, però el seu cap en feia cas omís, com si sentís ploure. A la seva mirada, perduda en algun punt de la consulta, era fàcil detectar-hi commoció. Diuen els experts que, després d'una situació límit, és del tot normal.

—Tinc una cicatriu, aquí —es va assenyalar la templa—, que sempre hi serà.

—Una cicatriu és una cosa que una vegada va doldre, però que amb el temps podem aconseguir que no faci mal.

—Les cicatrius ens recorden que el passat va ser real.

—Bona frase, aquesta. És teva?

—No. De l'Hannibal Lecter.

A la terapeuta va fer-li gràcia i va somriure de manera instintiva. Per contra, la Irene amb prou feina va estirar els llavis.

—No puc evitar sentir-me culpable per haver-me quedat paralitzada. Per no haver-hi fet més. Per no haver-los pegat o cridat.

—Molts animals es paralitzen davant una amenaça immediata i greu. Poden quedar immobilitzats de manera prolongada. El cos se'ls queda completament aturat.

—M'estàs dient gossa?

Aquelles sortides eren molt típiques de la Irene. Si es produïen era perquè ja es tenien prou confiança. La terapeuta la feia sentir còmoda. No era de les que et miren amb indiferència o de les que consulten el rellotge cada dos per tres. O de les que badallen, que també n'hi ha.

—Processos similars ocorren en humans. Les víctimes d'agressions sexuals sovint expliquen que no es van poder moure ni plorar durant l'agressió, fins i tot quan no estaven físicament limitades. En molts casos, paralitzar-se és la resposta neuronal davant d'un perill greu o d'un fet traumàtic. Els circuits cerebrals que controlen el moviment del cos es bloquegen.

—Si tu ho dius...

—No ho dic jo, Irene, ho diu la ciència. Quedar-se immòbil és una resposta habitual. Sovint es qüestiona el relat d'una víctima segons si es va resistir activament o no a l'agressor, però moltes víctimes es queden paralitzades. És molt freqüent. Set de cada deu, crec que és el percentatge. I sovint, al judici, les defenses dels agressors els retreuen que no hi oposessin resistència.

—Tant de bo jo hagués pogut assistir a un judici amb els meus violadors al banc dels acusats... —Va fer petar la llengua—. Però la Martina i el seu equip no els han detingut mai.

—La Martina va implicar-se molt en el teu cas. Tant que us vau enamorar i heu acabat sent parella.

—L'estimo molt, la Martina.

—I tu et sents estimada?

—Moltíssim.

—Amb el seu acompanyament, te'n pots sortir i curar-te del mal que et van fer.

—Tinc molta sort de tenir-la.

—Però, malgrat tot, li retreus que no resolgués el cas. Què sents quan hi penses?

—Sento ràbia... Cap a ella per no atrapar els violadors i cap a mi per no reaccionar.

—Hem de treballar aquesta emoció, Irene. Estic segura que la Martina va fer tots els possibles.

—Suposo que sí.

—I pel que fa a tu: hi ha víctimes que declaren haver patit immobilitat durant la violació i l'agressió sexual. Sovint utilitzen el terme «congelació».

La Irene va fer que sí amb el cap en sentir aquesta paraula. Congelació. Com si, de sobte, la terapeuta hagués trobat la paraula exacta per descriure com va sentir-se.

—L'evidència neurocientífica suggereix que la por i l'amenaça poden bloquejar els circuits neuronals corticals per al control de l'acció i donar lloc a la immobilitat involuntària. Per tant, això que dius de tu mateixa és injust.

Quan la Irene assimilés aquella darrera frase de la terapeuta, hauria fet un pas important per començar a sortir del pou. Però allò necessitava el seu temps. No s'aconseguia d'un dia per l'altre.

# 20

Davant la porta d'embarcament, el Toni va recordar la punyetera gràcia que li feia agafar avions. Se suposa que a còpia de pujar-hi ets capaç de vèncer la por, que les turbulències et facin pessigolles i de convence't que estadísticament és el mitjà de transport més segur. La teoria, que està molt bé, no va estalviar-li cap dels seus temors.

Per acabar-ho d'adobar, al vol cap a Hamburg s'hi afegia el regust amarg de la darrera conversa amb els seus companys d'ultimàtum, el cercle més proper al Víctor.

D'ençà de l'incident del Palau de la Música Catalana, però sobretot després que hagués rebut el missatge per WhatsApp, les nits en vetlla començaven a ser una perillosa rutina en què l'angoixant veu robòtica tenia un paper protagonista. L'amenaça i les imatges d'ell penjat a la sala simfònica eren una prova desagradable que el passat pot tornar en qualsevol moment a refregar-te les errades per la cara. Unes errades, les del passat, que sempre van de bracet amb la culpabilitat: un sentiment poderós alhora que complex del qual és dificilíssim desempallegar-se. És un tel que t'embolcalla, que et fa presoner. A la penitència dels remordiments s'afegeix el recàrrec d'un judici a la pròpia moral. Molt malparida, la culpabilitat. La nit al Palau de la Música l'alimentava amb voracitat. Era estrany veure's allà, inert, i no recordar absolutament res. Tot i que, en realitat, el càstig sempre és molt més dur per a qui pot recordar i voldria oblidar.

El Toni arrossegava una maleta de rodes pel *finger* cap a l'avió, a uns metres del nucli dur de l'orquestra, del qual fins feia poc creia que formava part. Els veia, en la distància, mig enrabiat i mig malenconiós. Les rialles i les bromes del Víctor van durar tota la cua fins a pujar a l'avió. Ja a dins, va veure asseguts en primera classe el politburó de l'OFB: el Leo, l'Aurora, el Víctor, el Samuel i el Jaume. El Toni va dubtar uns segons fins que, què carai, va acostar-se al seient lliure que hi havia al costat del Víctor. El director va posar-hi la seva bossa de mà i després el va reptar amb la mirada. Amb mi o contra mi, i tu ja has triat. El Toni se sentia el cor que li bombava amb força, però de portes enfora no va esquerdar-se. La resta de companys, muts i a la gàbia, no van dirigir-li ni la mirada. Ja era, oficialment, un empestat. El Toni, conscient de la seva condició acabada d'estrenar, va seguir passadís enllà i va seure a turista.

L'avió, mig buit, va enlairar-se amb el corresponent nus a l'estómac. El canvi de pressió li va castigar l'esquena, burxant-lo des de les cervicals fins al còccix. Va pensar en la Francina i en la Marta. Sempre ho feia, quan els nervis hi treien el nas. L'ajudava a trampejar-los, a posar distància amb les coses, a recordar què era important i què no en aquesta vida. Va mirar el rellotge. Quarts de dues. Sa mare just devia haver recollit sa filla a l'escola.

Efectivament, milers de metres més avall i centenars de quilòmetres més enllà, la Francina i la Marta creuaven el passeig de Gràcia deixant la Casa Milà a la seva esquena. Com sempre, alienes als problemes del Toni. Sempre havia sigut així. Qui no sap, no pateix. I qui no pateix, tot això que s'estalvia.

La Francina i la Marta van entrar a la finca on la família havia viscut tota la vida. Era règia, amb portalada de fusta, sostre altíssim i una gran làmpada que de tan passada de moda havia adquirit la categoria d'antigalla. L'àvia va recollir el correu de la bústia i, ascensor amunt, la pregunta de tot adolescent quan arriba el migdia.

—Què dinem?

—Fricandó. Ara l'escalfo.

A l'entrar a casa, la Marta va marxar passadís enllà mentre l'àvia revisava el correu al rebedor. Factura de l'aigua, factura del gas, factura de la llum, publicitat i, enmig de tot això, un sobre. Marró, DIN A5, opac, de tacte aspre. Ben gran, hi havia escrit el seu nom: Francina Garçon. La destinatària —mans pigades i sense elasticitat ni fermesa, gentilesa de l'edat— va obrir-lo. En veure'n el contingut, la Francina va sentir una esgarrifança, primer, i una fogonada al pit, després. Per arrodonir-ho, l'aire semblava haver-se acabat. El pànic l'abraçava. Una tremolor als braços va ser la culpable que les claus se li esmunyissin de les mans i impactessin sorollosament contra el terra. La tremolor va baixar a les cames. Va sentir que li fallaven. El cap va començar a giravoltar. L'estança trontollava com si hagués d'esvair-se d'un moment a l'altre. Una sensació desagradable. No podia mantenir-se dempeus. Va ensorrar-se com un tres de deu quan fallen el folre i les manilles. Va intentar subjectar-se a un moble, el primer que va trobar. Una lleixa va cedir i un gerro va trencar-se a bocins que van escampar-se pel terra de sanefa. El rebombori va alertar la Marta, que, cames ajudeu-me, va anar cap al rebedor amb l'ai al cor.

—Iaia!

La neta, espantada, va trobar-se l'àvia tirada a terra i va jeure al seu costat.

—Estàs bé?! Què passa?!

L'àvia intentava en va articular paraules. La seva mà, tremolosa, sostenia una fotografia que es movia com una fulla d'arbre quan bufa el vent. La Marta va agafar-la i va mirar-la. La cara de l'adolescent va transitar ràpidament d'un estat nerviós a la por. Amb uns ulls com unes taronges, es va tapar la boca amb la mà. Sentia el cor que li martellejava a tota màquina. Qui els ho havia enviat, allò? Era una fotografia de la Francina i la Marta encerclades per un punt de mira. De seguida va reconèixer el lloc; era la sortida de l'escola, al carrer d'Aragó amb Pau Claris.

La Marta va mirar l'àvia. Seguia en xoc. Intentava parlar, però el cos no obeïa les ordres del cervell. La filla del Toni va mirar-se de nou la foto, va examinar-ne el revers. El que hi havia escrit era terror en vena. «Compleix, Toni». Una amenaça. Clara. Directa. De mort. Escrita a mà, amb retolador vermell: el color de la sang.

Segons després, la Marta, a un pas de la histèria, va agafar el mòbil. Els dits van galopar-hi per sobre i va esperar una resposta. Per fi va arribar.

# 21

—Una bona cagada, una dutxa, un plat d'espaguetis i adeu ressaca.

—Dos dels tres, ja els tinc fets. Però encara queda molta estona per dinar. Hauré de passar amb això —va respondre, i va introduir unes monedes a la màquina de cafès com qui diposita les seves esperances en una escurabutxaques.

—Nen, que ja és el tercer i no són ni les deu.

Semblava sa mare, collons. Ves quines coses de recriminar-li. Com una ànima en pena, el caporal Fèlix Fanés —demacrat, amb ulleres i sense afaitar— va mirar l'agent Laura Molinero amb incomprensió, amb un «pobre de mi» dibuixat al rostre. Remenant un trist cafè de màquina, el tercer del matí, com tot just acabaven de recordar-li, el caporal, com si res, va caminar pel passadís cap al despatx amb la Laura darrere seu.

—A quina hora? —L'agent no va poder evitar el to burleta.

Un gruny.

—A les tres?

Un altre gruny.

—A les cinc?

—Deixa-ho, va.

—A les sis?

—No m'he ficat al llit.

—Hòstia, doncs no fots pudor.

—Moltes gràcies, Laura. És, de llarg, el més bonic que m'han dit des de fa anys.

—De debò. Per haver estat tota la nit de festa... No en fas gens, de pudor. Ni d'alcohol ni de tabac. Ep, ni halitosi.

—Però per qui cony m'has pres? Que soc un tio polit, jo. He cagat, m'he dutxat, m'he rentat les dents i cap aquí a pencar com un bon servidor públic.

—I fresc com una rosa.

—Tampoc exagerem.

—Com es deia la d'ahir?

—Paula.

—Va valer la pena?

*Bon vivant* i bon professional a parts iguals, el Fèlix Fanés va dibuixar un somriure de dents relluents. Tan murri com revelador. D'aquells que descriuen nits memorables. A nivell sentimental, portava la vida que volia. Sense complicacions. Feia anys que havia arribat a la conclusió que el millor de les relacions era el començament. Després tot s'esguerrava. Arribaven les manies, conèixer la família, la dèria de voler canviar-lo, el compromís i tota la pesca, que era molt més del estava disposat a carregar dins la seva motxilla vital. A partir d'allà, no fallava, la relació es convertia en una autopista de mentides, retrets i gelosies —sí, en plural, mai n'hi havia només una—. Així que, digue-li previsor, el Fèlix preferia estalviar-s'ho i tallava abans que el destí l'engolís. A l'edat del caporal —a ull, més a prop dels cinquanta que dels quaranta—, ja no el canviaria ningú.

Els dos mossos de la divisió de delictes econòmics van entrar al despatx i van asseure's a la taula. El cas de l'Orquestra Filharmònica de Barcelona els esperava. Abans, però, el caporal va enviar el cafè de màquina coll avall d'un sol glop. Ara, era ell contra la ressaca. Estava convençut de la seva victòria, tenia la ciència de la seva banda. La cafeïna promou l'estimulació del sistema nerviós central, augmenta la funció cerebral i, el més important, dins el cervell bloqueja l'adenosina, un neurotransmissor inhibitori que produeix la somnolència. Sí, guanyaria la batalla. I què coi, s'havia aixecat després de trompes infinitament pitjors, quan era més jove. Cert és, però, que les ressaques als vint anys duren dues hores, i als trenta, dos dies. A partir dels quaranta ja no t'hi vulguis trobar. No obstant, estava convençut que se'n sortiria. Des d'aquell moment, amb l'adenosina agonitzant pel seu cervell, passi-ho bé, xerrameca i reunió cara barraca.

—Què tenim, Laura?

—L'Orquestra Filharmònica de Barcelona acaba de començar la gira mundial. Farà cent nou concerts arreu del món, dels quals, en trenta-vuit, T&M Events n'és el promotor. Que ells mateixos es munten els seus concerts, vaja.

—Què és un promotor?

—Algú que contracta l'orquestra per tocar en un escenari determinat i que es queda amb la recaptació de la taquilla.

—Per tant, si ells mateixos en són els promotors, el caixet que cobra l'orquestra és la recaptació.

—Correcte. Tenim els certificats de liquidació dels concerts de la seva gira anterior. Repassant les dades, en els concerts en què ells van ser els promotors, hi ha una gran quantitat d'entrades comprades en efectiu a les taquilles; un nombre desproporcionat tenint en compte el comportament del mercat. Segons la declaració de la Maribel Verdejo, la directora general del Palau de la Música Catalana, no és normal que es comprin tantes entrades en efectiu durant els primers dies que surten a la venda. El cartell d'entrades exhaurides no es penja tan ràpid com en un concert d'una estrella del rock a l'Estadi Olímpic. Això no va així.

—Ja ho suposo, ja. Aquesta informació la tenim a través de l'autorització que ens va donar el jutge Salazar, correcte?

—Ahà.

—De quines ciutats parlem?

—Barcelona, València, Sevilla... Però la gran majoria són de l'Europa de l'Est: Pristina, Ljubljana, Riga, Tallinn, Kaunas.

La Laura va encarar l'ordinador cap al Fèlix, que aparentment havia ressuscitat després del tercer cafè.

—Totes tenen l'euro com a moneda de curs legal —va observar el caporal.

—Ben vist. Ni corones txeques, ni florins hongaresos ni leus romanesos.

—Quanta pasta?

—Depèn del lloc. Al Palau de la Música van ser disset mil cent euros, però a la gira anterior, a Kaunas, van ser entrades per valor de vint-i-vuit mil tres-cents quaranta-un.

—I tot en efectiu?

—Tot. Mira.

Va teclejar alguna cosa al seu ordinador i va girar-lo cap al caporal Fanés. A la pantalla, imatges en blanc i negre, un punt pixelades: un home comprava entrades en una taquilla i pagava en metàl·lic.

—Són de la càmera de seguretat de les taquilles del Palau de la Música Catalana. El dia que es van posar a la venda les entrades per al concert de l'OFB aquest home en va comprar en metàl·lic. El mateix paio va anar-hi els dies successius disfressat de turista i d'executiu.

La Laura va teclejar de nou a l'ordinador, va prémer el «Return» i va assenyalar la pantalla amb l'índex ben ferm.

—Aquest és el nostre home.

Va mostrar al seu superior una foto ampliada del comprador misteriós a cara descoberta: estatura mitjana, barba, arracada d'anella, trets zíngars, cigarreta entre els llavis.

—Quin és el proper concert que es posarà a la venda?

Després d'una consulta ràpida al gran oracle contemporani, l'agent Molinero tenia la resposta.

—Segons el senyor Google, és el de Bratislava.

—Quan?

La Molinero va trobar la informació en pocs segons, però va trigar uns quants més a verbalitzar-la. La seva mirada valorativa estava fent una anàlisi de riscos. Sabia com de tocat del perol podia arribar a estar el seu cap. Finalment, ves quin remei, ho va deixar anar.

—D'aquí a tres dies.

Ho va dir com qui encén una metxa i es tapa les orelles mentre espera una explosió. El caporal va mirar-se-la directament durant uns segons interminables. Mala peça al teler. La Molinero, que de ruca no en tenia un pèl, va endevinar les intencions del seu superior.

—No, no, no! De cap manera, Fèlix. Que estàs sonat?

—No tenim temps per a la burocràcia, ni de demanar una ordre al jutge, ni de parlar amb la Interpol, ni amb la policia eslovaca ni de muntar un operatiu conjunt. I aquest paio serà allà. És la nostra oportunitat per saber qui és.

—Fèlix, per favor, que aquí el seny l'has de posar tu, no jo! Que ets tu, el cap!

—Saps que tinc raó. —El caporal va foragitar les excuses com si espantés una mosca amb la mà.

—I tu saps que ens podem fotre en un merder de tres parells de pilotes.

—Si no se'ns en va l'olla, no té per què. Laura, només volem saber un nom. Res més.

Res més, deia. Així de fàcil.

L'agent Molinero havia de negar-s'hi categòricament, dir que fins aquí podíem arribar, posar el crit al cel. Però no ho faria. No podia. La seva lleialtat vers el caporal era massa forta. Hi tenia raons de pes. Durant els primers mesos de treballar plegats, el Fèlix havia ocultat sota la catifa diverses perles de la Laura: absències injustificades després del divorci, desaparició de proves i pèrdua de l'arma reglamentària encapçalaven la llista de les més sonades. Unes *delicatessen* on la DAI, la Divisió d'Afers Interns, hi hauria sucat pa. En aquesta vida, pocs et donen segones oportunitats, però el caporal n'era un i la Molinero ho havia aprofitat. Així doncs, el seu era un sentiment de gratitud, molt potent, que havia nascut fruit d'un conjunt de vivències. Un reconeixement als sacrificis que el Fèlix havia fet per ella i que havien contribuït a crear vincles sòlids, a l'ajuda mútua.

La Molinero va fer que no amb el cap.

Incrèdula.

Resignada.

La mare que l'havia parit, el cabró del caporal. Ho faria per ell.

## 22

A la zona portuària de la HafenCity, al flux del riu Elba i envoltada d'aigua per tres costats, s'alçava l'Elbphilharmonie, una de les joies més apreciades d'Hamburg. La façana —de cristall enlluernador— pretenia imitar les formes d'una vela hissada, d'una onada del mar, d'un iceberg i d'un vidre de quars. A mode 4×1, com qui no vol la cosa. El millor del cas és que ho aconseguia. Amb una vida curta, només set anys, aquella meravella arquitectònica que s'elevava fins als cent deu metres s'havia fet un lloc a la silueta urbana de la ciutat.

L'edifici acollia dues sales de concerts, un gran auditori central, habitatges d'alt nivell, bars, restaurants, sales de conferències, un spa i un hotel on, previ pagament d'una morterada, es podia gaudir d'unes vistes privilegiades d'aquelles que feien badar un pam de boca.

L'auditori central de l'Elbphilharmonie sonava amb una perfecció absoluta gràcies a deu mil panells de fibra de guix i paper reciclat —amb un disseny únic per a cada un— que difuminaven el so fins a aconseguir un patró acústic perfecte. Resultat: una sonoritat immillorable, considerada la millor del món. Una feina de xinesos feta per alemanys.

El conjunt, elegant alhora que espectacular, vestia de gala per acollir l'actuació de l'Orquestra Filharmònica de Barcelona de

Víctor Alemany. Com si fos el Colosseu romà, l'escenari se situava al centre de l'auditori envoltat per files de seients que s'elevaven uns costeruts graus.

Davant de més de dos mil hamburguesos que havien pagat el gust i les ganes, el concert es desenvolupava amb aparent normalitat. De cara al públic, el Víctor dirigia amb l'harmonia i el mestratge habituals. De portes endins, però, la tensió arran dels fets del Palau de la Música i el distanciament entre el Toni i el nucli dur de l'orquestra havien empastifat l'ambient. Era d'allò més aspre. Agre. Viciat. Enrarit, per dir-ho de manera suau.

Aquella nit també, la cocaïna feia anar el mestre a força revolucions més del compte. Qualsevol que el conegués s'adonava que les ganyotes sota la barba anaven a tot gas. Refregava la llengua amb ànsia entre les dents i el paladar com si s'acabés el món. Malgrat tot, el concert seguia el seu curs. Després de la primera hora de clàssica amb Strauss, Britten i Bizet com a protagonistes, era el torn de la lírica.

El Marc Pombo va trepitjar l'arena de l'Elbphilharmonie. Després, va ser el torn de la Nàdia Abad, amb la corresponent reverència del Víctor, que va besar-li la mà. Amb teatralitat, el mestre va allargar el cerimonial inspirant profundament per embriagar-se del perfum de la soprano. Vainilla, dolç, amb punts de cítric. Al bell mig de l'escenari, van mirar-se als ulls; potser més del que seria habitual, i amb tota seguretat més del que seria necessari. La connexió era evident. Aquestes coses es noten. O vols creure que es noten. O te la foten fent-te creure que es noten. Fos com fos, no era la primera vegada que aquelles miradetes s'allargaven, i els més xafarders de l'orquestra —efectivament, n'hi havia com a tot arreu— en feien safareig d'unes setmanes ençà. La Nàdia Abad no n'era la primera i no en seria l'última. Això ho sabia tothom.

L'objectiu de l'OFB era vendre entrades, ser una màquina de fer diners, diners i diners. Per aconseguir-ho, res millor que el tàndem del millor director del món amb els grans èxits per rebentar les taquilles, com l'espectacle *Viatge al cor d'Europa*.

Amb aquesta filosofia, el Marc Pombo i la Nàdia Abad van interpretar les principals àries que un repertori *mainstream* podia encabir: *O mio babbino caro*, *Carmen*, *La traviata* i, per acabar a dalt de tot, el Víctor havia decidit que «Nessun dorma» tanqués el repertori

Difícil no tenir un *flashback*.

Difícil no pensar en la veu robòtica.

Impossible no tenir el cor a la gola.

Els primers acords van donar pas al cant de la soprano, que va arrencar una entusiasta ovació del públic assistent.

Sobre l'escenari, el Víctor no les tenia totes. El Toni, tampoc. Ni el Marc. Ni el Jaume. Ni el Samuel. Tots, amb més o menys discreció, van aixecar la vista cap amunt, cap a la cúpula de l'Elbphilharmonie, amb el temor que, d'allà, en pogués caure algú ves a saber com.

«No dormiràs», havia dit la veu robòtica. *Nessun dorma*. Era el moment.

A mesura que la peça anava consumint notes de la partitura, el mestre s'amarava de suor més i més. Per la tràquea, presonera del corbatí, l'oxigen semblava circular-hi amb comptagotes. Puta droga, putos nervis, puto passat. La llengua ballant un twist i la mandíbula com un pèndol no van estalviar-li un bon grapat de basques. Batuta amunt, batuta avall, va trampejar-les prou bé. Hauria pogut dirigir aquella peça amb els ulls tancats. I amb una mà lligada a l'esquena, també.

Els acords se succeïen i el Marc encarava les darreres frases. El clímax estava a punt de fer el cim.

*All'alba vincerò.*

El Víctor, inquiet, va creuar la mirada amb el Jaume. Temorosos a parts iguals, de nou van aixecar subtilment la vista al sostre.

*Vincerò!*

*Vincerò!*

El Marc Pombo va acabar la interpretació.

*Alea jacta est.*

A qui li tocaria aquell cop? Tot el nucli dur era sobre l'escenari tret del Leo.

Des del faristol, el Víctor va tancar els ulls i els va serrar amb força, esperant l'infortuni. L'inevitable. Com qui espera una explosió, un xoc frontal, un cop de puny als morros. La veu que el maltractava per dins havia fet el compte enrere mentre anunciava el pitjor. No obstant, la potència del final de «Nessun dorma» va alçar el públic de la cadira per regalar a la Filharmònica de Barcelona la millor ovació de la nit.

El director va obrir els ulls. De cop. Va respirar, esgotat. Gairebé hiperventilant. A jutjar per la seva expressió, havia passat un calvari. Va tenir un fogot sobtat. Aclaparador. Una flama d'escalfor el va embolcallar. Diuen que ja ho tenen, això, els nervis. O potser era la por. O potser la cocaïna. Segurament era tot plegat.

Gotes de suor van fer un descens esquena avall fins als ronyons, deixant una estela de calfreds al seu pas. De regal, unes esgarrifances, d'aquelles tan cabrones. Més avall, les cames li feien figa.

Però els mals auguris no van fer-se realitat i els aplaudiments eren ensordidors. Va fer una volta de tres-cents seixanta graus. L'Elbphilharmonie als seus peus, ovacionant-lo, era una cosa que no es veia cada dia. Reconeixement, fama, diners, ego, vanitat. Allò ho significava tot per a ell.

Era bo. El millor.

Un clic procedent no sabia ben bé d'on va recordar-li que no hi ha reconeixement, ni fama, ni diners, ni ego ni vanitat sense el públic; així que, au, per feina. Va inclinar-se en una reverència davant el públic entès d'Hamburg. Complagut, va paladejar el moment. Era plaent. Una bona dosi d'adrenalina a l'autoestima, que, per molta façana que projectés, havia patit alguna esquerda darrerament. El món n'era ple, de desagraïts com el Toni.

Les cares embadalides amb la barba més famosa de la música clàssica contemporània eren mitja vida. Tota, segons com. Normalment hauria sigut hipnòtic. Però aquella nit, els ulls del mestre seguien clavats a la cúpula de l'Elbphilharmonie com si la veu robòtica els hagués imantat. Però la cúpula no va esclatar ni en va caure res.

# 23

Després del concert, els bastidors de l'auditori central de l'Elbphilharmonie es van omplir de convidats que volien saludar el Víctor Alemany. Ell, tan bo sobre l'escenari com al darrere, tenia sempre un somriure per a qualsevol cara coneguda o poderosa que volgués encaixar-li la mà. Sempre amb una paraula amable a punt, una anècdota a punt i un comentari oportú a punt. Abans de cada concert, per gentilesa del Leo, sabia si hi havia alguna personalitat a la llotja i en llegia la vida i miracles perquè després la conversa fluís. Si alguna cosa dominava en aquest món eren les relacions públiques. Perquè, a qui bategen sense padrins?

L'havia sembrat des de sempre, aquesta pràctica. Quan va deixar de ser un nen prodigi per convertir-se en una realitat, va començar a lluir un perfil madur en dirigir la Filharmònica de Los Angeles. La barba hípster, el cos musculat i els dos rellotges als canells van ajudar a crear el personatge. Després vindrien les direccions de la Simfònica d'Estocolm i de l'òpera de París, on va consagrar-se com a referent mundial. Quan va rebre la proposta de l'Aurora per dirigir la Filharmònica de Barcelona, no s'ho va pensar dues vegades. L'oferta era impossible de refusar. Una muntanya de diners per tornar a casa convertit en una estrella mundial. Aquest títol, talent musical a banda, se l'havia guanyat gràcies a les col·laboracions amb Steven Spielberg per al remake de *Cantant sota la pluja*, i amb U2, que només havien fet alguna cosa similar amb Frank Sinatra i Luciano Pavarotti. Unes credencials immillorables per esdevenir el mestre més mediàtic del món.

El Víctor somreia, alleugerit. L'actuació havia anat rodada i, segurament el més important, havia finalitzat sense cap penjat caient sostre avall. Potser els tentacles de l'Aurora havien aconseguit silenciar la veu robòtica.

En un alemany perfecte, el mestre parlava amablement amb les autoritats que havien baixat a saludar-lo. D'entre un reduït grup d'homes encorbatats, en destacava una dona. Seixanta i tants, cabell curt, vestit jaqueta, rictus seriós, antiga remenadora de cireres. El mestre va regalar a la convidada estrella de la nit la batuta del concert i un plec de partitures signades. I l'estona de conversa, és clar. Que no saps mai a quin sant t'hauràs d'encomanar i, ja posats, millor que sigui un de qui t'hagis declarat devot.

El Leo s'encarregava d'immortalitzar el postconcert entre bastidors —postureig en vena—, per alimentar Instagram, Twitter, Facebook, TikTok i allò que engrandís la fama del geni amb m'agrades, retuits, comentaris, nous seguidors, *engagement* i la mare que ho havia arribat a parir tot plegat. Però el director —qui mana, mana— hi creia molt, en això de les xarxes. El Leo —aconseguidor de capricis i col·leccionista de secrets aliens— s'havia guanyat la confiança del Víctor a còpia de bona feina. Li tenia totes les manies apamades: el perfil bo era el dret, compte amb les ganyotes, el corbatí ben recte, barra lliure per retocar fotos a còpia de filtres, els dos rellotjassos sempre ben visibles i, sobretot, alerta amb restes blanques als narius, que feien lleig. A més, calia combinar a parts iguals somriures i posats de qui escolta amb atenció. Tot mil·limetrat, postís, cara a la galeria. Tot mentida, en definitiva. Xarxes socials: califat de la vanitat.

Entremig de la barrejadissa, el Samuel i el Jaume feien petar la xerrada amb una cervesa a la mà. En la distància, miraven amb recel el Toni, que en un racó, potser el de pensar, mirava un punt indefinit de la sala on tothom somreia menys ell. Sol, semblava reflexionar sobre els darrers dies de la seva vida. En com de ràpid canvia tot.

D'improvís, va aixecar-se. Amb passes decidides va dirigir-se als seus antics amics.

—Després, veniu a la meva habitació amb el Víctor.

El Toni va abandonar els bastidors. Ell havia triat aquella creu i ja havia decidit com carregar-la.

# 24

El Westin Hamburg Hotel, ubicat al mateix edifici de l'Elbphilharmonie, oferia unes vistes espectaculars des de la seva habitació de la planta onze. Al balcó, el Toni inspirava profundament com si l'aire el carregués de l'energia necessària per encarar el que li venia al damunt. Pel seu cap, hi passaven moltes coses, però, per damunt de tot, l'entrada a la Filharmònica de Barcelona i els anys al costat del Víctor, una figura tan fascinant com tòxica. D'això últim només n'eren conscients aquells que hi convivien. La vida pública era una altra cosa. La gent no sabia de la missa la meitat.

La conversa amb els seus antics amics no seria agradable i els nervis, que n'eren plenament conscients, li feien la guitza oprimint-li el pit i encenent-li les galtes com brases. El cor, per la seva banda, li bategava d'allò més accelerat. L'ona expansiva dels batecs es propagava per tot el seu interior.

Hi havia donat moltes voltes a si calia tenir o no aquella xerrada. No sabia ben bé per què ho feia. Un diminut pòsit de lleialtat devia ser el que va acabar decantant la balança. Fos pel que fos, creia just avisar de les seves intencions i, encabat, que cadascú prengués el camí que volgués, el que li convingués o el que bonament pogués. Fugir, confessar i entregar-se, esperar i veure-les venir, negar-ho tot, amagar el cap sota l'ala. Per al Toni, qualsevol opció era vàlida; només volia tenir la llibertat de triar la seva.

Des del balcó va sentir un parell de trucs a la porta. Encara vestit de concert —frac, llacet i sabates—, va anar a obrir. La seva vida estava a punt de canviar per sempre, però això el Toni encara no ho sabia.

El Jaume, el Samuel i el Víctor, que va crucificar-lo amb la mirada, van entrar a l'habitació. Van asseure's a les còmodes butaques sense dir ni ase ni bèstia. El director, visiblement nerviós, no feia el més petit esforç per emmascarar els visibles efectes de la cocaïna que li campaven a plaer pel rostre. No calia ser agent de la DEA per intuir que, després del concert, havia esnifat alguna clenxa més.

Ja els tenia a tots tres allà; havia arribat el moment. Ara calia trobar el valor. Amunt i avall de l'habitació, el Toni el buscava entre els calaixos de la consciència. Els seus antics amics el seguien amb la mirada. Muts. Expectants. Impacients. Inquiets. Centrant en ell tota la seva atenció; dipositant, d'alguna manera, el seu futur en aquelles mans de dits abotifarrats.

—Nois, he decidit parlar.

Ras i curt. Sense artificis que adornessin una decisió que per als altres seria una traïció. El Toni la prenia convençut d'assumir-ne les conseqüències que comportava: confessió, presó, judici, condemna, el que dirà la gent. Una premissa, això sí, havia pesat per sobre de cap altra: sa mare i sa filla no pagarien pels seus actes. Explicar-los-ho seria fotudíssim, i ell hauria de pagar els plats trencats. Les decebria, segur. Probablement el repudiarien i el farien fora de casa. Però no pagarien pels seus actes.

Dit estava, doncs. La resta dels presents van mirar-se entre ells, entre el temor del que passaria i la ràbia de veure com un abrupte canvi de vida els engolia.

—Vols confessar?!

—Sí, Jaume.

—Públicament?

—És el que ens han demanat.

—Enviaràs la nostra vida a la merda i ho saps.

—I la meva què, Jaume?

—Vaja... Qui millor que un amic per clavar-te una punyalada per l'esquena. Vam dir que aguantaríem.

—Com es nota que a la teva filla no l'han tocat.

—Ni a la teva, què t'empatolles?

El Toni va treure el mòbil de la butxaca. Després de desbloquejar-lo, els el va mostrar.

—T'equivoques, Jaume. Com pots veure, precisament ho faré per la meva família.

Tots van focalitzar la mirada en la pantalla. Allà hi havia la gota que havia fet vessar el got de la resistència del Toni: la foto de la Francina i la Marta encerclades per un punt de mira. Segons més tard, va fer lliscar l'índex sobre la pantalla per mostrar la nota «Compleix, Toni».

El Toni va mirar el Jaume amb desdeny i va donar-li el telèfon perquè ell mateix examinés les fotos de l'amenaça. Va ampliar-les amb l'índex i el polze. Just en aquell moment, va sentir una forta punxada a l'estern que va reflectir-se-li a la cara. Va pressionar amb la mà la zona adolorida. De seguida, però, va tornar al mòbil. La cosa es tornava preocupant. Els seus ulls, esporuguits, van obrir-se de bat a bat. La seva filla Zoe va passejar-se-li pels pensaments mentre recordava allò de veure la barba del veí pelar.

El Jaume va donar el telèfon del Toni al Samuel perquè les imatges passessin pel seu sedàs.

—Ho han enviat per correu postal a la meva mare. Jo no sé com aturar això, nois —va al·legar el Toni en legítima defensa.

—Quan ho ha rebut, ta mare?

—Avui.

—Ho ha denunciat?

—L'he convençut perquè no ho fes. Està esperant que jo torni. Demà anirem a comissaria.

Els altres músics van mirar directament el Toni: una mena de jurat popular que el declarava culpable d'alta traïció.

—Què faríeu vosaltres en el meu lloc? Sigueu sincers.

—Per a tu és molt fàcil —ara era el Samuel qui atacava—. Cooperador necessari i lliure en pocs anyets... Però nosaltres què? Els teus amics? Vam fer un pacte.

El Samuel, amb un tic nerviós a la cama, va donar el mòbil del Toni al Víctor. El director va quedar-se atrapat amb la foto de l'amenaça. Progressivament, les veus al voltant del mestre van esdevenir un murmuri llunyà mentre el cervell li carburava a cent per hora.

Va mirar el mòbil.

Va mirar el Toni.

Va tornar-se a mirar el mòbil.

Tot seguit, va sortir al balcó mentre els altres seguien fotent-se els plats pel cap. Amb el vent d'Hamburg acaronant-li la barba, va actuar amb celeritat.

Va eliminar els missatges del xantatgista.

En va escriure un. Curt i redemptor.

Encabat, va netejar el telèfon amb un mocador de roba. Va tornar a l'interior de l'habitació i, discretament, va deixar el mòbil damunt l'escriptori.

La discussió havia pujat de to i els insults no trigarien a arribar. Ara era el Jaume qui tornava a la càrrega.

—El Samuel té raó. Per a tu està mamat. Cooperador necessari... En sortiràs airós. I a nosaltres que ens donin pel cul! A podrir-nos a la presó! No permetré que m'arruïnis la vida. Em sents? Per culpa teva, la meva dona i la meva filla em deixaran de parlar.

—I què et penses, Jaume, que ma mare i ma filla a mi no? Però prefereixo que em retirin la paraula per sempre que no que la seva vida corri perill. Potser tu prefereixes que matin la teva filla.

—Fill de puta!

Després de l'insult, el Jaume va aixecar-se d'un bot amb el puny tancat i carregat per trencar la cara al Judes. Les rates no mereixen pas cap altra cosa. Però el Víctor, més ràpid i molt més fort, va interposar-hi el seu poderós braç i va avortar l'agressió.

El director va posar la mà sobre l'espatlla del Jaume i el va fer seure, amb expressa lentitud, de nou al sofà. Submís, el Jaume va acatar. Ganes de brega no n'hi faltaven, però millor reprimir-les. Ves quin remei.

Amb el Jaume ja domat, el Víctor va tombar-se cap al Toni. La mirada d'escurçó va perforar-li el cervell. Per no desmuntar-se allà mateix, va haver d'empassar-se la saliva. El mestre va envoltar-li l'esquena amb el braç. Com ho fan els amics.

—Toni, el teu mòbil.

El Víctor va assenyalar el telèfon amb la barbeta. El Toni va agafar-lo de sobre l'escriptori i va guardar-se'l a la butxaca interior de l'americana.

La diferència de corpulència, l'un al costat de l'altre, era més que notable. Cent quilos de múscul contra els seixanta d'un sac d'ossos. Mà a l'espatlla, el Víctor i el Toni van sortir al balcó. La nit, que protestava com si pressentís el que passaria, dibuixava a l'horitzó llamps inquietants en forma de gargots.

A l'empara de la nit hamburguesa, el Víctor va inspirar, teatralment, mentre observava el cel. El Toni va mirar-se'l desconcertat. Incapaç d'articular una resposta.

—Notes l'olor, Toni? És la llibertat. I saps què? Que no ens la robaràs.

El Víctor, amb un braç rodejant l'espatlla del Toni i amb l'altre que l'agafava per la pitrera, va llançar el traïdor daltabaix del balcó de la planta onze del Westin Hamburg Hotel.

## Segona part

Nessun dorma!
Nessun dorma!
Tu pure, o principessa
Nella tua fredda stanza
Guardi le stelle
Che tremano d'amore e di speranza!
**Il mio mistero è chiuso in me**
Il nome mio nessun saprà!
No, no, sulla tua bocca lo dirò
Quando la luce splenderà!
Ed il mio bacio scioglierà
Il silenzio che ti fa mia!
Il nome suo nessun saprà
E noi dovrem, ahimè! morir! morir!
Dilegua, o notte!
Tramontate, stelle!
Tramontate, stelle!
All'alba vincerò!
Vincerò!
Vincerò!

# 25

—Porta sabates —va observar la Hanna Schmidt.

—Doncs ja saps què significa...

—Que no s'ha suïcidat.

—Això mateix... Però, com sempre, deixarem els tòpics a banda. Digues, què en sabem?

—Era músic de l'Orquestra Filharmònica de Barcelona; han actuat aquesta nit a l'auditori principal. Estava allotjat a l'hotel Westin, just aquí, al mateix edifici de l'Elbphilharmonie. Una hora després del concert, ha caigut des del balcó de la seva habitació del pis onze.

Ajupit, observant el cadàver a la riba del riu i d'esquena a la comissària Hanna Schmidt, sobre el rostre del Jan Petersen onejaven llums estroboscòpiques dels cotxes patrulla. Treien el nas de matinada enmig d'un silenci pesat i d'una densa boira baixa que regnava a la Hafencity, la zona portuària d'Hamburg. La gelor, d'aquella humida que cala fins al moll de l'os, maridava amb l'olor que provoca la pluja en caure en els terres eixuts, l'anomenat petricor.

—Què hi diu la científica, Hanna?

—Que no podran extreure ADN de la roba. Ha estat més de dues hores al riu. Entre l'aigua i la pluja s'ho han carregat tot. No tenim res, Hauptkommissar.

El Jan Petersen va continuar la inspecció ocular mentre s'enguantava les mans amb làtex per palpar el cadàver, que vestia un elegant frac. Al pit, va notar-li un objecte dur, rectangular, no gaire gran. Va obrir l'americana i en va treure un mòbil de la butxaca interior. El comissari en cap del Landeskriminalamt va posar-lo en una bossa de plàstic i, tot seguit, va situar-lo a l'alçada de la vista i va entretancar els ulls, fruit de la concentració. El telèfon estava d'una peça, però, això sí, tenia la pantalla feta miques. Per sobre de la bossa de plàstic, va prémer el botó lateral del terminal amb l'esperança que donés senyals de vida, però res de res. Intentar reanimar-lo seria cosa del servei informàtic. Amb el propietari sí que ja no hi havia res a fer.

Encara a la gatzoneta i sense retirar la mirada del cadàver, el Jan Petersen va estendre el braç enrere perquè la Hanna Schmidt agafés la bossa. Escena número u, vestigi número u. Era important. El mòbil sempre ho era per reconstruir les últimes hores del difunt.

El comissari en cap del Landeskriminalamt, finalment, va incorporar-se amb les conseqüents protestes de les parts més perjudicades del seu cos. Les fiblades als genolls, que li travessaven menisc, tendons i lligaments com ho farien afilats punxons carregats de mala llet, eren l'herència dels anys de joventut castigant el cos com a jugador d'handbol. L'esport és sa, diuen. Dels seus millors anys ja n'havien passat vint-i-cinc més i de l'handbol en quedaven els bons records i aquelles fiblades malparides.

Ja dempeus, va alçar la vista cap al majestuós edifici de l'Elbphilharmonie i va estudiar la trajectòria de la caiguda fins al riu Elba. Seixanta metres de salt al buit per acabar xop, inert, dits inflats, boca esquinçada, ulls oberts i mirada buida. Mort. El procés de descomposició ja havia començat a causa de l'autòlisi: la ruptura dels teixits pels mateixos enzims i elements químics del cos, i la putrefacció: la ruptura dels teixits per bacteris. Com acaba aquest procés ja se sap i no és agradable.

Morir mentre dorms, en pau amb tu mateix, al llit de casa, sense patir, sense dolor, sense saber que marxes, sense deixar un munt de merdes als que es queden: en definitiva, una mort plàcida. Tothom la desitja, però són pocs els privilegiats que la tenen. Sens dubte, el destí no havia triat l'infeliç aquell dins el selecte grup d'escollits.

—Tenim filiació, Hanna?

—Toni Guasch, trenta-set anys, nacionalitat espanyola.

El Jan Petersen va mirar-se el cadàver de nou, ara en perfecte pla zenital, vestit d'etiqueta per a l'actuació.

—Toni Guasch... Pujarà al cel la mar d'elegant.

# 26

La comissaria de Davidwache, seu del districte 15 de la Policia Criminal Federal de la Ciutat Hanseàtica d'Hamburg, era la més petita i cèlebre d'Alemanya. Considerada patrimoni artístic, l'edifici era un triomf del millor estil expressionista alemany, amb un desplegament decoratiu inaudit en l'entorn de la comissaria ubicada a Sankt Pauli, el barri vermell d'Hamburg. Quan queia la nit, els neons dels clubs, dels sex-shops i dels caus de vici il·luminaven la foscor i la cara més depravada de l'ésser humà. Més enllà de bars animats, bars de copes i bars de putes, Sankt Pauli era un dels barris més emblemàtics i amb més activitat d'Hamburg. No tot era perdició, allà.

El comissari en cap, el Jan Petersen, assegut al seu despatx amb vistes a la Spielbudenplatz —tot tranquil amb les vuit del matí encara per tocar—, sostenia el telèfon mentre esperava una resposta des de Barcelona que trigava a arribar. Va escurar-se el coll, va pentinar-se la cabellera albina i, fins i tot, va tenir temps per maleir la humitat d'una ciutat portuària que s'acarnissava amb els seus malmesos genolls.

Al telèfon, un to en precedia un altre i un altre i un altre, però la sergent Martina Roca no despenjava ni a la de tres. Ella i la Irene dormien mentre els primers rajos de sol matutins es filtraven per la finestra tot traçant ombres desiguals al terra de l'habitació.

El Jan Petersen era molt insistent i el mòbil de la sergent seguia vibrant sobre la tauleta de nit. Un soroll irritant d'onomatopeia impossible. Dels que se't fica al cap i després la feina és teva per treure-te'l del damunt. Va percudir com una broca fins que va esquerdar el son de porcellana fina de la Irene, que, mig aquí i mig allà, sentia com un cabreig monumental se li escampava per dins.

Que era festiu...

Que no eren ni les vuit...

Per l'amor de Déu, hòstia!

I la Martina, per descomptat, com un tronc al seu costat somiant ves a saber què. Ja podia haver-hi un terratrèmol, una explosió nuclear o un mòbil vibrant sobre el vidre de la tauleta que ella no es despertava. La Irene va sacsejar-la, primer amb suavitat. Després, ja va ser amb mala gaita. Jurant en arameu, maleint que silenciar el telèfon hagués caigut en desús sota aquell sostre.

Quan va aconseguir despertar la Martina, la Irene ja estava del tot desvetllada. Tot el que digués a partir d'aleshores serien rebequeries en calent de les quals tard o d'hora es podia penedir.

—No tenies el dia lliure, avui? —Més que una pregunta era un retret a boca de canó.

La sergent, fent el desentès, va incorporar-se per asseure's al costat del llit. Després, per fi, va fer lliscar el dit per sobre de la pantalla.

—Digui. —La veu era ronca. I de l'alè millor no parlar-ne. Qualsevol diria que estava connectat a una fossa sèptica.

—Sergent Roca, soc el Jan Petersen, Hauptkommissar de la Landeskriminalamt, la Policia Criminal Federal de la Ciutat Hanseàtica d'Hamburg.

El títol nobiliari del Jan Petersen va encendre algun interruptor intern de la Martina i —oh, miracle— va despertar-se de cop. El seu rostre va canviar com un mitjó i, fins i tot, va dreçar l'esquena com una post de planxar.

La Irene observava la seva nòvia acabada de llevar —samarreta interior blanca, calces i lleganyes enganxades com paparres—. Assentia, concentrada, mirant cap a un racó de l'habitació. Fregant-se el palmell de la mà pel cap rapat. Enrere, endavant. Enrere, endavant. Enrere, endavant. Quan fa això és que s'hi cou alguna de grossa, va pensar la Irene.

Després d'una estona assentint, la Martina va penjar, va alçar la vista i va clavar els ulls sobre la Irene. Sabia que, per a la seva nòvia, passar tota sola la nit era un calvari en què qualsevol soroll esdevenia sospitós, en què comprovava la tira de vegades que la porta estigués ben tancada i l'ai al cor la massacrava amb calfreds indiscriminats per tot el cos. Tot conseqüència de l'enclusa de por i l'estrès posttraumàtic que carregava sobre les espatlles. Però la feina era la feina. Què hi podia fer? Potser, ara pagaven les conseqüències d'haver sol·licitat al jutge el trasllat del cas a delictes econòmics i haver abandonat la investigació criminal. Quina mena de poli seria si no s'ho qüestionés? Una bona poli no les feia, aquelles coses.

—Marxo a Alemanya.

Va deixar-ho anar de patac. Que se'n sentís culpable era tan inevitable com immerescut.

Tot i que el cos l'hi demanava a crits, la Irene va optar per no queixar-se. Un silenci incòmode va fer-ho per ella.

# 27

El Víctor podia sentir l'olor de fusta de pi, el tacte suau i un pes de mil dimonis al damunt. Ell, juntament amb el Jaume, el Samuel i el Leo, carregava sobre l'espatlla el fèretre amb el cos del Toni a dins. Se suposa que els amics, els que ho són de veritat, les fan, aquestes coses.

L'església del Reial Monestir de Pedralbes —una única nau, set trams de voltes, un absis heptagonal i lloguer trinco-trinco a càrrec de l'OFB— era plena a vessar. El pas del fèretre pel passadís central, al compàs d'*El cant dels ocells*, anava acompanyat de sanglots, plors i injúries cap a la vida. Com havia sigut tan cruel amb el pobre Toni?

Un cop dipositat el taüt al peu de l'altar, el pes sobre les espatlles seguiria durant un període de temps indeterminat, gentilesa de la reconsagrada consciència. Ho faria per a tots menys per al Víctor. El mestre sempre havia justificat els mitjans per aconseguir qualsevol fi i, d'aquell funeral, tal dia en faria un any, tal dia en faria dos i tal dia en faria tres. Si la veritat quedava enterrada, objectiu complert. Arribaria un dia en què l'incident d'Hamburg seria un record llunyà. Incòmode, potser, però amb sort s'acabaria perdent pels laberints de l'oblit. Mentrestant, calia una actuació impecable de cara a la galeria.

Els músics de l'OFB, els inseparables amics del Toni, van

abraçar la Francina i la Marta. La mare i la filla estaven desconsolades, però, sobretot, estaven descol·locades per com la vida (cruel com ningú per aclamació popular) els havia canviat tant en un tancar i obrir d'ulls.

Amb tothom assegut, un capellà de posat antipàtic i mirada penetrant va aspergir aigua beneita sobre el fèretre coronat amb les baquetes del Toni.

Amb el mort beneït, el capellà va iniciar la missa en el nom del Pare, del Fill i de l'Esperit Sant. Tot el que venia a partir d'aquell moment se suposava que havia d'ajudar a bregar amb la tristor, l'enuig i la impotència d'aquells que estimaven el difunt. Es trobaven en la primera fase del dol: la de la negació. La d'això *no* pot ser real, *no* em pot estar passant a mi. Però, i tant que passa. I ets allà, davant d'un individu amb alçacoll a qui no havies vist en ta vida i que et fum un sermó d'allò més impersonal sobre les bondats de pujar al cel. Amb prou feines es deu haver assabentat del nom del mort cinc minuts abans de començar la cerimònia. Mai no sabrà com era el difunt i, molt probablement, tampoc farà el més petit esforç per esbrinar-ho.

La Francina i la Marta patirien un dol complicat perquè, en el seu cas, hi intervenien una sèrie de variables de risc: una pèrdua sobtada i prematura per un suïcidi sense cap motiu aparent. El que sortia d'aquella barrejadissa podia derivar en una psicopatologia que les podia deixar tarades de per vida.

Amb el repicar de les campanes, els assistents sortien de l'església capcots en processó. Els embolcallava un desagradable tel que els havia deixat l'estómac tancat. Hi havia qui, a més, carregava un afegitó. Era el cas del Jaume i el Samuel, que, juntament amb el Víctor, caminaven per l'empedrada baixada del monestir circumdada per una muralla medieval. De tots ells, el Jaume feia especialment mala cara. No es treia de sobre les basques i un mal de cos focalitzat al pit, on sentia una forta pressió. Tot i que els fets d'Hamburg no hi ajudaven, era un tema físic, no pas mental. Sentia pesantor alhora que una boira interior. Li faltava l'aire, com si l'estiguessin envasant al buit. Els pulmons protestaven amb vehemència en forma d'esternuts secs. Del tòrax cap a fora. L'un rere l'altre. Cada un amb més força que l'anterior. Per contenir l'atac de tos, va tapar-se la boca amb la mà. En retirar-la, hi va trobar una gleva de sang. Era de la mida d'una llentia, color grana, d'aspecte cerós, la textura tenia una aparença esponjosa. Un esglai li va recórrer cada porus del cos. No es considerava cap hipocondríac, però era evident que alguna cosa no rutllava dins seu.

Va passejar-se la llengua pel paladar i entre les dents. Va detectar que alguna gleva més s'havia quedat a mig camí. El tacte era tou, el sabor era metàl·lic, la sensació era repugnant. De sobte, tot li va començar a giravoltar. Es va aturar en sec amb cara de dolor, esbufegant amb la mà al pit. Recolzat en la muralla medieval del monestir.

—Estàs bé, Jaume?

—No és res, Samuel. Tranquil. Gràcies.

Era evident que mentia. Però el Jaume va fer el cor fort i va fingir que estava recuperat retirant la mà del pit, dreçant l'esquena i forçant-se a fer una ganyota que pretenia passar per un somriure. Sabia que el Víctor detestava sentir a parlar de mals. Era de dèbils. A més, no era el lloc adequat ni el moment. El protagonista del matí era un altre i estava dins d'una caixa de pi nova de trinca, a punt per passar-hi l'eternitat.

El Jaume va adonar-se que l'americana se li havia tacat de sang. Com la consciència, si fa no fa. Va treure-se-la i va plegar-la per penjar-se-la del braç. Amb dissimulació, va afluixar-se el nus de la corbata confiant que l'aire li circulés amb més fluïdesa fins als pulmons.

Uns instants de silenci semblaven haver desviat l'atenció.

A acabar de passar pàgina hi va ajudar el Samuel. Sempre hi ha algú que no sap estar callat. Llei de vida.

—Pobre Toni… —acompanyat d'un sospir.

El Víctor va dirigir-li una mirada llarga, d'aquelles que, si parlessin, deixarien ben clar el contingut i el to. Era com si davant seu tingués l'escarabat més fastigós sobre la capa de la terra. No li treia els ulls del damunt. El Samuel, però, no volia desafiar el mestre. Sabia que perdria. I, per si de cas, millor no provar-ho. No fos cas.

La rotllana de músics es va enaiguar en un silenci incòmode. Pel seu voltant, una riuada de gent compungida encara sortia de l'església amb una ressaca que els faria deambular durant dies. Els pocs que gosaven trencar el silenci ho feien amb un tou d'obvietats.

Que si era jove.

Que si tenia una filla.

Que si li quedava molta vida per endavant.

Ja hem dit que la gent no sap estar callada.

Cada lament era un dit sobre aquella nafra que serien d'ara endavant els fets de l'Elbphilharmonie. Un fang que venia d'una pols enverinada.

El Samuel va consultar el mòbil. Segurament per distreure's més que per necessitat. No calia alçar el cap per saber que encara tenia els ulls del Víctor encastats al front.

De cop i volta, però, el pols del Samuel va començar a tremolar com una fulla a l'arbre en plena ventada. Sentia que el telèfon li cremava a les mans, com si sostingués una brasa ardent. La cremor se li va propagar per les galtes, pel pit i per les cames, que li van començar a fer figa. La cara del Samuel va evolucionar fins a vestir l'uniforme del pànic; va sentir el gèlid esgarrif del plom a la nuca.

—Nois, he rebut un missatge.

# 28

«Compleix, Samuel. Compleix o el proper funeral podria ser el teu».

Un tímid fil de veu és tot el que va aconseguir emetre el clarinet de l'OFB. Les seves pròpies paraules van ressonar amb pànic dins seu. En una reacció espontània, va empassar-se, gola avall, una saliva que deixava una estela d'amargor pel camí. Va sentir unes nàusees que, per sort, va saber controlar. La mà que sostenia el telèfon tremolava igual com també ho feia la veu i el seu estat d'ànim, ja de mena de tendència depressiva.

Aquell assumpte no havia acabat amb la mort del Toni i algú continuava decidit a cobrar les factures del passat. Un passat que, al Samuel, li costava Déu i ajut mirar de fit a fit. Segurament perquè portava a collibè la llosa de saber que no sempre havia seguit el camí correcte. Preferia mirar endavant, però el missatge que just acabava de rebre l'advertia que hauria de vigilar-se l'esquena per assegurar-se que cap ombra d'antany venia a fer-li una visita.

Va empassar-se la saliva de nou. Aquest cop amb penes i treballs, perquè la gola, feta un nus, li raspava com una llima. Sota la camisa, sentia la pell de gallina i el cor li bategava amb més força que si tingués un gram de cocaïna corrent-li per les venes. Maleïda cocaïna.

—Vosaltres heu rebut alguna cosa?

L'opressió al diafragma era tan gran que, al Samuel, fins i tot va costar-li pronunciar aquella frase. Fos com fos, necessitava saber si la seva cara era l'única que esperava un dard al centre de la diana.

El Jaume, amb la mà al pit i evident malestar, va mirar el mòbil i va fer que sí amb el cap.

El Samuel i el Jaume. Més d'un objectiu diversificava les probabilitats de ser el següent. El punt de mira, però, els seguia apuntant al clatell. Cap va ser capaç de disfressar el temor en la mirada. Tots dos sentien la necessitat de fer una pregunta, però només el Jaume va aventurar-s'hi.

—I tu, Víctor, no has rebut res?

El Víctor, impertèrrit i amb les mans a les butxaques, va clavar-los una mirada plena de despit i buida d'empatia. Era com si tot aquell sidral d'un assassinat, un funeral i una família destrossada no anés amb ell. D'ençà que havia esdevingut una celebritat mundial, caminava permanentment sobre una catifa vermella de desitjos i capricis concedits que semblava atorgar-li el dret diví d'alliberar les seves accions d'eventuals conseqüències.

—Què passa? Ara us entra la paranoia com al Toni? Em pensava que havia quedat clar quin és el camí a seguir.

—Víctor...

—Ni Víctor ni hòsties!

La pregunta del mestre va anar acompanyada, ara sí, de gestos grandiloqüents que van tenir un muts i a la gàbia col·lectiu per resposta. Tothom va abaixar el cap esperant que amainés el temporal —digue-li temporal, digue-li mala llet, digue-li angoixa intensa que experimenta un addicte quan no pot consumir—. La mirada agressiva del Víctor els desafiava a contradir-lo, si és que algú els tenia prou ben posats per fer-ho.

—Aquí ningú dubta de res. Oi que no, nois?

L'Aurora i la seva condescendència arribaven en el moment

oportú per fer una pregunta de les que no esperen resposta. Per descomptat, ningú no va gosar alçar la veu en contra del mestre, i menys encara davant la gerent de T&M Grup i de l'OFB.

—Doncs vinga, a preparar el concert de Venècia. Que la vida continua.

El Jaume i el Samuel, atrapats en una teranyina de sentiments contradictoris, van agitar la bandera blanca de la rendició. El mestre guanyava. Com sempre.

La vida continua.

I avall que fa baixada.

Prudent de mena i uns metres enrere, el Leo va esperar un instant de treva per acostar-se a la rotllana.

—Tenim els mitjans aquí.

—I? —va inquirir el Víctor.

—Crec que hauries de fer alguna declaració.

—Ara vols que atengui la premsa?

—És millor que donem nosaltres la cara que no deixar que aquests voltors especulin.

—Doncs fes-ho tu, no et fot?

—Jo no hi tinc cap problema. Però els mitjans esperen el cap de la tribu, no l'últim de la colla.

L'Aurora, el Leo i el Víctor van mesurar les seves mirades durant uns llargs segons. La resta, capcots, van fer com si sentissin ploure.

—Té raó, Víctor —va intervenir l'Aurora—. Hauries de dir alguna cosa.

—Tal com em vas dir al Palau de la Música, Víctor, hem de guanyar el relat als mitjans. Ara més que mai. Queden mesos de gira per endavant… I s'han de seguir venent entrades. —El Leo va saber trobar l'argument definitiu, el que mai fallava: els calés.

Finalment, de mala gana, el mestre va claudicar i va assentir a contracor.

—Doncs apa, ves, deixa anar un tòpic rere l'altre i cap a casa.

L'Aurora va assenyalar amb la barbeta la rotllana de periodistes armats amb carxofes i apostats al final de la baixada del Monestir de Pedralbes. Just a la sortida.

El mestre avançava camí empedrat avall com una ànima en pena per a delit dels flaixos i les òptiques de les càmeres.

Ja se sap que la tragèdia ven: dona clics, omple portades i obre telenotícies.

Una mala notícia és una bona notícia.

Una bona notícia no és notícia.

El Leo i l'Aurora van observar com el Víctor atenia els mitjans amb aspecte abatut, la veu trencada i un vel de dol a la cara. Cap càrrec de consciència. Cap ni un. El mestre tenia estómac per a allò i per a molt més. L'espectacle havia de continuar.

# 29

A Alemanya diuen que no existeix el fred, sinó la roba dolenta. Maneres de veure la vida. Ben cert era que el cap rapat de la Martina trobava a faltar una gorra de llana d'aquelles ben atofades per caminar pel gèlid, humit i plujós Hamburg. Ella, que odiava el fred amb tota la seva ànima, tenia sort de ser en una de les ciutats més benvolents d'Alemanya meteorològicament parlant. Si, per ventura, el Toni Guasch l'hagués dinyat a Garmisch-Partenkirchen, l'haurien repatriat congelada com Han Solo a *L'Imperi contraataca*.

La Martina va pensar en la Irene i la seva cabellera rinxolada. Segur que ella devia tenir la closca i el clatell la mar de calentets. No podia evitar sentir culpabilitat per haver-la deixat uns dies sola. Absurda, però culpabilitat al cap i a la fi.

La sergent caminava per Davidstrasse cap a la comissaria de Davidwache amb un baf que li fumejava per la boca a cada passa que feia. Endinsada a Sankt Pauli, va viatjar pel món a través de les olors: curri, kebab, falàfel, soja, comí, coriandre, pizza i, per descomptat, l'hamburguesa: el plat més universal de la ciutat.

L'itinerari olfactiu pel món va finalitzar quan va arribar a Davidwache, la seu del districte quinze de la Policia Criminal Federal de la Ciutat Hanseàtica d'Hamburg. L'entrada de la comissaria podia, tranquil·lament, no haver-se tocat des de la seva inauguració l'any 1840. Unes portes de fusta donaven la benvinguda a una recepció de parets amb rajoles *vintage* tipus zellige de color verd oliva. Les baranes, de fusta envernissada, s'enfilaven escales amunt fins a un taulell, on la Martina va dirigir-se a una uniformada.

—Vinc a veure l'Hauptkommissar Petersen.

Una veu greu va respondre darrere seu.

—*Guten Tag*, Frau Roca.

La sergent i l'Hauptkommisar es van estrènyer les mans. La catalana ho feia tal com li agradava a l'alemany: amb força i mirant als ulls.

Els dos investigadors van caminar pels budells de la comissaria fins a una sala austera on la Kommisarin Hanna Schmidt els esperava a la punta d'una taula. Presentació, cafè i per feina.

—Com ja vaig informar al seu Consolat General a Hamburg, tenim raons per creure que la mort del Toni Guasch no va ser un suïcidi. Sobretot després de veure les imatges del que va succeir al Palau de la Música Catalana de Barcelona.

—Instagram, suposo.

—Efectivament, sergent. N'anava ple. Però, vaja, ho deu haver vist vostè més cops que jo.

—Un milió de vegades pel cap baix, Hauptkommissar.

—Odio les xarxes socials, però he d'admetre que en alguna ocasió faciliten la feina.

—El mateix succés vist des d'una infinitat d'angles diferents.

—Exacte, sergent.

—Les primeres indagacions dels meus col·legues de delictes financers de la policia catalana apunten que podria haver-hi indicis de blanqueig de capital.

—Per part del Toni Guasch? —La Hanna Schmidt va intervenir per primer cop.

—De l'Orquestra Filharmònica de Barcelona.

El Jan Petersen va xiular a manera d'exclamació.

—Sí... Déu-n'hi-do —va prosseguir la Martina—. Però amb la mort del Toni Guasch, tot això es complica. Se'ns ha girat feina. Al suposat delicte econòmic n'hi hem d'afegir un de criminal.

—Saben la procedència dels diners?

—Encara no, Kommissarin Schmidt. Què van declarar els membres de l'orquestra?

Els dos investigadors alemanys van mirar-se uns segons més del que hauria sigut estrictament necessari. Després que el Jan Petersen assentís, la Hanna Schmidt va fer lliscar un dossier ple de documents per sobre la taula.

—Sé que el caporal Frederic Marín ja ha fet la sol·licitud a través de la Interpol, però, tingui, així anem avançant.

—Fantàstic —va exclamar la Martina mentre obria el dossier—. Moltes gràcies.

—Tots ells tenen coartada i afirmen que el Toni Guasch arrossegava una forta depressió.

—I què és el que no els quadra?

—Un fotimer de coses. Per començar, la càmera de seguretat del passadís de l'habitació del Toni Guasch a l'hotel Westin va ser canviada d'angle minuts abans que caigués al buit. Tampoc quadra la sobreactuació dels testimonis durant la declaració. —La Hanna Schmidt va agafar uns apunts per llegir literalment—. Segons el Víctor Alemany «feia temps que no estava bé». Segons el Jaume Muntaner «l'incident del Palau de la Música Catalana va acabar d'ensorrar-lo». Per la seva part, el Samuel Ros va «aconsellar-li que demanés ajuda, però no em va fer cas», i per al Leo Duart «estava deprimit, abatut... No puc deixar de pensar en la seva mare i la seva filla», va dir.

—Tots ells tenen coartada, Kommisarin Schmidt? —«Doncs és clar que en tenen, idiota. Si no, els haurien detingut», va pensar la Martina just després de fer la pregunta.

—Tots en tenen. L'Aurora Molina era a l'habitació del Leo

Duart despatxant temes de comunicació. Hi ha correus electrònics enviats a aquella hora que ho certifiquen. Tots dos ens els van mostrar. De tota manera, per certificar-ho, podem demanar una ordre perquè l'empresa que té l'allotjament del servidor verifiqui que els correus van ser enviats en aquell moment i que no estaven programats. Per la seva banda, el Jaume Muntaner i el Samuel Ros estaven fent un tomb per la ciutat. Alguns testimonis els situen en un bar de la zona de Hafencity, tot i que no van poder concretar una hora exacta.

—Per tant, pot haver-hi un decalatge de temps.

—Efectivament, sergent. El problema és que no ho podem demostrar.

—I el Víctor Alemany?

—A l'habitació, descansant. L'Aurora Molina i el Leo Duart van confirmar-ho —va aclarir la Hanna Schmidt.

—I la resta de membres de l'orquestra?

—Al hall de l'hotel o pels bars de la zona de Hafencity, on hi havia el Jaume Muntaner i el Samuel Ros.

—Aleshores..., no tenen res.

—No, sergent Roca. Res de res. —Tant pel to com pel contingut, la resposta del Jan Petersen era homologable a un *touché* en tota regla. L'Hauptkommisar va continuar la seva exposició amb una justificació fonamentada en la ciència—. No obstant, en els exàmens toxicològics no va trobar-se rastre ni de drogues, ni d'antidepressius ni d'ansiolítics. Ni tan sols de valeriana.

—Cosa que desmuntaria el que van declarar els membres de l'OFB —va reblar la Hanna Schmidt.

—Hi havia senyals de lluita en el cadàver? —va elucubrar la Martina.

—Res. El Toni Guasch era un home molt escanyolit. Amb prou feina arribava als seixanta quilos... De tota manera, si el van llançar al buit, el devien enxampar desprevingut.

—ADN? —La Martina no volia deixar de preguntar res.

—L'aigua del riu se'l va carregar. El cos va estar flotant a l'Elba gairebé dues hores. Entre això i la pluja... —La Kommissarin Schmidt va fer petar la llengua mentre negava amb el cap—. La Kriminaltechnische Untersuchung, la nostra policia científica, no va poder trobar res.

—El que sí que han pogut descarregar els nostres informàtics és el contingut del telèfon mòbil del Toni Guasch. Hi hem trobat un missatge de WhatsApp dirigit a la seva mare. —El Jan Petersen va agafar un paper i, amb unes ulleres a la punta del nas massa petites per a una cara tan grossa, va llegir—: «Mare, filla, perdoneu-me. Us estimo molt». I després, suposadament, va saltar seixanta metres al buit. Una nota de suïcidi..., com ho diria...?, poc elaborada...

El Jan Petersen es va treure les ulleres i va deixar-les amb cura sobre la taula al costat de les fotografies del cas. La Martina va mirar-les amb deteniment.

El cos del Toni Guasch flotant a l'Elba.

El cadàver sobre una llitera del dipòsit.

L'habitació de l'hotel Westin amb un cert desordre i precintada per la Landeskriminalamt.

—La veritat és que no voldria ser a la seva pell, sergent. L'estrany moviment de diners, el xou al Palau de la Música a Barcelona, la mort aquí a Hamburg... És un cas ple de forats negres. El que està clar és que el Toni Guasch molestava o sabia alguna cosa que el va portar a la tomba.

# 30

La dona —seixantina, rabassuda i amb indumentària tirant a clàssica— va entrar per una porta lateral del majestuós edifici neorenaixentista ancorat al nucli antic de Bratislava.

Minuts més tard, la cortineta de les taquilles del Teatre Nacional d'Eslovàquia va obrir-se descobrint la seva cara d'amargada rere del vidre. A qui no té un bon matinar tampoc no se li pot demanar gaire més.

El Q va pipar les darreres calades d'una cigarreta que va morir trepitjada i va acostar-se a la taquilla. A uns metres de distància, l'agent Pipo Mérida, incorporat de reforç per a l'operació, vigilava el sospitós disfressat de vagabund.

—És ell, el de la foto del Palau de la Música —va xiuxiuejar l'agent per l'intercomunicador.

Identificat l'objectiu, l'agent Laura Molinero va posar-se la segona de la cua. A prou distància per no aixecar sospites i prou a prop per poder parar l'orella. El Q, sempre atent a tot el que es movia al voltant, va girar-se i va repassar-la de dalt a baix: vambes de marca, texans cenyits, bon cul, jaqueta de cuir i barret de pell al cap. La mar de bufona, va pensar. En una altra situació hauria provat sort, però en aquell moment les prioritats eren unes altres.

—Cinquanta entrades per a *Viatge al cor d'Europa* de l'Orquestra Filharmònica de Barcelona, si us plau.

—Ha dit... cinquanta?

—Soc del conservatori de Barcelona i per aquelles dates serem a Viena de viatge de final de curs. En una hora ens plantem aquí. Serà una sortida especial amb els alumnes. Tots volen veure el Víctor Alemany.

Abans que la dona el pogués interrompre, el Q va continuar parlant.

—Si no em fallen els comptes, són vuit mil cinc-cents euros. Miri, n'hi dono vuit mil set-cents i es queda amb el canvi.

El Q va dipositar un bon feix de bitllets sobre el mostrador: la suma total per pagar les entrades. A banda, quatre bitllets més de cinquanta euros que sumaven la generosa propina promesa.

La treballadora del Teatre Nacional d'Eslovàquia va fer uns ulls com unes taronges. Una suma com aquella no es veia cada dia i els dubtes van començar a ser una veu autoritzada dins la seva consciència. Quan has viscut darrere el teló d'acer, la frontera entre el bé i el mal no té traçada una línia vermella ben definida. De fet, és plena de grisos.

Culpabilitat? I què me'n dius de no arribar a final de mes? Les penúries arribarien puntuals a la cita, d'això n'estava segura.

I si la descobrien? Doncs ho negaria tot, és clar. Allò que s'enxampa abans un mentider que un coix és absolutament fals. En aquest món d'avui, hi ha mentiders que mereixerien un premi al millor actor de repartiment. Que saben aguantar la mirada, sense fuites per enlloc, sense escrúpols que qüestionin si la fi justifica o no els mitjans.

La dona, tensa, va mirar a esquerra i dreta, i el llenguatge no verbal va parlar per ella: va tocar-se el coll, va tapar-se la boca i va fregar-se els ulls. Els dubtes interns travessaven el vidre i el Q, que en sabia un pou de llegir dubtes a les cares, va adonar-se que ho havia aconseguit. A aquells que s'autoanomenaven «gent de bé» només els calia una petita empenta perquè deixessin de ser-ho. Un senzill «però» que els esmenés una afirmació moralment irreprotxable.

No soc racista, però...

No tinc res contra els homosexuals, però...

No soc una lladre, però...

A partir d'aquí la justificació que vulguis i el camí cap a l'infern ja és tot recte i fa baixada.

Els dubtes, finalment, van dissipar-se. Soc honrada, però no arribo a final de mes. *Piove, porco governo*, que diuen els italians.

Tot d'una, la dona va agafar els diners, va recollir les entrades de la impressora, les va donar al Q per la finestreta i aquí no ha passat res. Ell les va agafar amb un somriure amable i, en un tancar i obrir d'ulls, va tocar el dos, no fos cas que la senyora s'ho repensés.

A partir d'aquell moment, començava el seguiment a l'objectiu.

El Pipo Mérida va aixecar-se i va deixar abandonat a terra un abric, una gorra i un plat amb uns quants cèntims d'euro per anar darrere el sospitós.

El Fèlix Fanés agafaria el relleu uns carrers més enllà.

La Laura Molinero en faria la cobertura en moto.

L'objectiu va enfilar el carrer Pribinova, davant de la Universitat de Bratislava, on va creuar-se amb alumnes que a aquella hora del matí entraven a classe. Va seguir per Stúrova. El Pipo Mérida l'observava a una distància prudencial.

—Es dirigeix a la plaça Hlavne Namestie. La de la torre del rellotge. —L'agent dels Mossos va acostar-se el canell a la boca per parlar.

El Fèlix va rebre el missatge des de la seva posició al costat de l'emblemàtica estàtua de bronze del senyor Čumil, el simpàtic treballador que espia els vianants des d'una claveguera.

—El veig.

La Laura, en una moto de gran cilindrada, entrava a escena. Va donar gas i va avançar el Pipo i l'objectiu, que caminaven per la vorera.

Malauradament per als membres de l'operatiu, la velocitat en qualsevol de les seves variants era la passió del Q. Un sentiment forjat en les persecucions per la Costa da Morte, pilotant una barca amb motor forabord, tot fugint de la Guàrdia Civil. Allò era mastegar el risc, ser a un pas del precipici, adrenalina en vena. I sí, sempre guanyava ell.

Un mecanisme reflex el feia girar-se sempre que sentia un motor. El Q ho portava a la sang. Intentava endevinar el model del vehicle, la cilindrada i l'any de fabricació. Era el seu joc favorit, fora del casino, per descomptat. Atret per la música del motor, el Q va adonar-se que la conductora de la moto portava els mateixos pantalons cenyits i les mateixes vambes que la dona bufona del Teatre Nacional d'Eslovàquia a qui ben de gust hauria tirat la canya. No havia viatjat sol a Bratislava. Merda.

En aquella feina, les casualitats acostumaven a tenir conseqüències fatals. El cementiri n'estava ple, de beneits confiats.

De sobte, l'objectiu va mirar enrere, endavant, a esquerra i a dreta, i va accelerar el pas. Nerviós, va consultar el mòbil, probablement Google Maps. Buscaria un camí enrevessat per distreure els seus nous amics.

—Sap que el seguim. Aviat arribarà a la teva posició, Fèlix —va anunciar l'agent Mérida.

—L'agafo.

La Laura va creuar-se amb el caporal Fanés a l'alçada de l'estàtua del senyor Čumil.

El fred, d'aquells que tallen la cara, no va impedir que una gota de suor llisqués per la templa del Q. Per un moment, va plantejar-se si ja no tenia edat per a aquella feina, si una retirada a temps no seria una victòria. Ben lluny, a l'altra banda del món, sota d'una palmera, amb una identitat falsa. L'instint de supervivència va surar com una boia al mar: aquelles collonades de l'edat ja les pensaria quan estigués fora de perill. Ara, tocava mantenir el cap fred i salvar la pell. El seguien i en això s'havia de centrar en aquell moment. Potser eren cabòries, ves a saber. Però confiava en el seu sisè sentit, aquell que l'havia dut a tenir més vides de les que un gat podria envejar, a driblar el destí un cop rere l'altre. No sabia qui l'empaitava, però no era la policia; ja l'haurien detingut a l'aeroport. Devia ser la competència, que el volia eliminar. Quin mal perdre que té el personal.

—Entra al carrer Laurinská. Tot teu, Fèlix.

—El tinc.

L'objectiu va submergir-se als carrers del barri vell. Estrets, empedrats, laberíntics, molt malparits per fer un seguiment. El Fèlix, estalonant-lo, va desprendre's de la gorra i de la jaqueta. Vestia colors discrets, res estrident. De manual. L'objectiu va entrar al pati arcat de l'antic Ajuntament de Bratislava, a la plaça Hlavne Namestie. El caporal va seguir-lo, però quan hi va entrar només va trobar-hi soledat i silenci. Ni rastre de l'objectiu. El Fèlix, sol al bell mig del pati, va voltar tres-cents seixanta graus sense sort. Esbufegant, traient baf per la boca gentilesa de la gelor. En aquells llargs segons de silenci insuportable, van passar-li una pila de coses pel cap i ni una era bona. Ell l'havia perdut, ell havia insistit en aquesta operació; d'esquena al jutge i amb el recel dels superiors. Si tot era en va, pel cap baix li cauria un expedient amb suspensió de sou i de feina. I el ridícul, no fotem. Que d'orgull en tenia per donar i per vendre.

De sobte, el Fèlix va sentir un fort cop al clatell que va fer-lo caure a terra. Mig estabornit i en un pla contrapicat, va veure com l'objectiu fugia cames ajudeu-me.

—Se m'ha escapat! —va alertar per l'intercomunicador.

El caporal va saber de seguida que allà li creixeria un bon nyanyo d'un color lleig. D'aquells que quan els fregues sents que t'hi claven agulles i et fan veure les estrelles.

El caporal va aixecar-se i, amb una certa dificultat, va córrer darrere del Q, que va travessar la plaça Hlavne Namestie esprintant a tota velocitat.

—Per l'oest! Cap a les muralles medievals!

Quan el Q va haver travessat el nucli antic de Bratislava, va envair la carretera i va plantar-se davant d'una moto: la frenada va arrencar-li un estrèpit, un xerric, una derrapada i, en última instància, el conductor va caure a terra per una banda i la moto per una altra.

Ell era el millor a l'aigua amb un forabord; ho seria també amb una moto sobre l'asfalt.

Va arrencar: passi-ho bé i fins mai més. El Fèlix —amb el cap que li bombava i a punt d'esclatar— va córrer en clar desavantatge al capdavall de les muralles medievals de Bratislava. Des d'allà, va veure com l'objectiu se li escapava davant dels nassos.

—Entra a l'autopista.

—Vaig.

La Laura, gas a fons, va entrar a l'autopista. No calia ser cap entès en automoció per adonar-se que el Q era un conductor de motos expert. L'agent Molinero només podia seguir-lo a llarga distància. Difícilment l'atraparia.

Esquivant cotxes com si fos un eslàlom, el Q i la Molinero van travessar el pont Most sobre el Danubi i van seguir fins a l'autopista E58.

—Va a l'aeroport —va anunciar la Laura per l'intercomunicador.

—N'estàs segura?

—Hòstia, Fèlix, que encara sé llegir els senyals de trànsit.

—Doncs demano que ens enviïn, cagant llets, un bitllet d'avió per a cada un al mòbil. Si passa l'arc de seguretat estem perduts: no podem treure la placa per seguir-lo.

Tots sabien el perquè: per actuar en un territori fora de la seva jurisdicció calia el permís de la Interpol i anar de la mà de la policia eslovaca. Burocràcia i pressa mai van de la mà.

—L'atrapes, Pipo?

—No sé si podré, Fèlix. Aquest tio va molt de pressa.

El Pipo ho devia veure tot molt magre quan va aturar un cotxe, va fer baixar el conductor i va arrencar cap a l'aeroport. El vehicle conduït pel mosso d'esquadra —potser pilotat s'ajusta més a la realitat— va introduir-se a les vies del tramvia. Via lliure.

—He fotut un cotxe. Vaig per la part nord de la ciutat. Arribo abans que vosaltres.

—Com? —va preguntar la Molinero.

—Per les vies del tramvia. El final del trajecte queda a prop de l'aeroport.

—Per les vies del... Amb un cotxe robat? Sort que havíem de ser discrets... La mare que em va parir...

El Q va continuar per l'E58 mentre mirava el retrovisor cada dos per tres, on veia la moto de la Laura ben lluny, ben petita.

Alhora, el Pipo, per la seva banda, anava deixant enrere un comboi de tramvia rere l'altre. A l'alçada d'Astronomická, va abandonar les vies per incorporar-se a l'autopista camí de l'aeroport. El mosso va serrar les dents, va agafar el volant amb força i va pitjar l'accelerador. L'agulla del comptaquilòmetres va ascendir progressivament fins a sobrepassar els cent cinquanta quilòmetres per hora. Aquella va ser la velocitat fins que va creuar un rètol que donava la benvinguda a l'aeroport.

—Ja hi soc, Laura. Porta de sortides.

—Has arribat abans que ell. El tinc davant. A uns quatre-cents metres.

El Pipo va arribar el primer; el Q, el segon, i la Laura, la tercera. Perquè arribés el Fèlix encara n'hi havia per a estona.

El Q caminava apressadament per la terminal esquivant els viatgers que formiguejaven d'un costat a l'altre. Com si tingués un mecanisme incorporat, s'anava girant per tenir controlada la rereguarda. Havia deixat enrere els perseguidors. O això es pensava. Però en aquell ofici les suposicions calia posar-les sempre en quarantena.

Estava tens, suat. Somiava amb una cigarreta. La necessitava. Maleïa amb tota la seva ànima les lleis antitabac i la mare que les havia parit. Va arribar a l'arc de seguretat. Cartera fora, mòbil fora, claus fora, cinturó fora, calçat fora, dignitat fora. Un policia va escorcollar-lo sense escarrassar-s'hi gaire.

Per la seva banda, el Pipo va mostrar el bitllet que havia rebut feia pocs minuts al mòbil i també va passar per l'arc de control uns metres enllà. No perdia l'objectiu de vista.

Tots dos ja eren a dins. Jugaven al joc del gat i la rata; qui era la rata de tots dos ja depenia del punt de vista de cadascú.

El Q va enfilar un passadís llarguíssim que desembocava en diverses portes d'embarcament. Una cafeteria central i pantalles que anunciaven vols per tot arreu. Sota cada pantalla, els passatgers, com ovelles, esperaven torn amb el passaport i el bitllet a la mà per al darrer control abans de pujar a l'avió.

L'objectiu va situar-se a la cua del vol anunciat com a «11.00 Barcelona LH 2134». Uns quants passatgers més enrere hi havia el Pipo.

—Soc a la cua del Lufthansa 2134 cap a Barcelona. Tinc l'objectiu a pocs metres.

—Et veig, Pipo. Soc a la fila del British Airways 7778 cap a Edimburg.

El Pipo va alçar la vista i va trobar els ulls de la Laura.

—L'objectiu passa el control d'accés.

Un membre del personal de terra li va validar el bitllet i els agents van perdre el contacte visual amb l'objectiu, que va desaparèixer *finger* endins.

En aquell moment, la Laura i el Pipo van sortir de les seves respectives cues. Ella va agafar el mòbil i va marcar un número.

—Busca'm el registre de passatgers i passaports del vol de Lufthansa 2134 de Bratislava a Barcelona.

Mentre esperaven que des de la comissaria de les Corts els diguessin alguna cosa, el Fèlix va aparèixer a l'horitzó de la terminal. S'acostava coixejant, amb la mà al clatell i l'alè entretallat.

—Heu arribat.

—Què et pensaves?

Al mòbil de la Laura va sonar una alerta. L'agent va llegir el missatge.

—Doncs ja tenim el nostre home.

Va mostrar el telèfon als dos mossos. El Fèlix va xiular a manera d'exclamació. La Laura va respondre:

—Efectivament. Un peix gros del narcotràfic.

# 31

El Jaume caminava per l'hospital amb l'olor d'etanol enganxada al nas. Per fi sabria el resultat de les proves que esclaririen l'origen del sagnat al Monestir de Pedralbes i, per això, feia dies que els nervis se'l menjaven.

No havia dit res a casa per allò de no preocupar l'Elsa, centrada en la feina. Ni la Zoe, centrada en els estudis. Encara que, tot sigui dit, això d'expressar els sentiments mai havia estat el seu fort. L'Elsa sempre l'hi havia retret, però a aquestes alçades de la pel·lícula sabia que ja no el canviaria pas, ans al contrari, amb l'edat aniria a pitjor. Llei de vida.

El panorama pels passadissos de l'hospital no era gaire encoratjador. Malalts que es recargolaven de dolor, que pidolaven un calmant, que s'ho feien tot a sobre o, els que tenien menys sort, que agonitzaven. Massa malalt per a tan poc llit. Massa demanda per a tan poca oferta. Benvingut a la realitat de la sanitat pública.

L'olor d'etanol va acompanyar el Jaume fins a la sala d'espera, davant per davant de la consulta del metge on es tiraria una estona llarga: més d'una hora en què el coco, fill de sa mare, ell, no parava de donar voltes, voltes i més voltes.

Finalment, una pantalla va emetre una alerta sonora amb el seu número de pacient fent pampallugues. Havia arribat el moment. En pocs minuts sabria si sortia cara o creu.

La consulta tenia estètica dels setanta: terratzo beix a terra, rajoles blanques a les parets, llum fluorescent al sostre i finestres amb tancament de fusta desencolada pel pas dels anys. Un ordinador era l'únic oasi de modernitat en un desert de relíquies. El doctor l'esperava a l'altra banda de la taula. Amb cara de pal, barba blanca descuidada i mirada tan asèptica com l'olor d'alcohol de noranta-sis graus que flotava a l'ambient. Per al doctor, també havia arribat el moment; en el seu cas, el de tastar la cara més lletja de la professió. Sabia que el pacient no oblidaria mai on, quan i com en va ser informat. Després d'anys vestint bata blanca, havia après a dir les coses amb un cert tacte. O això suposava ell. Que a la seva època, això de la sensibilitat amb el pacient ni s'estilava, ni els ho ensenyaven, i va haver de ser autodidacte.

El Jaume va escoltar una introducció, una explicació i, finalment, la diagnosi que va acabar amb la paraula maleïda. Va retronar llargament dins seu gebrant-li l'espinada de l'esgarrifança. El que sempre havia passat als altres ara li queia al damunt com una implacable llosa de marbre. En algun calaix del seu interior, amagada entre una pila de pors, hi havia la sospita que un dia podia tocar-li a ell. Fet i fet, la genètica era la que era, però gratar en els precedents familiars no era agradable i ara els seus pitjors temors es confirmaven. El Jaume, que de manera conscient sempre havia preferit girar l'esquena als mals auguris, topava de morros amb la crua realitat.

Va mossegar-se l'artell de l'índex en un intent de dominar el pànic. Va adonar-se que tenia el cor esvalotat. I, amb el pa que s'hi donava, la respiració i el pols no van quedar-se pas enrere.

—Càncer...

—Sí, Jaume. Càncer. De còlon. Avançat.

Aquell «avançat» va travessar-li l'ànima amb el mateix dolor amb què ho faria un ganivet acabat d'afilar. El Jaume va quedar-se bloquejat, com si el món s'hagués aturat en saber la notícia. No sabia ben bé quanta estona havia passat fins que va aixecar la vista. La mirada, esquerdada, va topar amb la del doctor.

—Jaume, has entès el que t'he dit?

—No arribo als cinquanta...

—Malauradament cada cop veiem més casos com el teu.

El pacient va reflexionar sobre la pregunta següent. Com si no gosés fer-la. Finalment, va treure valor d'algun lloc i va deixar-ho anar.

—Quines... Quines probabilitats tinc de recuperació?

—El PET-TAC indica que hi ha metàstasi. Del còlon ha passat a l'intestí prim, a l'estómac i als pulmons. Podem mirar d'allargar-ho algun temps, però...

El metge va completar la frase amb un silenci mentre feia que no amb el cap.

—Quant?

—No hi pensis ara, Jaume.

—Quant?

—Sis mesos, amb sort. És un tipus de càncer molt agressiu.

Per sobre de cap altre sentiment, la por va obrir-se pas dins seu. El Jaume va manifestar-la rebufant un alè carregat d'angoixa. Per culpa de la por, dels nervis, de l'esforç o del que carai fos, va estossegar amb força. Un atac llarg de tos nerviosa, irritativa, premonitòria. Instintivament, va mirar-se les mans. No hi havia cap rastre de grumolls de sang.

Sis mesos.

Sis.

Amb sort.

Un macabre compte enrere que ja havia començat.

—Quan començarà a anar a pitjor?

—Ja ha començat. Els símptomes que tens: la diarrea, la sang a la femta, les molèsties abdominals... Tot això anirà a més. El ritme de viatges que portes... Hauries de pensar a deixar-ho.

—Vull continuar sobre l'escenari mentre pugui.

—Jo no t'ho recomano, però la decisió és teva. Pensa-hi.

El Jaume va abandonar la consulta deambulant pel passadís mentre la vida seguia al seu voltant. Metges, infermers i pacients que es creuaven amb ell semblaven anar a càmera lenta, sota un murmuri llunyà que li arribava distorsionat. Absort, semblava surar per sobre una realitat que havia tret a relluir la seva cara més amarga i cruel.

Sis mesos.

Va sentir vertigen. Desolació. Por. Molta por. A la mort, al patiment, a separar-se de la Zoe. Va pensar que no la veuria graduar-se, ni fer-se gran ni ser mare.

Els ulls se li van humitejar i la barbeta li va començar a tremolar. No volia fer patir la seva filla, que veiés com es degradava de manera irreversible. No era així com el Jaume volia que la Zoe el recordés. La pena era tan gran que li embolcallava el pit; pressionava com una camisa de força invisible.

La ràbia i la frustració encara trigarien uns dies a trucar a la porta. Ho farien. De ben segur que ho farien. Mentre no cremava fases, havia d'acceptar que per primer cop a la vida miraria a l'horitzó i hi albiraria un final proper. No creia en cap Déu en qui refugiar-se ni tenia prou fortalesa mental per encarar el final amb serenitat.

Havia sortit de casa sent una persona i en tornaria sent-ne una altra de molt diferent. El trajecte fins a arribar-hi no va ser fàcil. La cantarella de no explicar-ho a la família, per les raons que fos, ja no s'aguantava per enlloc. Encara que havia d'afrontar-ho, no sabia ni per on començar.

El Jaume va tancar la porta del rebedor i, amb una pesantor que no havia sentit en sa vida, va caminar fins al despatx de la seva dona, l'Elsa. Va plantar-s'hi al davant. No tenia cap discurs preparat; ho deixaria anar tal com raja.

Bona tarda, què tal el dia? M'han diagnosticat un càncer terminal i marxo a l'altre barri, amb sort, d'aquí a sis mesos.

Va esbufegar un parell de cops com qui agafa embranzida, va trucar a la porta i va entrar sense esperar resposta. L'Elsa —ulleres de pasta a joc amb el vestit jaqueta modern— parlava per telèfon. Amb gestos bruscos, va manar al Jaume que no digués ni piu i que marxés. Era una ordre d'obligat compliment i sense dret a rèplica. En llenguatge no verbal: en aquest moment, res al món és més important que la meva feina.

Capcot, el Jaume va seguir passadís endins fins a la sala d'estar. La Zoe mirava el mòbil al sofà. En veure-la, una punxada interior va acarnissar-se amb ell. Sense saber com, va poder amagar les llàgrimes rere els ulls. No en va, era de la generació en què els homes no ploraven.

En veure son pare, la Zoe va aixecar-se com una exhalació.

—Papa! Demà surten a la venda les entrades per al concert de BTS.

—De qui...?

—BTS.

—Ah... I quan és el concert?

—Encara falten deu mesos.

—Deu mesos...

—No és tant de temps. M'hi acompanyaràs?

El Jaume va mirar la Zoe, a cavall entre la malenconia i la tendresa. Va abraçar-la amb força mentre el cor se li esmicolava a trossos.

—És clar que t'hi acompanyaré, preciosa.

No s'aprèn a dir la veritat amb un espetec de dits. Aquestes coses requereixen temps i, sobretot, voluntat.

La Zoe va tornar-li l'abraçada. El Jaume va inspirar profundament mentre provava de retenir aquella sensació, la de tenir la seva filla entre els braços. Va pensar que seria el millor equipatge que podia endur-se per al viatge que l'esperava. El Jaume, d'un tros lluny més alt que la Zoe, va fer-li un petó al cap. El primer dels últims que li podria fer. Conscient d'això, una llàgrima va esmunyir-se-li galta avall. Aquell dia va descobrir que els homes també ploren.

# 32

Només entrar al mastodòntic complex d'edificis de la Ciutat de la Justícia, l'espessa boira de la burocràcia cobrava vida. Allà dins, el temps semblava aturar-se i les principals causes no eren cap secret: la saturació de casos, la demora en les sentències i la manca de jutges i fiscals que poguessin donar sortida al coll d'ampolla. Quan algú entrava a la roda estava condemnat a mastegar sorra durant una bona temporada.

Dins la tripa d'aquell colós de ciment, la Martina caminava per un passadís tan llarg com els retards endèmics que arrossegava el sistema judicial. Finalment, va arribar a la porta del despatx que buscava. Va plantar-s'hi al davant i va consultar l'hora. El seu rellotge —talla XXL, digital, groc fluorescent— marcava les 11.58 h. La sergent, com un estaquirot, va quedar-se davant de la porta tancada mirant al no-res.

Va fregar-se la closca pelada.

Va gronxar les grans arracades d'anella que li penjaven de les orelles.

Va fer una ullada a la seva manicura de colors cridaners.

Va encreuar-se de braços.

Una esbufegada.

Dues.

Va fer el gest de trucar a la porta, però al darrer instant va aturar-se. Nova consulta al rellotge. Les 11.59 h. La mare del Tano.

Una ganyota.

Tercera esbufegada.

Quin torracollons que estava fet, el Salazar. Va imitar-lo amb gestos burletes d'intel·lectual de pacotilla que s'escolta massa; movent rotativament la mà i l'índex.

L'Evaristo Salazar li recordava sa mare: autoritària, intransigent, homòfoba, racista, classista. En definitiva: una **FATXA**. En majúscules i negreta, sí. Per sort, Déu va cridar a files Doña Milagros (el Doña que mai no faltés) abans de saber que a sa filla no li anava allò de noi coneix noia, passen per l'altar, formen una família tradicional i vinga a parir com una conilla. Si el més enllà existia, els mals de ventre que devia tenir Doña Milagros veient la Martina devien ser de Maria Santíssima.

Nova consulta: de les 11.59 h el rellotge va canviar a les 12.00 h. Per fi. Just llavors, una llum verda imaginària va autoritzar la Martina a trucar a la porta. Pocs segons després, un bram del jutge la va travessar.

—Passi!

La sergent va entrar al despatx i va plantar-se davant de sa senyoria, l'Evaristo Salazar, que llegia documentació amb avidesa. El magistrat va aixecar la vista cap a la investigadora.

—Bon dia, senyoria.

—Collons, Roca. Així no es pot treballar, amb la feinada que tinc... Bé, ja seguiré després.

El jutge va fer un gest amb les mans clavat al que la sergent havia fet al passadís instants abans. No va poder evitar apuntar un petit somriure murri per a si mateixa.

—Senyoria, m'havia citat a les dotze.

—Bé, segui, segui. —Més gesticulació marca de la casa. El Salazar va tancar un dossier i en va obrir un altre—. Bé, doncs segons sembla, sergent, he de retornar-li el cas.

Pel to del magistrat, semblava com si la legislació actual fos un caprici que la sergent s'hagués tret de la màniga. Per alguna raó, la Martina va creure que la millor resposta era el silenci i encongir-se d'espatlles.

—Poc li han durat les vacances del cas del Palau de la Música. Per culpa de delictes econòmics, li ha caigut a vostè una bona putada.

—El caporal Fanés i el seu equip han fet una bona feina, però millor deixem-ho en un repte professional més que en una putada.

—Au, va, vengui la moto al seu superior. A mi, no cal. Tenen identificat ja algun dels dolents?

—Sí, senyoria. I, coneixent el seu full de serveis, auguro que aquest cas ens portarà de corcoll.

—I qui és el nostre home, sergent?

# 33

—L'home de Bratislava és l'Arnaldo Quiroga Ferreira. Àlies «Q». Nascut a Vilagarcía de Arousa, el 25 de febrer de 1978. Des de fa temps se l'ha relacionat amb el narcotràfic. Amb divuit anys acabats de fer, va complir condemna al centre penitenciari d'A Lama per tinença de diversos quilos d'haixix. A la garjola hi està poc més de tres anys. Allà coneix altres condemnats per narcotràfic amb qui estableix una bona relació. Quan surt de la presó, comença amb la cocaïna. De jove toca diferents pals dins el narcotràfic: camell, transportista, desembarcador, però sobretot destaca com a pilot de forabords. Una mena de Schumacher de l'aigua, es veu... Mai l'enxampen in fraganti. Aprèn ràpid l'ofici i es converteix en un paio esmunyedís.

L'explicació de l'Aran anava acompanyada de la imatge del passaport de l'Arnaldo Quiroga, el Q, projectada a la pantalla. A la sala de reunions de la comissaria de les Corts —il·luminada amb una claror freda de fluorescent i perfumada de cafè acabat de fer—, els tres investigadors posaven tota l'atenció en aquell rostre de pell mestissa, cabell curt, mitja barba i cara de saber-se-les totes.

—Arnaldo Quiroga... Aquest tio no va ser...

—Sí, sergent. Durant molts anys el lloctinent del Laureano Mosquera —va tallar l'Aran, que aquesta se la sabia.

—L'O Pai.

—Exacte, Fede. L'O Pai. —L'Aran va prosseguir amb la vida i miracles d'aquell peça—: Laureano Mosquera, àlies «O Pai». Un peix gros. Nascut el 31 de març de 1967 a Cambados, Pontevedra. Va créixer a la Galícia dels vuitanta de Sito Miñanco, Oubiña i els Charlines. Orfe de pare des de petit, la mare treballava en una *conserveira* que blanquejava diners de la cocaïna. La família passa moltes penúries econòmiques i de ben jove comença com a venedor pels carrers. Parlem de mitjans dels anys vuitanta, aleshores el vuitanta per cent de la droga que entrava a Europa ho feia per Galícia. Amb aquest panorama, el Laureano Mosquera, de mica en mica, va escalant posicions dins el narcotràfic. Però, curiosament, poc abans de l'operació Nécora passa algun temps a la garjola: els més malpensats diuen que, a través d'un informador, estava al corrent dels plans del Baltasar Garzón, però segons d'altres va estar a Suïssa al costat de sa germana, malalta terminal de càncer. Fos com fos, amb tots els *capos* a la presó, ell és un dels que agafa el relleu. Sempre amb un perfil baix, fuig de l'opulència dels capitostos de la Nécora.

—Res de Ferraris, ni de rellotges de luxe ni roba cara.

—Sense fanfarronades, vaja.

—Això mateix, sergent. Que la policia no és idiota. O, com a mínim, no del tot... El cas és que l'O Pai està en parador desconegut des de fa anys. Aquesta és la darrera foto de la qual té constància.

Des del seu portàtil, l'Aran va projectar una imatge del Laureano Mosquera: alt, prim, cabell platejat, ulls blaus, mirada de qui no es refia ni de sa mare vestida de Verge Maria. La foto era al jardí d'una casa semblant a tantes d'altres de la costa gallega. Darrere seu, en un segon pla, s'hi veia un jove Arnaldo Quiroga. L'Aran va continuar amb l'explicació, ara per alimentar el mite.

—Sobre l'O Pai hi ha rumors de tota mena: que viu al Brasil, que s'ha fet la cirurgia estètica, que ha canviat d'identitat, que va morir de càncer, que els colombians el van deixar fet un colador… Però la veritat és que no se'n sap res. Fa anys que se li va perdre la pista. El seu perfil no té res a veure amb el dels narcos gallecs dels vuitanta; més aviat sembla un capo de la camorra. Viu amagat com va fer el Bernardo Provenzano.

—Qui?

—Aquesta te l'hauries de saber, Fede. És de primer de poli. —El to de la Martina era a anys llum d'una esbroncada—. El Bernardo Provenzano va ser un històric cap de la màfia siciliana. *Il capo di tutti capi*, l'anomenaven. Va viure quaranta-tres anys en la clandestinitat.

—Fins que el van enxampar.

—Correcte, Aran, fins que el van enxampar. Precisament a Corleone, el seu poble natal. No estava tan lluny… Va morir a la trena.

—Així doncs, suposem que el Laureano Mosquera viu amagat com els camorristes?

Aquelles paraules del Fede van submergir la Martina en una reflexió mentre mirava un horitzó imaginari que només ella albirava. Amb els ulls entretancats i els llavis serrats amb força. Semblava calcular quina una els venia al damunt. Allò era molt més gros del que en un principi s'havia imaginat quan va posar els peus al Palau de la Música Catalana amb el Toni Guasch penjat del bell mig de la sala simfònica.

Com si algú espetegués els dits davant seu, un clic imaginari va fer-la reaccionar.

—I els de delictes econòmics què en diuen, de la compra d'entrades en metàl·lic, Aran?

—En van fer un rastreig. Pel registre de vendes que ens va entregar la Maribel Verdejo, sabem quines entrades eren les comprades en efectiu a la taquilla: la zona, el bloc, la fila i el seient. A la gran majoria els donen sortida en webs de revenda tipus Viagogo i Stubhub.

—I endevina qui les ven… World Music Travel: la filial de T&M Grup que organitza els viatges de l'OFB —va apuntar el Fede.

—Tenen una agència de viatges pròpia?

—Sí. Tot i que jo diria més aviat que és una de les potes de l'entramat.

—O sigui que, indiciadament, blanquegen diners comprant a taquilla les entrades dels concerts de què són els promotors. I després, ells mateixos tornen a revendre les mateixes entrades i els entren més diners nets.

—Si renten els diners de les entrades a través de World Music Travel…

—Seria lògic pensar que també ho fan amb la contractació dels viatges. —La Martina va finalitzar l'elucubració iniciada per l'Aran—. Sabem quines empreses formen T&M Grup, Fede?

—T&M Grup té quatre filials. Una: T&M Events és la promotora de concerts. La programació abraça tots els gèneres i èpoques de la música clàssica i treballa amb grans orquestres, directors i solistes del panorama internacional. Programa vint-i-vuit dels quaranta-sis concerts que l'OFB farà aquest any. Dos: l'Orquestra Filharmònica de Barcelona. Amb el Víctor Alemany al capdavant ha aconseguit reunir un gran grup de músics i la seva reputació és indiscutible. *Viatge al cor d'Europa* esgota les entrades allà on va. Tres: World Music Travel és l'agència que prepara tots els viatges de l'OFB. I quatre: T&M Management està dedicada a la representació internacional d'artistes.

—Vaja, que si el Sito Miñanco rentava els diners amb el futbol, aquests podrien estar-ho fent amb la cultura.

Déu-n'hi-do. Processada la informació, la Martina va repartir feina.

—Demaneu una ordre al jutge Salazar per sol·licitar a Hisenda la comptabilitat declarada de T&M Grup i de cada una de les empreses del hòlding. Quan la tingueu, hem de compartir la informació amb la Unitat de Salut Pública.

—Sí, sergent.

—Una cosa més; vull parlar amb algun antic membre de la Filharmònica de Barcelona. Algú que en sortís cames ajudeu-me o rebotat.

—Per què no amb algun membre actual?

—Possible blanqueig de capitals, un mort, el xou del penjat al Palau de la Música, narcos traient el nas... Realment creus que si algú dels d'ara sap alguna cosa parlarà?

Amb la pregunta flotant a l'aire, un parell de trucs van precedir l'entrada d'un agent uniformat.

—Sergent, hi ha una dona que l'espera a la recepció.

—Que deixi el número de telèfon. Ja li trucaré.

—Insisteix que la vol veure. Diu que és la mare del Toni Guasch.

# 34

A la Francina Garçon la vida li havia etzibat l'hòstia més gran que es pot rebre. Un cop de puny als morros multiplicat per mil ni tan sols s'hi apropa.

Sabia, per experiència, que el patiment només havia fet que començar i que aquella pesantor odiosa l'acompanyaria cada maleït instant de la resta dels seus dies. Sabia, també per experiència, que amb el temps aprendria a portar el dolor i que s'hauria de conformar amb aquella convivència tan fràgil. Era el màxim a què podia aspirar. Com tothom que ha perdut un fill, ho hauria donat tot perquè no hagués passat. Però això, *porca miseria*, no es tria. S'entoma com bonament es pot.

La Francina va entrar a la sala de reunions on l'esperaven els investigadors. Els tres policies de seguida van adonar-se del calvari que devia estar passant aquella dona. Unes bosses liloses li penjaven entre els ulls i les galtes. Amb els pòmuls perfilats, tenia un rostre gairebé cadavèric. L'estrès també se li reflectia al cos, que mai se n'escapa. La roba li ballava un parell de talles, pel cap baix. Era fàcil endevinar que s'havia consumit en molt poc temps.

La Martina i la Francina es van estrènyer les mans. La sergent va tenir la sensació que encaixava la pota feble i arrugada d'un pardal.

Fins a la mort del Toni, la Francina encarava la vellesa amb els bulls justos i sense cap tic que apuntés a xaruga. Però els paràmetres havien canviat i el risc de caure al pou era ben real. Encara grogui a la lona, tenia clar on focalitzar les seves energies: en la seva neta Marta i a saber per què va morir el seu fill.

Amb la mà oberta, el braç estirat i tota la cortesia de què va ser capaç, la Martina va convidar la mare del Toni a seure a la taula on hi havia l'Aran i el Fede.

—Primer de tot, deixi'm dir-li que l'acompanyem en el sentiment.

Un lleu assentiment amb la mirada va ser l'única resposta.

—Per què ha vingut, senyora Garçon?

—Perquè vull que descobreixin qui va matar el Toni. Tinc clar que el meu fill no es va suïcidar.

Sense pèls a la llengua. Ves a saber d'on treia la força, la Francina, per parlar amb aquella vehemència. Malgrat la pena, se li endevinava tot un caràcter.

Els tres policies van mirar-se entre ells, llargament. Després d'uns segons, la Martina va prendre la paraula.

—La policia alemanya també ha manifestat els seus dubtes, senyora Garçon. Tot i així no han trobat cap indici de criminalitat.

—Just el dia que va morir el Toni, al matí, vaig rebre això a casa meva.

La Francina va lliurar als investigadors el sobre que va trobar a la bústia el dia que li va canviar la vida. La Martina el va obrir i va examinar la foto de la Francina i la Marta amb un punt de mira vermell que les encerclava. Des d'aquell moment, la foto passava a estar catalogada com a prova per la policia. La sergent va situar-se-la a un escàs pam de la cara i va fixar-hi la mirada. Tretze per divuit, un punt pixelada, àvia i neta somrients. El paper era de bon gramatge, uns dos-cents grams. La sergent va girar-la i va llegir la nota al dors: «Compleix, Toni». Després, va compartir-la amb els caporals.

—Per què no ens ho va lliurar abans, senyora Garçon? —va preguntar el Fede.

—Perquè estava una mica ocupada enterrant el meu fill, caporal.

La bufetada gairebé va poder sentir-se. El Fede hauria d'anar preparant l'altra galta perquè no seria l'última que rebria aquell matí. Mentrestant, va abaixar el cap amb cara de circumstàncies, i la Francina va seguir explicant-se.

—Després de rebre el sobre, vaig voler venir immediatament aquí, a comissaria. Però vaig trucar al Toni i em va demanar que esperés que ell tornés d'Hamburg.

—Per què?

—Tant de bo ho sabés, caporal Bosch. Aquesta va ser la darrera vegada que vaig parlar amb ell. Després, aquella mateixa nit, vaig rebre un missatge del Toni. Just abans de morir. Era des del seu mòbil, però no va escriure'l ell.

—Com és que n'està tan segura? —Ara era la sergent qui preguntava.

—Ell gairebé sempre enviava notes de veu. El meu fill patia de dactilitis.

La cara dels investigadors va deixar a l'aire la seva ignorància davant d'aquest terme mèdic. La Francina va esclarir-los els dubtes.

—Inflor dels dits de mans i peus que pot fer que tinguin una aparença similar a la d'una salsitxa. Per què es pensa que tocava les timbales? No hauria pogut tocar un instrument de corda. Tenia els dits molt abotifarrats i li costava teclejar. Amb les notes d'àudio acabava abans.

—Es tractava d'aquesta malaltia?

La Francina va perdonar la vida a l'Aran amb la mirada. Sense retirar el contacte visual, va obrir la bossa i va deixar sobre la taula una documentació que hi va caure a plom.

—Aquí té, caporal. Tot l'historial mèdic del Toni a l'Hospital Clínic. Inclou el seguiment de la dactilitis.

L'Aran, com si de sobte tingués vergonya, semblava no atrevir-se a agafar la carpeta. Finalment, va obrir-la i va començar a examinar la documentació.

—Qui sabia això de la malaltia als dits?

—El meu fill no era d'explicar les penes, sergent. I pel que fa a la dactilitis... Des que a l'escola es reien d'ell, tenia molt complex. *Bullying*, n'hi diuen ara. Que jo sàpiga, no va explicar-ho mai a ningú. De fet, no ho sap ni la meva neta.

—Suposant que aquell dia, de la que manera que fos, no hagués enviat un àudio, seria aquest tipus d'escriptura?

—Disculpi, caporal Marín, però quin tipus d'escriptura se suposa que té una persona que s'acomiada de sa mare per WhatsApp abans de saltar al buit? —La segona bufetada del matí. Si el món s'hagués acabat en aquell precís moment, al Fede li haurien fet un favor—. El meu fill no ho va escriure. El Toni sempre em deia «mareta». En sa vida em va anomenar «mama» com en el missatge.

Fins que el caporal Marín es tornés a posar de peus a la galleda, la Martina va agafar el timó de la conversa

—Estava ficat en algun embolic?

—No ho sé, la veritat. Però, a veure, no ens enganyem, això del Palau de la Música... És massa gros. Alguna cosa deu haver-hi al darrere.

—Sap si tenia problemes econòmics?

—No, que jo sàpiga.

—Depressió?

—Depressió? El Toni? De cap manera. Des que es va divorciar de l'harpia aquella que estava la mar de feliç.

—Havien rebut altres amenaces?

—Mai.

—Tenim indicis per creure que el seu fill estava relacionat d'alguna manera amb el narcotràfic.

L'afirmació de la Martina contenia algun element que va fer canviar l'expressió de la Francina. Si algun adjectiu la qualificava era incredulitat. Aviat sabrien per què.

—Senyora Garçon...?

—L'he sentit, sergent. Això... Això és del tot impossible.

—De vegades, senyora Garçon, gent a qui creiem conèixer ens pot sorprendre. —El Fede hi tornava.

—Vostè no es cansa mai de dir bajanades, caporal? A banda del meu marit, el Toni és el segon fill que enterro. El meu fill gran, el Dani, era drogoaddicte. El Toni va lluitar molt pel seu germà. El va convèncer que anés a rehabilitació, el va acompanyar a totes les visites al metge, ell mateix li feia controls d'orina diaris. Per si la volen, també en tinc tota la documentació. Un dia, quan ens pensàvem que ja estava net, es va fotre fins al capdamunt i el vam trobar planxat al llit. Sempre ens va quedar la sospita que ho va fer intencionadament. Una altra cosa, potser..., però narcotràfic... Ja li garanteixo jo que no.

# 35

Aquell matí, la Martina havia canviat el torn per poder acompanyar la Irene. Sempre intentava manegar-s'ho com fos per poder fer-ho, cosa que suposava jornades doble eternes o llepar en festius. Era una manera més de dir-li que l'estimava i que era el més important de la seva vida.

Després de treballar tota la nit, les parpelles, cada vegada més pesades, volien cedir a la força de la gravetat. Els darrers cafès de la comissaria, d'aquells que t'ho regiren tot, ja no li feien cap mena d'efecte. Ni laxant ni encara menys estimulant. La resta del dia, hauria de conviure amb aquella pesantor que ho emboirava absolutament tot.

Des del seient del pilot, va veure la Irene que sortia de la porteria de casa com una ànima en pena. A la cara, hi tenia pedaços de resignació i por. Li havia costat Déu i ajut convence's a si mateixa de la necessitat de fer aquell pas: el d'aixecar la mà per demanar ajuda. Sortir a parlar de les misèries no és agradable; sobretot davant d'estranys que poden jutjar-te sense tenir ni la més mínima idea de qui ets ni de com ets.

En pujar al cotxe, van fer-se un petó. Van mirar-se llargament: la Irene necessitava una darrera aprovació. Va assentir temorosa, alhora que agraïda. La Martina va agafar-li el braç, va arremangar-li el jersei i, mirant-la als ulls, va fer un petó al tatuatge que portava al canell: una I, una M i el símbol d'infinit. Les inicials de totes dues unides per una promesa. La Martina també en portava un, exactament igual, al canell. Una d'aquelles cursilades que temps enrere hauria estripat sense pietat amb befes d'allò més àcides.

Les voltes que dona la vida. Van abraçar-se amb força. La Irene sentia com el cor li galopava a mil per hora. De bon grat, hauria baixat del cotxe i arrencat a córrer com si li anés la vida, i hauria deixat la visita per a un altre dia o potser per a mai. Però la raó, ferma ella, va obligar-la a quedar-se al vehicle.

L'estona de trajecte va fer-se més llarga que un dia sense pa. La Martina no volia trencar el silenci amb foteses. Tot i que la temptació era gran, sabia que la Irene no ho suportava i, dit sigui de pas, ella no era gaire bona en aquests menesters. Ficar la pota era molt fàcil. Si el que havia de dir no millorava el silenci, era preferible callar. Per molt tens que fos aquest silenci, encara que qualsevol soroll s'amplifiqués: la respiració, els sospirs o els clàxons del trànsit en hora punta. Si paraven bé l'orella, fins i tot podien sentir-se les pors que retronaven dins el cap de la Irene.

Arribades a destí, la Martina va aturar el cotxe. Sense dir-se res, ja que no calia, van fer-se un petó i una altra abraçada, aquest cop més llarga i forta. La Irene va baixar del vehicle i va caminar fins a la porta d'accés. Abans d'entrar-hi, va girar-se cap a la Martina, com quan era petita i buscava la mare, que l'acabava de deixar a l'escola. La Martina va fer un petó a l'aire en senyal d'amor, però en aquell cas també en senyal d'aprovació. Va perdre de vista la Irene després que s'endinsés entre dues portes automàtiques amb un logotip. Que mai no falti el puto màrqueting. La recolliria una hora després. Portar-la, recollir-la, encoratjar-la, consolar-la i parlar o callar segons les necessitats del moment. D'aquell paquet en deien estimar.

A la Irene va costar-li Déu i ajut pujar les escales. Semblava que les sabates portessin plom a les soles i que l'aire s'anés esgotant després de cada graó. Arribar al segon replà va ser com coronar l'Everest.

Des de la porta de la sala, de vidre transparent, va veure el panorama: una rotllana de cadires ocupades per cinc persones: un home d'uns vint anys, tres dones que potser passaven ja dels vint-i-cinc i la psicòloga. La cadira buida portava el seu nom.

Quan va entrar a la sala, es va fer el silenci i tothom va girar-se cap a la porta posant-la al bell mig del focus, just allà on se sentia més incòmoda. De sobte, va sentir fred. Segurament no en feia, però els nervis ja te les juguen, aquestes males passades. La seva salutació va limitar-se a alçar lleugerament la barbeta, i encara gràcies. Una de les noies, just la del seu costat, va acabar d'explicar la seva història, que, com totes sota aquell sostre, era dura. No va poder evitar les llàgrimes ni els sanglots. Benvinguda a teràpia. Rememorar pot arribar a ser d'allò més cruel. En aquella sala, qui més qui menys s'hauria venut un trosset de l'ànima per poder oblidar.

La psicòloga va agrair la intervenció amb una mirada amable, paraules encoratjadores i un somriure còmplice. No és fàcil despullar-se en públic. La psicòloga va pentinar amb la mirada la rotllana de seients i va aturar els ulls en ella. El contacte visual va provocar un calfred a la Irene. La psicòloga va examinar-la, com si volgués esbotzar les portes blindades del seu cervell per saber què hi havia a dins. Només hi havia una manera d'aconseguir-ho.

—Hola, Irene. Vols explicar-nos alguna cosa?

# 36

Adorava fumar. Després de menjar, de beure, de follar. En aquell cas, fumar després d'un bon cafè, curt i amarg. Omplir-se els pulmons d'aire contaminat i deixar-lo anar lentament. Assaborint fins a la darrera partícula de merda que hi surava. Diuen que la nicotina tan sols triga set segons a arribar al cervell i que, un cop allà, hi allibera una xutada de dopamina suficient perquè els addictes sentin alleugeriment i plaer. El que vindria a ser una droga, vaja.

L'Arnaldo Quiroga estava enganxat al tabac malgrat els possibles efectes adversos tan escabrosament anunciats als paquets: càncer de pulmó, hipertensió arterial, infart de miocardi, disfunció erèctil i un fotimer més de mals auguris. Pel que semblava, les set plagues d'Egipte eren cosa de criatures en comparació. Però, siguem sincers, quan navegues entre el narcotràfic i el blanqueig de capitals amb la bòfia i els clans rivals trepitjant-te els talons, que et pintin el futur negre com el carbó perquè fumes és per descollonar-se de riure. En el cas del Q, el futur no anava més enllà de l'endemà i para de comptar. Feia anys que li aguantava la mirada a la mort. Desafiant-la. Driblant-la. I fins ara havia guanyat ell. Sempre al límit, sempre amb l'ai al cor. S'excusava pensant que era allà on la vida l'havia dut, però en algun racó del seu interior sabia que era el que ell havia triat. Res de família, res d'amics, res de tranquil·litat, res d'hipoteca, res de feina de nou a sis en catorze pagues. Res de vida convencional.

Fumar, dèiem. Les maleïdes lleis antitabac ja no el deixaven pipar al bar mentre llegia *La Veritat*. Encara que un diari amb aquest nom era una broma de mal gust, a banda d'un oxímoron en tota regla. Malgrat tot, li agradava estar informat o, si més no, sentir-s'hi (que no és ben bé el mateix). D'un glop, va liquidar el cafè, que li va deixar un rastre abrasador a l'esòfag, va pagar amb un parell de monedes i va tocar el dos del tuguri. Ranci, però amb l'encant dels bars d'abans. Amb barrils de fusta encastats al sostre, pissarra de guix que anunciava la manduca del dia, un dit de llard per tot arreu i sense res de l'Ikea per enlloc.

Només posar el peu al carrer, va encendre una cigarreta i a pipar pels carrers s'ha dit. Set segons, nicotina, xutada de dopamina i plaer. Una droga.

De totes les ciutats on havia viscut, Barcelona era, d'un tros lluny, on més a gust s'hi trobava. La Corunya no deixava de ser un poble gran, a Nàpols la competència jugava a casa, i París... Sí, és preciosa, però és plena de francesos que desborden hospitalitat. Amb tot, qualsevol lloc era millor que el seu poble natal. A Vilagarcía de Arousa tothom sabia la seva vida, miracles i presumpte historial delictiu. Però per molt «presumpte» que hi posis al davant, quan et pengen una llufa ja no te la treus del damunt en ta vida. Ja no li quedava res, al poble. Ni familiars ni amics, i amb prou feina bons records. De llocs millors on caure mort n'hi havia a grapats. A Barcelona hi tenia bona vida, bon clima i, de propina, vivia en l'anonimat: una manta càlida on el pitjor de cada casa pot trobar-hi aixopluc. Sense saber-ho, a Barcelona podia creuar-se amb autèntiques perles amb aspecte de veïns respectables: camorristes, mafiosos russos o jihadistes. Els lladres de guant blanc, poc o molt, sí que n'eren, de coneguts. Google Maps mateix sabia on trobar les seus dels bancs i dels partits polítics.

Xino-xano, el Q va arribar al principi del passeig de Gràcia i va creuar la plaça Catalunya aixecant una bandada de rates voladores —hi havia qui n'hi deia coloms— al seu pas. Va deixar enrere el monument a Francesc Macià i, just després, l'Aran va acostar-se el canell a la boca.

—Teu, Fede.

L'Arnaldo Quiroga anava Rambla avall esquivant turistes com un esquiador fent eslàlom. Mentrestant, el Fede, des d'un lateral del carrer, albirava l'objectiu, que deixava enrere el teatre Poliorama, l'església de la Mare de Déu de Betlem i el Palau de la Virreina. Va seguir-lo fins que va girar per creuar l'emblemàtica porta principal del mercat de la Boqueria: un arc modernista decorat amb vitralls de disseny geomètric de colors blau, groc i marró d'on penjava l'antic escut de Barcelona. Just allà, la sergent Roca va agafar-li el relleu.

—Meu —va dir per l'intercomunicador.

El Q va anar zigzaguejant entre barcelonins i turistes per les parades de fruita exòtica, de peix, de carn i de tota la vianda imaginable. Això darrer, durant algun temps, incloïa grills amb gust de formatge, cucs envinagrats i escorpins torrats; tot a un ull de la cara el quilo, és clar.

Un cop travessada la Boqueria, el Q va anar a petar a la plaça de Sant Josep, just darrere del mercat. Va encendre una altra cigarreta. Ja en ple Raval, va ignorar un ionqui que es punxava a plena llum del dia i va rondar pels carrers fins a entrar en un portal ple de grafits i estucat de pixats.

—Ha entrat al número seixanta-cinc del carrer Hospital. Toca tronxa. Busquem palanca —va anunciar la sergent.

En l'argot policial, «tronxa» era vigilància i «palanca» era el lloc des d'on es feia aquella vigilància.

Només uns metres més enllà, rere la porta metàl·lica grafitada i pudent, l'Arnaldo va baixar unes escales de ciment vist enmig de la penombra. A l'entrada del soterrani hi havia una taula amb una muntanya ingent de cocaïna amb què dos homes amb mascareta quirúrgica anaven preparant grams per a la distribució. Amb una cullereta en farcien la paperina, la dipositaven en una balança, n'afegien o en treien fins a ajustar a un gram, doblegaven la punta de la paperina i la segellaven amb un cop d'encenedor.

Un gram, seixanta euros.

Cent grams, sis mil.

Un quilo, seixanta mil.

I així fins a crear un imperi. D'aquells que destrueixen vides, futurs i famílies. Però també ho eren les armes i els governs; bé que compraven i venien a dojo. Armes sí, drogues no. El camí del poder està pavimentat d'hipocresia, deia Frank Underwood de *House of Cards*.

L'Arnaldo va ignorar els dos paios que manufacturaven el producte final en un ambient on surava una barreja d'humitat i un deix de química. Va arribar a un despatx a joc amb la decrepitud del lloc. A dins, va trobar-hi asseguda l'Aurora Molina, que repassava uns llibres de comptabilitat. Només entrar, la Molina —ulleres per a la presbícia a la punta del nas i la seva habitual cara de pal— va alçar la vista per clavar-li una mirada dura alhora que de fàstic. L'Arnaldo, tot ell, feia olor de tabac. Una xemeneia amb cames, que tenia les dents grogues i les puntes dels dits ennegrides. Una deixalla humana.

—Apaga aquesta merda.

—Aquesta merda és el més sa que hi ha en aquest cau —va dir ell mentre alçava la cigarreta.

L'Arnaldo va fer una llarga calada, va acostar-se lentament a l'amargada i va llançar-li el fum a la cara i la va fer estossegar, visiblement emprenyada. Després, obedient, va esclafar la cigarreta en un cendrer.

—Anem endarrerits —va dir la dona entre estossecs.

—Acabem de començar la gira, Aurora. No et posis nerviosa.

—Si tens pebrots, això ho expliques tu a la Trinidad perquè ho digui a l'O Pai.

—Quan la veuràs?

—D'aquí a un parell de setmanes. Estarà net tot l'últim carregament per a llavors?

—Sí... Sí, crec que sí. Amb els propers concerts, crec que sí.

—N'estàs segur?

—Comptem amb el Víctor Alemany i la Filharmònica de Barcelona. La gent ho vol i nosaltres ho tenim. Tranquil·la, no deixarem cap euro sobre la taula.

—Val més que sigui així, Quiro.

—No cal que em diguis el que he de fer. Conec bé l'O Pai.

—El coneixies. Ja no saps ni la cara que té ni el seu nom actual.

—Ni tu tampoc. No et facis la llesta, tu, ara.

L'Aurora va treure's les ulleres, es va aixecar i va tancar el llibre de comptabilitat d'un cop alçant un núvol de pols al voltant. Va allargar els dits polze, índex i mig amb el braç amunt com si ensenyés una targeta vermella.

—Tres-cents mil, Quiro. En dues setmanes. Si no, vens amb mi, xerres amb la seva gent dels vells temps, i, de passada, els expliques per què no has fet la bugada.

L'Aurora va negar a l'Arnaldo el dret a rèplica i el va deixar amb la paraula a la boca. La gerent de T&M Grup i l'OFB va marxar escales amunt, mentre els dos homes seguien embossant grams de cocaïna. Algú altre els recolliria, algú altre els vendria i algú altre tornaria aquella mercaderia convertida en feixos de bitllets que es rentarien a través d'una cosa tan respectable com la música clàssica.

El dia es pansia quan l'Aurora va sortir del número seixanta-cinc del carrer Hospital en direcció a la rambla del Raval. L'Aran, en to juganer i amb el canell ben a prop de la boca, va comunicar-se amb els companys apostats estratègicament.

—Senyores i senyors, acaba de sortir la grossa de Nadal.

—Qui és el premi? —A la Martina se la menjava la curiositat.

—L'Aurora Molina.

—No fotis! Segur que és ella?

—Ens hi juguem doblar les meves vacances? —Mentre provava sort, l'Aran va fotografiar la Molina amb el mòbil. Aquella imatge aniria de pet a l'expedient de la causa.

—Ni de conya. No m'ho puc permetre.

A la rambla del Raval, el Fede, amb un casc que li tapava la cara, estava aturat a sobre d'una moto quan l'Aurora li va passar pel costat.

—Va cap a tu, sergent.

La sergent va abandonar la seva palanca i la tronxa i va caminar a pas lleuger per un carreró estret.

—L'excursió ens ha sortit molt millor del que esperàvem. No la caguem, ara. Ens té calats del dia del Palau de la Música. Fotem el camp. Ens veiem a comissaria.

Ben fet o no, la sergent havia avortat l'operació, i el Fede, en perfecte pla dorsal, va veure l'Aurora allunyar-se rambla del Raval avall. Quina mena de poli seria si exposava el seu equip de manera innecessària? Una bona poli no les feia, aquestes coses.

## 37

Al final del passadís, fosc com la gola d'un llop, s'hi intuïa una llum tènue i vermella. D'allà, hi provenia una música repetitiva alhora que suggeridora. El jutge Evaristo Salazar avançava pel passadís arrossegant la cadira de rodes que li feia les funcions de cames des d'adolescent, feia ja més de quaranta anys. En tot aquest temps havia cultivat una actitud esquerpa i, també, uns bons bíceps a còpia d'anys d'estirar les braceres fixades a les dues rodes.

Arribat al final del passadís, va accedir a la zona dels pòdiums i les barres on tot d'homes com ell bavejaven amb el bestiar que s'exhibia al ritme de la música.

El Salazar va acomodar la cadira de rodes en una barra baixa. D'aquesta manera, podia prendre una copa recolzat i, amb el clatell amunt deixant-s'hi les cervicals, admirar els cossos que es movien de manera provocativa.

El jutge va aixecar un dit —tan abotifarrat que un anell hi complia cadena perpètua— i el cambrer va apropar-se.

—El de sempre.

Ni bona nit, ni si us plau ni hòsties. El de sempre.

El cambrer, amén al paralític calb que deixava bones propines, va preparar un rom doble amb un parell de glaçons.

Assegut a la cadira, el Salazar gaudia del ball. El cambrer

—una roca musculosa amb llacet— li va servir la copa en got de tub. Com qui tira menjar als ànecs, el jutge va deixar anar un bitllet sense esperar el canvi ni retirar la vista del pòdium. Va xarrupar el licor i, encabat, va passejar-se el llavi inferior pel mostatxo humit.

Va posar l'ull en un pardalet —tanga de cuir, botes i barret de cowboy— que no devia tenir més de vint-i-un anys. Era així com li agradaven: imberbes, depiladets, musculats, amb la pell ferma. Tendres. Dòcils. Gairebé com nens. El matís del *gairebé* era important per a un home de llei com ell.

Copa en mà, va delectar-se amb el noi, que no parava de llançar-li miradetes provocatives. Mestís, ulls ametllats, cabell rinxolat. Si no era peruà, devia ser veneçolà. Un bombonet per encetar. Era nou al club, no el tenia pas vist per allà. Sa Senyoria va premiar el ball amb un bitllet al tanga. Si li demanés els papers se l'hauria pogut fer de franc, n'estava segur. Però el Salazar era una persona de principis. El jovenet va acostar-s'hi per acariciar-li la calba i el bigoti amb la picardia que ensenya la necessitat.

Un parell de bitllets al tanga més tard, el xaper i el jutge eren en una habitació amb llums vermells, sostre emmirallat, jacuzzi i una cadira de rodes buida.

El Salazar, nu de pèl a pèl estirat al llit, gaudia d'una fel·lació del xaiet. Com pugen avui dia, pensava entre gemecs. El jutge es mossegava el llavi inferior que li quedava cobert pel mostatxo. A la vegada, s'acariciava el mugró; just allà on començava la panxa encatifada que li impedia veure's allà baix des de ja no recordava quan.

De sobte, un timbre estrident va provocar que el magistrat deixés anar renecs a tort i a dret.

—I ara què passa, hòstia! —va blasfemar.

El que passava era que el mòbil de sa senyoria estava enviant la màgia del moment a can Pistraus. Putes guàrdies. Va estirar el braç i va regirar els pantalons que havia deixat per allà fins a trobar el telèfon dels collons.

—Tu segueix —va ordenar al jovenet abans de despenjar—. Digui.

—Sento molestar-lo, senyoria —es va disculpar el caporal Marín.

—Més ho sento jo, cregui'm. Què vol?

El prostitut va aixecar la vista, però el jutge va agafar-lo bruscament pel clatell perquè continués la feina.

—Hem fet progressos en el cas del Palau de la Música i necessitem la seva autorització perquè Hisenda ens faciliti la comptabilitat de diverses empreses relacionades amb la Filharmònica de Barcelona.

El Salazar, amb el mòbil a l'orella, els ulls tancats i cara de plaer, no va respondre. Estava a punt... Ben a punt.

—Senyoria?

—Que sí, cony! Que sí! Vostès facin, que quan pugui redacto l'ordre i els l'envio.

—Moltes gràcies, senyoria.

Entre marrameus, el Salazar va penjar sense acomiadar-se del caporal. De mala gana, va llençar el telèfon per damunt del llit i va centrar-se en el bé de Déu que tenia entre les cames.

# 38

La mort del Toni Guasch havia portat la Martina sota el cel gris cendra i pixaner de Londres. No era, ni de bon tros, el seu lloc preferit. Fred, pluja i el *fish and chips* com a plat estrella no mataven com a carta de presentació, per què enganyar-se. I, per acabar-ho d'adobar, monàrquics fins al moll de l'os. Malgrat tot, la Martina pensava que llocs com Camden, el Covent Garden i el Soho tenien el seu què. També el Royal Albert Hall, l'objectiu del viatge.

El temple musical de la capital britànica era un edifici majestuós, rodó i coronat amb una gran cúpula de vidre que, inevitablement, va fer-li pensar en la lluerna del Palau de la Música Catalana esclatant pels aires.

La gran estructura el·líptica del Royal Albert Hall estava edificada amb sis milions de maons vermells i decorada amb uns vuit mil blocs de terracota. Una icona cultural al cor de Londres, però, com tot el que portava el segell victorià, a la Martina li resultava carregós en excés.

La sergent va pujar la llarga i ampla escalinata exterior, que va conduir-la fins a la porta principal. Ja a dalt, l'estàtua memorial del príncep Albert amb el gran fris ornamental que abastava tota la circumferència de l'edifici va donar-li la benvinguda. Un cop a l'entrada principal, placa i cap dins.

El pati de butaques de la sala de concerts —l'Auditorium, n'hi deien— era completament buit. Sobre l'escenari, això sí, feien el darrer assaig de la Royal Philharmonic Orchestra abans de l'estrena de *Carmina Burana* aquella mateixa nit. En un cantó, la soprano Blanca Alzamora escoltava com el cor interpretava «O fortuna», una oda al destí de les persones regit pels capricis de la sort. Un cant a gaudir del present mentre es pugui perquè el futur és impredictible per definició. Els clàssics en sabien un munt, de la vida. Més tard seria el torn de la soprano amb «Stetit puella», «In trutina» i «Dulcissime».

Amb aquesta banda sonora, la sergent va endinsar-se pel passadís central en direcció a l'escenari sota el famós sostre d'alumini estriat. La Martina va seure a la primera fila i va contemplar una representació de la qual era l'única espectadora. Tot i que la sala, amb aspecte d'amfiteatre romà, era buida, la potent veu de la Blanca Alzamora l'omplia amb escreix. La Martina era més de The Cure, de Suede i d'Oasis, però no va fer pas cap lleig a un concert privat de la Royal Philharmonic a la fila zero.

Unes peces després i en un anglès d'aquells amb accent acadèmic, el director de l'orquestra va donar l'assaig per finalitzat i els músics van aixecar-se de les seves posicions i van formiguejar en silenci cap a la sortida. La Martina va acostar-se al peu de l'escenari i, des de dalt, la Blanca Alzamora —sense les gales ni el maquillatge que lluiria hores després— la va saludar amb un gest de la barbeta.

Poca estona més tard, ja a soles, van acomodar-se en dues cadires a l'escenari. La sergent va alçar la vista, va imaginar-se en aquell mateix punt amb el Royal Albert Hall ple de gom a gom i va entendre allò de la por escènica.

La Blanca Alzamora tenia el cutis ben cuidat, una manicura d'anunci, ni un sol cabell blanc i una rinoplàstia tallada pel mateix patró que les habituals de les revistes del cor. L'olor de perfum li arribava amb subtilesa i sense empudegar. DKNY, va suposar la Martina. No va costar-li gens imaginar-se-la tota nua. Amb un clic provinent de ves a saber on —probablement de la seva consciència de policia—, la sergent va deixar les fantasies a banda per centrar-se a intentar treure tot el suc de la trobada. Per trencar el gel, van parlar de l'estrena d'aquella nit per a gairebé sis mil espectadors, amb les localitats exhaurides en pocs dies. Quan la soprano va ensumar-se que la introducció amable arribava a la fi, va abaixar la persiana del seu somriure perfecte. De sobte, semblava que estigués tastant alguna cosa amarga. Tocava encarar la desagradable realitat.

—Ja sap per què soc aquí.

—Per la mort del Toni. El caporal Marín m'ho va explicar quan vam concertar la trobada.

—El coneixia?

—El Toni? Sí... Malauradament, sí.

—Què em pot explicar d'ell i de la Filharmònica de Barcelona?

—Vol la versió oficial o la veritat?

Que la soprano respongués amb una pregunta com aquella no era pas de poca importància; ben aviat la sergent sabria per què. La Martina va mirar fixament els ulls de la Blanca. Eren d'un verd penetrant.

Bonic.

Expressiu.

Enigmàtic.

En breu també hi podria afegir l'adjectiu «revelador».

La soprano va aguantar-li la mirada més temps del que segurament hauria estat necessari. Era tan intensa que semblava que estigués llegint-li el pensament fil per randa. Un pensament que més o menys es resumiria en un «piula-ho tot, reina, perquè no tinc cap altre fil per estirar».

—Tenim sospites de certes activitats delictives relacionades amb l'OFB.

—Sé de què em parla, sergent... —El rostre consternat de la Blanca no semblava pas impostat.

—Què pot explicar-me?

—Que l'Aurora Molina ho encobreix tot.

—I el Víctor Alemany?

—El Víctor? Hòstia... El Víctor és qui ho manega tot. I al darrere, hi van els seus amiguets.

—Quins amiguets?

—El Jaume, el Samuel i el Toni.

—El Toni Guasch? Però si el seu germà va morir de sobredosi... Tenia entès que era una persona sensible al tema de les drogues.

—Drogues?

La cara de la Blanca va virar cap al desconcert més absolut. Immediatament, la Martina va adonar-se que no parlaven del mateix.

—Perdoni, a quina activitat delictiva es refereix, senyora Alzamora?

—A abusos sexuals.

El pes d'aquelles paraules va caure a plom sobre totes dues per raons ben diferents. La Martina va obrir els ulls de bat a bat davant la nova via que s'obria en la investigació.

—Abusos sexuals?

La Blanca va bellugar el cap endavant.

—Per què creu que vaig deixar l'OFB?

—Què va passar?

La soprano va acotar el cap alhora que s'empassava la saliva. Capcota, com si a terra hi hagués de trobar escrites les paraules que ho justifiquessin tot. Evidentment, no hi eren. Si no les havia trobat durant anys regirant per la seva consciència, no les trobaria pas ara de cop i volta.

Va trigar uns llargs segons a reunir el valor per aixecar la vista, però no prou per mirar la sergent als ulls. Va preferir desviar la mirada als seients vermells de la platea. Potser per vergonya, potser per incomoditat, potser perquè era d'aquelles que rentava els draps bruts a casa. La cara de la Blanca reflectia una esllavissada interior de gran magnitud.

—Jo... volia fer carrera... I vaig cedir.

—Va cedir?

—El tracte era senzill: si eres dona, no cantaves a l'OFB si no passaves pel llit del Víctor Alemany.

La Martina va sentir unes brases que la cremaven per dins. Va serrar les dents, va prémer els llavis i va cloure els punys amb tanta força que el tou dels dits va tornar-se-li blanc. Va fer un esforç per contenir la ràbia i no transmetre-la a la Blanca. No volia contaminar la declaració. Volia que seguís parlant, necessitava que ho fes.

—I l'Aurora Molina ho sabia?

—És clar que ho sabia...

—I ho permetia?

—Vostè sap els diners que genera el Víctor? Rebenten la taquilla allà on van.

—I els altres? El cercle més proper al Víctor Alemany?

—Eren els seus «protegits». En algunes de les festes que se celebraven després de les actuacions em van «convidar» a ficar-me al llit amb ells. Si t'hi negaves, ja sabies on era la porta.

—I hi va cedir.

La Blanca va emmudir en sec. El pes del passat i la culpabilitat van ressonar amb força dins seu. Seguia sense mirar als ulls de la Martina. Com si, d'alguna manera, això l'exonerés de la deshonra. La seva mirada reflectia les factures que la vida, trincotrinco, li havia cobrat.

Va aplegar forces per seguir aquella confessió que l'empastifava de vergonya, de fàstic, d'humiliació. Va sentir una nàusea que treia el cap esòfag amunt, però va aconseguir frenar el desastre glopejant aigua. Instants després, va inspirar profundament, va esbufegar i, finalment, va poder continuar.

—Jo volia progressar en el cant. Ho volia més que res al món. Volia el meu paper a la gira. I volia... volia més papers. Quan vaig conèixer el Víctor, va ser com conèixer una persona amb una aura al voltant. Digui'm idiota, si vol, però era com si et presentessin Déu.

—Van durar gaire, els abusos?

—Dos anys. Tot el temps que vaig cantar a l'orquestra. A la primera bona proposta que vaig tenir, en vaig marxar cames ajudeu-me.

La Martina va trencar la distància entre policia i testimoni agafant la mà de la soprano. Un gest d'aquells que val més que mil paraules. Després d'allò, per primer cop en tota la conversa, els ulls de la Blanca van tornar-se vidriosos alhora que la veu li començava a tremolar.

—Es fotia de farlopa fins al capdamunt i es tornava molt agressiu. Ara entenc el que em deia de la droga. Era horrorós. L'endemà encara era pitjor. T'ignorava, ni et mirava a la cara. I si ho feia, era capaç d'arrencar-te el cor amb la mirada. Era cruel, degradant. No tenia escrúpols. Et feia sentir com una merda. T'humiliava, et menyspreava. No eres ningú per a ell i t'ho demostrava. Ho perdies tot: la dignitat, l'autoestima... —La Blanca va eixugar-se una llàgrima.

—Sap d'altres casos com el seu?

—He parlat amb altres cantants que van ocupar abans el meu lloc. Com a mi, els prometia papers i, si no complien, i no em refereixo a cantar sinó a complir sexualment, quedaven fora de les actuacions.

—Un secret a veus.

—Exacte. Però qui és la que denuncia el gran Víctor Alemany? No tenia cap possibilitat de ser escoltada. La resposta hauria sigut la incredulitat.

La Martina sabia que no l'hi podia rebatre. La por paralitza, et deixa immòbil. Això és així. És un fet. L'escorça central del cervell és el nostre director general, qui pren les decisions. Trenta-cinc mil al dia. Gairebé totes inconscientment. Dreta, esquerra, obre, tanca, puja, baixa. Però les decisions conscients són les que realment costen de veritat: com ara denunciar algú que té un poder infinit i que des del seu tron del rei de la música clàssica n'abusa sense escrúpols.

—Sap si l'OFB ha funcionat sempre així, senyora Alzamora?

—Sempre hi havia un càsting, per dir-ho d'alguna manera. Amb l'única que no va ser així va ser amb la Clara Guevara.

—Qui?

—La Clara Guevara, la soprano que, precisament, em va substituir. Tot just sortia del conservatori. Era molt jove. Jo vaig deixar l'OFB d'un dia per l'altre per venir aquí. Com comprendrà, quan em va sortir això de Londres vaig marxar en un tres i no res. Em van demanar que m'hi quedés fins que trobessin una substituta, però m'hi vaig negar en rodó. L'OFB tenia una actuació aquella mateixa setmana i van fitxar la Clara Guevara a correcuita per salvar el contratemps. Es veu que l'Aurora Molina la tenia en cartera i, curiosament, estava lliure. No hi va haver temps de fer cap càsting en què el Víctor estigués a soles amb ella i pogués veure si era dòcil o no. El problema per al Víctor va ser que la Clara ho va brodar a la seva primera actuació: ni més ni menys que a la Scala de Milà. La Clara... era un portent. Tenia un talent innat. Arribava a les notes més agudes com si res. Davant la resposta de la crítica especialitzada, l'Aurora Molina, que no és tonta, va imposar-ne la contractació. Imagino que el Víctor no s'ho devia prendre gaire bé.

—Però ara a la Filharmònica de Barcelona hi ha... —la sergent va consultar unes notes— la Nàdia Abad.

—La Clara Guevara va morir fa algun temps.

—Com diu?

—Es va suïcidar. Penjada.

Amb una llambregada, a la ment de la Martina hi va aparèixer la imatge del Toni Guasch penjat de la lluerna del Palau de la Música Catalana. Aquella troca se seguia embolicant i de quina manera.

Un silenci espès va quedar surant a l'aire del Royal Albert Hall. Tot d'una, com si algú hagués fet espetegar els dits, la Blanca va treure el mòbil i hi va teclejar ràpidament. La manicura repicava amb força contra la pantalla. Quan va trobar el que cercava, va encarar el telèfon cap a la Martina.

—Miri, sergent. La Clara Guevara.

# 39

La majoria dels col·legis de la zona alta de Barcelona estaven tallats pel mateix patró: edificis mastodòntics, dirigits per algun orde religiós i regentats per fills de gent adinerada. Tota la vida havia sigut així i res feia pensar que això pogués canviar.

A l'hora de la sortida de classe, els carrers de l'anomenat Upper Diagonal, la zona rica de la ciutat, eren un formiguer de jovenalla equipada amb l'últim crit en roba de marca i telefonia mòbil. Entre aquest planter de futurs emperadors hi havia la filla de dotze anys del Jaume Muntaner, la Zoe. Passeig de la Bonanova enllà, anava amb una amiga, la Berta, fent petar la xerrada sobre coses pròpies de l'edat.

—Però què dius? No ens vam fer cap petó!

—Au, va, Zoe... Que us vaig veure...

—Ens vas veure?

—I tant... Se't veu molt penjada d'ell.

La Zoe va fer un somriure d'aquells que provoquen les papallones a l'estómac quan encara vas pel món amb un pom de lliris a la mà. Per treure més suc a la conversa, la Berta va agafar el mòbil i el va trastejar.

—Tens el Jan colat per tu... Mira la foto que ha penjat a l'Instagram.

La Zoe Muntaner va consultar la xarxa social. Efectivament,

el tal Jan havia posat tot de cors, flames i un feix d'emoticones més per fer públic, que, com bé deia la Berta, posaria la Zoe sobre un pedestal. En veure la publicació, la jove Muntaner va sentir una fiblada dolça a l'espinada a la vegada que se li eriçaven els pèls de l'avantbraç. Allò de la joventut, dels primers amors i de tenir l'historial d'hòsties net com una patena. Les dues amigues van caminar una estona, absortes amb el TikTok i l'Instagram, aplicacions que passaven per ser un còctel de metadona tecnològica, succionadores de dades i botxins de la socialització.

Mentre mirava l'Instagram, el rostre de la Zoe va canviar de cop. Les faccions de la cara van tensar-se-li i va esbatanar els ulls fins a deixar-los com dues taronges Va sentir, de nou, una fiblada a l'espinada. Aquest cop, però, no hi havia papallones per enlloc. Hi havia un pànic atroç que li va baixar per les cames, que li van començar a fer figa. La mà que subjectava el mòbil tremolava com una fulla d'arbre en plena llevantada.

Va aturar-se en sec mentre la Berta, absorta en la pantalla del seu mòbil, seguia com si res. Van haver de passar una vintena de metres perquè alcés la vista i s'adonés que caminava tota sola; per alguna raó, la Zoe s'havia quedat enrere. La Berta va retrocedir i va trobar-se l'amiga paralitzada. La seva mirada, aterrida, estava ancorada al telèfon. Un missatge amb un vídeo n'era el culpable.

—Què et passa? Has vist en Jan amb una altra o què?

La Zoe no va reaccionar. Estava paralitzada com si fos aliena a la vida que fluïa al seu voltant. La Berta va espetegar-li els dits a un pam de la cara com si la volgués despertar d'una sessió d'hipnosi. En certa manera, va aconseguir-ho, i la Zoe, per fi, va mirar la seva amiga. Mig aquí, mig allà. Sense dir ni ase ni bèstia, va marcar el número de telèfon de la seva mare, l'Elsa.

L'Elsa, però, estava reunida al seu modern despatx contigu al domicili familiar amb un client que responia al peu de la lletra a la descripció de *yuppie*: engominat, mastegant xiclet i amb una roba que serviria per alimentar tota una família. El telèfon de l'Elsa vibrava mentre ella feia anotacions a l'Ipad.

—El projecte és el redisseny de la façana de la nostra seu de passeig de Gràcia.

—El conec bé, l'edifici. Un lloc emblemàtic de la ciutat. Quantes empreses hi ha al concurs?

El mòbil de l'Elsa va continuar vibrant amb el nom de la Zoe fent pampallugues. El *yuppie* va fer petar la llengua, va arrufar les celles, va serrar els llavis i va projectar la mandíbula cap endavant. Més clar, l'aigua. El client volia tota l'atenció per a ell. Qui paga, mana. Des del punt de vista de la comunicació no verbal, detectar l'enuig amb rapidesa permet reaccionar de manera preventiva davant d'un possible conflicte, i l'Elsa, que sabia el que s'hi jugava, va penjar a la Zoe per escenificar que el *yuppie* tenia tota la seva atenció.

—Elsa, miri, això és una petició expressa del senyor Antoni Gimferrer, el nostre fundador, president i propietari. Va quedar-se meravellat quan va visitar el Hilton i va dir explícitament el seu nom... Així que presenti'ns un projecte atractiu i, si ens convenç i sense que serveixi de precedent, no hi haurà concurs. Aviat, el senyor Gimferrer deixarà la presidència en favor del seu fill. Diguem que aquesta obra serà part del seu llegat.

Capricis de l'amo.

Faci's la seva voluntat.

Adjudicació a dit.

Déu l'hi pagui, senyor Gimferrer.

L'Elsa va dibuixar un mig somriure que encara va saber dissimular prou bé. Tot seguit, va silenciar el mòbil i va posar-lo cap per avall. La feina passava per sobre de la família. Un cop més. Segur que sa filla no li trucava per a res important.

Mentrestant, al passeig de la Bonanova, la Zoe, amb el telèfon a l'orella, maleïa sa mare.

—Hòstia, mama!

Va penjar i es va quedar mirant la Berta, que, com un estaquirot, no entenia de què punyeta anava tot allò. Pocs segons després, la Zoe va reaccionar.

—Piro.

—Com que pires? On?

—A casa.

—Però... I la classe de rítmica?

—Passo —va dir, i es va allunyar a pas lleuger.

La Zoe va deixar plantada la Berta i va començar a caminar apressadament pel passeig de la Bonanova en direcció oest. El cor li anava molt de pressa. No es podia dir que hiperventilés, tot i que n'hi faltava ben poc. Tenia la boca seca i la llengua de drap. Per molt que intentés humitejar-les, no hi havia manera.

Mirava enrere cada dos per tres. El seu cap reproduïa en bucle el vídeo que havia rebut per l'Instagram. Va tornar a mirar enrere, impulsada per una por com mai abans havia sentit.

Qui li havia enviat allò?

Per què?

Què volien?

Va consultar el mòbil per si sa mare li havia trucat. Res. Merda. Sabia que son pare, el Jaume, estava volant cap a Venècia, però va provar-ho igualment. Sense apartar la mirada de la pantalla, no va adonar-se que estava creuant un carrer amb el semàfor en vermell i un cotxe va frenar de manera ensordidora; el xerric li va penetrar fins a la mateixa boca de l'estómac. Quan va aixecar la vista de la pantalla, va trobar-se el cotxe a menys d'un pam de les cames. No l'havien atropellat de miracle. El que va venir després va seguir escrupolosament el manual del groller. Menyspreu, insult i prejudici d'una tacada, concentrats en una frase.

—Puta *pija*, nena de papà! Surt del mig!

Tot això acompanyat d'un llarg toc de clàxon, com si allò elevés l'insult al quadrat. Un pastor alemany de males puces que un home passejava va bordar a la Zoe una merescuda esbroncada. No va durar gaire, però sí prou per deixar-la al llindar del plor.

Quan per fi va quedar-se sola, va intentar recuperar el control de si mateixa. Abans de les reprimendes del groller i del pastor alemany, estava trucant a son pare, va pensar. Va tornar-hi, però va saltar el contestador automàtic. Apagat o fora de cobertura. Normal, en ple vol.

Les imatges de l'Instagram li van tornar de seguida al cap. Visiblement nerviosa, va mirar a esquerra, dreta, davant i darrere, amb la cacofonia del trànsit com a banda sonora.

La Zoe va continuar caminant accelerada. De nou, esquerra, dreta, davant i darrere. Va quedar-se clavada. Un desconegut la mirava fixament. Trenta i pocs, atlètic, vestia xandall i sabatilles esportives. Un esglai va percudir dins seu, fins al moll de l'os. La Zoe va accelerar encara més el pas. Va mirar enrere un altre cop. L'home del xandall va començar a trotar cap a ella. Els dits van embalar-se-li pel mòbil de nou. Caminava amb el telèfon enganxat a l'orella. Ni rastre de sa mare. Emprenyada, va penjar.

—Hòstia puta!

Si a casa haguessin sentit tanta paraulota, n'hi hauria caigut una de bona. Però en aquell moment i sota aquelles circumstàncies estava més que justificat.

La Zoe va travessar el carrer esquivant els vehicles que circulaven pel passeig de la Bonanova en hora punta. Va arribar a la plaça de Sarrià. Al peu de l'església de Sant Vicenç: esquerra, dreta, davant, darrere novament. Quan se'n va adonar, tenia el del xandall gairebé a sobre. Estava a punt de demanar auxili quan l'home va saludar una dona, també en xandall, i tots dos van marxar trotant.

La Zoe va rebufar. Encara bo. Després d'uns instants, un clic. Va continuar caminant ràpid fins a enfilar un carreró. Estret, llarg, solitari, el de casa. Va esprintar fins al portal. Hi va entrar i, rere seu, va tancar d'un cop de porta que devia retronar fins a l'àtic. Ja a dins, ascensor i cap amunt. En sortir al cinquè, va creuar-se amb el *yuppie* que havia visitat el despatx de l'Elsa. Replà i a dins. Per fi a casa.

La Zoe va entrar directament al despatx de sa mare sense trucar.

—Per què no l'agafaves?! Hòstia!

—Hola, filla. Jo també m'alegro de veure't. —El to condescendent mentre elevava la vista per sobre de les ulleres va fer enrabiar encara més la Zoe.

—T'he trucat un munt de vegades!

—Era amb un client molt important. Em donaran el projecte de...

—Mira! —va tallar la filla amb brusquedat—. Mira què he rebut!

La Zoe va allargar el braç fins a plantar el mòbil a un pam de la cara de sa mare. L'Elsa va mirar la pantalla, on hi havia oberta l'aplicació de l'Instagram. Un seguidor desconegut li havia enviat un vídeo en un missatge directe. Era casolà, enregistrat en el que semblava una habitació. Tant podia ser d'un hotel, com d'un pis, com d'un tuguri de mala mort. No s'acabava d'intuir perquè hi havia poca llum, tot i que prou per distingir dos homes que subjectaven, un per cada braç, una dona jove. La immobilitzaven mentre un tercer home la violava.

—Rebenta-la! —victorejava una veu.

A cap dels homes se li veia el rostre, però el de la dona era perfectament visible, amb els ulls aterrits i suplicant que paressin. Qui filmava tenia la clara intenció de protegir la identitat dels agressors.

Una punxada va castigar amb gravetat l'espinada de l'Elsa. Just després, la suor freda regalimant per l'esquena i les arcades van ser inevitables. Ara entenia per què la Zoe li havia trucat amb tanta insistència. Es volia fondre. En un tancar i obrir d'ulls, el projecte del *yuppie* havia caigut unes quantes posicions en la seva escala de prioritats.

Va mirar la Zoe com no ho havia fet mai encara. Els seus ulls eren el reflex de les pors que l'atemorien. Aquell dia, havia esclatat la bombolla en què havia viscut fins aleshores. S'havia fet gran de cop, i ella, sa mare, l'havia menystingut.

El vídeo va acabar. Tot just deu segons que van semblar una eternitat. La consciència, que ja havia començat a passar-li comptes, va clavar una bufetada amb la mà oberta a l'Elsa.

—L'estan violant, mare!

—Qui t'ho ha enviat, això?

L'Elsa va engrapar el mòbil de la Zoe i va clicar l'avatar del remitent: un tal @puccinivenjador. Ni idea de qui era. Hauria d'etzibar-li un bon discurset sobre els perills de les xarxes socials, però amb quina autoritat ho faria, si tota la vida havia deixat fer a la nena el que li havia donat la gana amb el telèfon?

La Zoe no podia aturar la tremolor; descontrolada des del cap fins als peus. Va seure en una cadira, va encreuar els braços com si es protegís i va inclinar-se cap endavant. Mirava al no-res. Les esgarrifoses súpliques de la dona violada retronaven amb força dins seu de manera ensordidora. No va ni adonar-se que una llàgrima li lliscava per la galta. Seria la primera d'un fotimer més que vindrien després. I rere les llàgrimes, la tristesa, els nervis, la por i tenir ulls al clatell al tombar a cada cantonada.

L'Elsa va abraçar-la. D'una manera diferent de com ho havia fet sempre. L'abraçada portava implícites unes disculpes i una penitència en forma de remordiments. Ella també volia plorar. No n'hi faltaven pas, de ganes. Però no era el paper que li tocava fer en aquell moment. Havia de fer el cor fort, encara que per dins s'estigués esmicolant.

L'abraçada entre la mare i la filla va ser llarga. Intensa. Totes dues la necessitaven. Sense dir res, la Zoe va anar al lavabo entre sanglots. La mare va deixar que es rentés la cara, que es desfogués.

L'Elsa va agafar el mòbil per mirar el vídeo de nou. Les súpliques de la dona eren esfereïdores. S'intentava desempallegar d'ells, però eren tres homes contra una dona, no tenia cap mena d'opció. Qualsevol diria que deu segons de vídeo són pocs, que passen ràpid, però l'Elsa no va ser capaç d'arribar fins al final. Les nàusees que abans havien tret el cap ara tornaven acompanyades de vòmit. Va córrer cap al lavabo després de deixar sobre la taula el mòbil que mostrava la cara de la soprano Clara Guevara en el pitjor dels inferns.

## Tercera part

Nessun dorma!
Nessun dorma!
Tu pure, o principessa
Nella tua fredda stanza
Guardi le stelle
Che tremano d'amore e di speranza!
Ma il mio mistero è chiuso in me
**Il nome mio nessun saprà!**
No, no, sulla tua bocca lo dirò
Quando la luce splenderà!
Ed il mio bacio scioglierà
Il silenzio che ti fa mia!
Il nome suo nessun saprà
E noi dovrem, ahimè! morir! morir!
Dilegua, o notte!
Tramontate, stelle!
Tramontate, stelle!
All'alba vincerò!
Vincerò!
Vincerò!

## 40

Mentre l'avió s'enlairava, la nostàlgia va instal·lar-se dins el cor del Jaume per cosir-lo a ganivetades. Era conscient que, molt probablement, aquell seria el darrer viatge amb l'OFB: punt i final a més de vint anys de trajectòria que fonien en negre de manera prematura. Uns anys que havien passat massa ràpid. Avui ets un passerell a qui donen l'oportunitat de fer carrera en això de la música i l'endemà et diuen que tens un càncer terminal i que, sentint-ho molt, la festa s'ha acabat. Pel camí, el Jaume havia passat més de mitja vida trepitjant els millors escenaris del món i fotent-se farres memorables on havien passat moltes coses, algunes d'esbojarrades i algunes de prohibides, que, pel bé de tothom, la família mai no havia de saber. Un pacte no escrit que l'imbècil del Toni havia volgut trencar. D'aquest silenci, els clans sicilians en diuen *Omertà*: el codi d'honor que prohibeix informar sobre les activitats delictives que incumbeixen les persones implicades. Si el trenques, ja saps què passa.

Encastat al seient de l'avió, el Jaume estava impregnat d'una tristesa que l'havia deixat mut i compungit, abraçat per un garbuix de sentiments conformats per l'enuig, l'ansietat i la depressió. Encara que, per sobre de tots, tenia por. Por a la mort, al patiment, al dolor. I, en especial, tenia por a la veritat. Tal com havia evolucionat aquest coi de món, l'aterria que se sabés el que havia fet. L'escarni públic, la vergonya, que l'assenyalessin amb el dit. Avui dia, si la societat et posa una etiqueta, ja pots donar-te per mort. Quan el Jaume regirava pel seu interior, consciència inclosa, no hi trobava pas cap mostra de penediment. Al cap i a la fi, si elles jugaven les armes de dona, ell havia jugat les d'home. Així que en paus. Fos com fos, el passat no es podia canviar. El que sí que havia canviat era la perspectiva de la vida, en què, per primer cop, el futur no era incert. Ans al contrari.

Aquests pensaments van acompanyar-lo fins al moment d'aterrar, quan la fòbia va prendre el relleu. La pista de l'aeroport Marco Polo estava just sobre l'Adriàtic. Projectant la vista finestra enllà, la sensació era de fer un amaratge en lloc d'un aterratge. Va recordar aquell avió al mig del Hudson amb posterior xou mediàtic tan genuïnament ianqui.

Mentre l'avió descendia, un esglai anguniós i cabró com ell sol li grimpava per dins; des dels budells fins a la gola. Pujant, pujant i pujant. Augmentava progressivament. Quan es pensava que li sortiria el cor per la boca, l'avió va tocar terra i no pas aigua. Va rebufar tot expulsant un aire carregat de tensió.

Benvingut a Venècia, la ciutat que més odiava del món.

De la porta d'arribades de la terminal en van sortir els membres de l'OFB arrossegant maletes de rodes. El Leo i el Víctor feien petar la xerrada al capdavant de l'expedició. Rere seu, el Jaume, encorbat i capjup, semblava seguir una línia imaginària pintada a terra. La resta anaven al darrere.

Ja fora de la terminal, el Víctor i el Leo van acostar-se al Jaume mentre caminaven cap a l'autocar que els portaria a l'hotel.

—Què, Jaume? Gresca, aquesta nit? —Tot i els signes d'interrogació, el to del Víctor era d'afirmació.

—Venècia és un lloc collonut per a una festa després d'actuar —va reblar el Leo.

—Venècia és una merda.... Massa turistes... I fa pudor. No puc amb ella.

—Venècia és collonuda. Tu no pots amb ella perquè està rodejada d'aigua —va puntualitzar el Víctor.

—Hi ha massa turistes... I sí, Víctor, odio l'aigua.

—Mai no ens has explicat per què. —El to del Leo era del tot innocent.

—No m'agrada.

—Però bé que et dutxes cada dia.

—Gràcies per fixar-t'hi, Víctor.

—Aleshores, per què aquesta animadversió a l'aigua?

—Pots viure sense saber-ho, Víctor.

—Ho vull saber.

Ara ja era una qüestió de jerarquia. De mostrar qui era a dalt i qui a sota. De bon grat o per força, el Jaume l'hi diria.

—Jaume...

—No sé nedar, collons!

El to i el llenguatge corporal del Jaume eren de qui confessa el més barroer dels seus secrets.

El Víctor, incrèdul, va mirar el Leo. Després, va desviar la mirada cap al Jaume. Va mantenir el rostre seriós fins que no va poder aguantar més i va esclafir a riure despòticament.

—Això... Riu, cabró. Riu...

—No pateixis, que si caus al Gran Canal, ja t'ajudarem.

—Ves a la...

—I això, Jaume? —El Leo sí que va saber mostrar un mínim d'empatia.

—Un germà meu va morir ofegat.

—Sí, alguna vegada ho has comentat.

—Va ser a classe de natació de l'escola quan la mare estava embarassada de mi. Al cap de poc vaig néixer jo i, arribat el moment, els meus pares no em van portar mai a natació. Per por, suposo. Però aquesta por me la van traslladar a mi. Així que no sé nedar. Imagineu que esteu rodejats d'alguna cosa que us fa pànic.

—D'una bandada de frígides, per exemple?

El Jaume va preferir no respondre al Víctor; era evident que la gracieta no li havia agradat gens ni mica, i que, per alguna raó que el Víctor i el Leo desconeixien, s'havia deixat el sentit de l'humor a Barcelona.

Una estona després, l'autocar de l'OFB circulava per la Via della Libertà, l'autopista al mig del mar que condueix cap a la ciutat de Venècia. Dins l'autobús, el Víctor i el Leo, asseguts a primera fila, repassaven les entrevistes que el mestre concediria als mitjans italians. Tant a l'autocar com a l'avió, l'adjudicació dels seients era un signe d'estatus. Més endavant, més a prop del poder. I aquest tenia nom i cognom que a l'OFB sabia tothom.

Just darrere del director i del cap de premsa, hi havia el Jaume —submergit en les seves cabòries—, la Nàdia Abad —que llegia un llibre— i el Samuel —que passejava la vista per la finestra.

El Jaume va notar que el mòbil li vibrava a la butxaca. Entretancant els ulls, va fixar la vista a la pantalla on hi havia el nom de la seva dona, l'Elsa. No tenia gaires ganes de parlar, però havia vist que la Zoe li havia trucat feia una estona en ple vol i alguna cosa dins seu va obligar-lo a respondre. Amb desgana, va despenjar. El que vindria després seria un pas més cap a l'abisme.

—Hola, Elsa, reina. Tot just acabem d'aterrar.

—Jaume! Han enviat a la Zoe un vídeo d'una violació!

L'Elsa tenia la veu esquerdada i tremolosa. Totes les alarmes del Jaume es van encendre. Va incorporar-se instintivament cap endavant; el gest va anar acompanyat d'una punxada que va travessar-li el pit com un estilet afilat. De fons, sentia els sanglots desconsolats de la seva filla a l'altra banda del telèfon. Va empallidir tot d'una, alhora que un baf de nerviosisme li aflorava als ulls. Intuïa l'origen del vídeo i, encara pitjor, l'objectiu que perseguia. Volia respondre, trobar les frases adequades que se suposa que havia de pronunciar un bon marit i un bon pare, però no li sortien les paraules, no les podia articular. Petrificat i incapaç de dir res, va mantenir el telèfon enganxat a l'orella.

—Jaume! M'has sentit? A la teva filla l'assetja un violador!

—Què? Com... Com ho han enviat?

—Per l'Instagram, en un missatge privat.

—Com està la Zoe?

—Com vols que estigui? Histèrica, collons! I jo també!

—Pots enviar-me el vídeo?

L'Elsa va teclejar al telèfon mòbil de la Zoe i va enviar les imatges al seu marit.

—Ja ho tens.

El Jaume va consultar el mòbil i va confirmar les seves sospites. Després del Toni, el xantatgista posava el punt de mira sobre seu a través de la Zoe.

Va pensar en Nàpols, en tot el que hi va passar, en el missatge de la diabòlica veu robòtica que havia rebut per WhatsApp. «Fes-ho públic, assenyala els altres culpables i a la Zoe no li passarà res». Quid pro quo.

—Jaume...?

—Elsa, amor meu, no et posis nerviosa.

—Com cony vols que no em posi nerviosa? Ara mateix vaig a la policia.

—No vagis a la policia!

Aquella darrera frase, però sobretot el to desesperat que destil·lava, va fer que el Leo i el Víctor es tombessin a l'instant. El Jaume va aixecar la vista i va encastar-se de morros contra la mirada del director. Va cremar-lo per dins. Semblava tenir foc a les galtes. Va respondre a la seva dona mentre aguantava la mirada al Víctor i el Leo.

—Espera que torni, Elsa. Vull estar al vostre costat.

—Quan tornes?

—Demà passat. És a l'agenda.

—Jaume, hi ha un sonat que vol violar la meva filla. No m'esperaré a demà passat. Ara mateix vaig a comissaria.

—D'acord... D'acord. Digue'm alguna cosa quan en surtis.

El Jaume va penjar. El seu rostre va filtrar una ganyota de dolor mentre es tocava amb la mà a l'alçada de l'estern. Sentia com des de primera fila es fiscalitzava cada moviment, cada reacció. El Jaume ja no era capaç d'aguantar-los més la mirada i, a través de la finestra, els ulls plens de preocupació es van dirigir a l'Adriàtic, que banyava Venècia.

Va sentir una nova punxada, ara a la panxa. Més carotes de malestar. Amb la mà tremolosa, va treure una pastilla de la butxaca i va engolir-la. Mentre esperava que fes efecte, la seva cara de preocupació es reflectia al vidre de l'autobús que arribava a Venècia.

Mentrestant, a Barcelona, la por havia convidat l'angoixa a fer acte de presència. L'Elsa caminava amunt i avall de casa seva mentre pensava què havia de fer. Va toquejar el telèfon i va col·locar-se'l a l'orella. Mossos d'Esquadra.

Però l'Elsa va penjar immediatament. Va quedar-se uns instants mirant el no-res. Pensativa. Fent un repàs mental de tots els fets succeïts les darreres setmanes.

Tot d'un plegat, va posar-se les ulleres i va teclejar de nou sobre el telèfon. Va acostar-se'l a un pam de la cara per certificar que havia trobat el número que buscava.

«Francina Garçon (mare Toni Guasch)».

Efectivament, era aquell. Va inspirar i expirar profundament com si allò l'hagués de preparar per al que anava a escoltar. Després, va prémer el botó verd.

# 41

Aquell seria un dia de merda i ho sabia. Sentia el mal de ventre, la dificultat per respirar i les palpitacions nervioses de les pitjors ocasions. Sense cap mena de ganes de retre comptes amb els superiors, l'Aurora es flagel·lava mentre l'olor de mar i de salnitre l'acompanyava pels carrers estrets de la Barceloneta.

Les seves passes van deixar de ressonar per confondre's amb el xivarri d'uns nens que jugaven a futbol al carrer. Bruts, suats, ingenus, ells, que encara creien que els Reis venien de l'Orient i que el futbol era un esport i no pas un negoci. Santa innocència. Va mirar-se'ls com ho faria amb un grup de gats de carrer: a mig camí entre el menyspreu i la més absoluta indiferència. No n'havia volgut mai, de fills. De parella sí, les coses com siguin. Però després de fer-se un fart de col·leccionar carbasses, va tirar la tovallola per abraçar el sexe esporàdic i, de tant en tant, també el de pagament; especialment quan no li venia gens de gust que li escalfessin el cap per poder fotre un clau.

La gerent de T&M Grup i l'OFB va passar de llarg de les criatures i va continuar un parell de carrerons més fins a entrar a un restaurant de nom basc impronunciable. Un temple per a carnívors en un barri mariner. Ja a dins, va obrir-se pas pel formiguer de cambrers que portaven vianda d'una banda a l'altra. Va circular davant d'una paret envidrada del sostre al terra, rere la qual es veia la cuina presidida per brases roents amb peces de carn d'un calibre fora mida. Amb pesantor a la panxa, l'Aurora Molina va pujar unes escales que donaven accés al segon pis, el dels reservats. Va plantar-se davant una de les portes, va respirar profundament i hi va fer un parell de trucs. Ja no hi havia marxa enrere.

Al reservat —bigues de fusta al sostre, llum càlida i parets de pedra vista— hi havia una única taula amb una única comensal: la Trinidad Torquemada. Cinquanta i tants, mestissa, cabell tenyit de ros panotxa, laterals rapats, orelles cosides d'anelles; pel seu coll treien el cap tatuatges renyits amb un mínim sentit de l'estètica. Just darrere seu, una roca amb cames que feia les funcions de guardaespatlles.

En lloc de saludar, la Trinidad Torquemada va alçar la barbeta, un gest que l'Aurora va interpretar com un permís (digue-li permís, digue-li ordre) per seure. La gerent de T&M Grup, amb el pèl de l'avantbraç eriçat i premsant els queixals amb tota la seva força, va obeir sense dir ni piu.

La comensal encarava un senyor tros de carn que devia rondar el mig quilo pel cap baix. Amb un ganivet que feia feredat, va tallar-ne un tros que es desfeia com la mantega de tan tendre que era.

—Saps, no he entès mai la gent que es fot la carn socarrimada i dura com una sola de sabata. Es perd això.

La Trinidad Torquemada va aixecar la forquilla a l'altura de la vista amb un tros de carn volta i volta que gotejava sang d'un vermell tan viu com l'infern. Va observar-lo, salivant, com si fos una peça de museu. Quan la seva memòria fotogràfica ja l'havia immortalitzat, va entaforar-se'l a la boca i va mastegar-lo amb maneres d'animal salvatge afamat. L'Aurora, que parlava sis idiomes amb fluïdesa, va recordar que els alemanys distingeixen amb dos verbs l'acció de menjar: *essen* per a les persones i *fressen* per als animals. Sense dubte, sobre la taula, una menjadora en comptes d'un plat no hauria desentonat ni mig pèl.

Amb la boca plena, la Trinidad va continuar parlant.

—Vaca vella i grassa. Dels prats de Guipúscoa. Espectacular. Els sucs de la bèstia i la sang pel paladar... Mmmmmm... Insuperable.

—Bon profit, Trinidad.

—Gràcies. Saps, aquestes bèsties viuen millor que nosaltres: els controlen l'alimentació, el benestar, procuren que no pateixin estrès... Diuen que la carn així surt més saborosa. —Va mirar-se el plat amb desdeny—. És clar que potser viuen millor, però segur que acaben molt pitjor.

«O no», va pensar l'Aurora, però va preferir quedar-se la resposta per a ella.

—Saps, l'O Pai està força preocupat.

—No té per què.

—Dona, a veure —un altre tall cap dins—, hi haurà més morts o penjats d'un escenari? Què he de dir-li? Digue-m'ho tu. Perquè, sincerament, jo no en tinc ni puta idea.

—Ho tenim tot controlat.

—Controlat?

—Sí.

—Tot?

—Sí, tot.

—Potser el Leo hauria de fer més bé la seva feina amb la premsa. Collons, la notícia ha sortit per tot arreu. I ja saps que a l'O Pai li agrada la discreció.

—Trinidad, per Déu, com vols que no surti als mitjans... Crec que hem parat bé el cop i és precisament gràcies a la bona feina del Leo.

—Si tu ho dius... —Una ganyota va fer palès que la Trinidad no compartia la mateixa opinió.

—Poso la mà al foc per ell.

La narco es va mirar l'Aurora fixament. El seu esguard era dur alhora que fiscalitzador. Tan penetrant que semblava que li estigués llegint pam a pam cada un dels pensaments que li voltaven pel cap. Després d'uns segons eterns, la Trinidad va tornar-hi de nou.

—Tot controlat, doncs?

—Al cent per cent.

—Molt bé.

Tot seguit, va obrir i va tancar el palmell de la mà amb insistència. L'Aurora, amb els maxil·lars a punt d'esquerdar-se de tant com els premia, va treure un llibre de comptabilitat de la bossa i va donar-lo com qui entrega la seva ànima a Satanàs. Encara va saber emmascarar prou bé la tremolor de la mà.

La Trinidad va agafar una copa de vi negre —L'Ermita, del celler Álvaro Palacios de Gratallops, un priorat a colló de mico l'ampolla—, va fer un petit glop i va examinar els comptes. Mentre llegia, va passar-se el vi de banda a banda de la boca amb la llengua per apreciar-ne els sabors. En un moment donat, va mirar el sostre i va tancar els ulls com si un petit orgasme l'estigués pessigollejant per dins. Va empassar-lo expulsant l'aire pel nas per comprovar si era de retronasal llarga. Encara amb el cap alçat i amb els ulls tancats, va assaborir-ne el final: notes de pela de taronja, fruita vermella àcida, aranyons i, sobretot, magrana. Va rematar el cerimonial fent petar la llengua. El vi era de traca i mocador.

La Trinidad, per fi, va obrir els ulls i va retornar-los al llibre de comptabilitat. Va llegir un full i va endrapar un altre tros de carn sangosa, que va mastegar amb la boca oberta.

*Fressen*, menjar com un animal.

L'Aurora va poder comprovar en primer pla que la dentadura de la comensal havia agafat tonalitats magenta. Escrupolosa de mena, de bon grat s'ho hauria estalviat desviant la vista per l'estança, però la Trinidad volia —exigia, més ben dit— mantenir sempre el contacte visual amb la seva gent. I pobra de tu que no ho fessis. Mentir amb la mirada era molt difícil. Mentir equivalia a trair. I un traïdor era pitjor que una rata. L'Aurora preferia no comprovar si les històries que s'explicaven eren certes o no.

Maleïa el dia que va decidir fer el pas i acceptar aquella vida, la de passar a ser examinada per una psicòpata amb la boca sangonosa. Diuen que, un cop hi entres, no en pots escapar, d'aquestes organitzacions. Malgrat això, treballava en secret per revertir aquesta màxima, per tenir una sortida. Una vida nova que pogués començar a viure en qualsevol moment. N'estava farta de dies com aquell, davant la Trinidad. Com havia arribat fins allà era la història de la seva vida; navegar sempre en l'ambivalència de formar part d'una família de la qual ets plat de segona taula. Per una banda, tenia la necessitat vital de ser fidel i defensar la família, perquè era el lloc on havia crescut. Per l'altra, la llista de greuges acumulats al llarg dels anys no era pas curt. Al capdamunt de tots, les distincions que els pares feien entre ella i la seva germana Isabel. La petita era la filla exemplar, la reina de les condecoracions, l'acaparadora d'elogis. L'Aurora, que havia viscut sempre a la seva ombra, no era ni tan guapa, ni tan intel·ligent ni tan estudiosa; empresarials i pari vostè de comptar. En canvi, l'orgull de la família era neurocirurgiana. Al pare i a la mare se'ls omplia la boca només de dir-ho. Les fites de l'Aurora semblaven insignificants: allò que aconseguia era qüestió només de sort. A casa, sempre s'havia sentit incompresa, jutjada, menystinguda, la lletja del ball. Per acabar-ho d'adobar, la senyora Perfecta estava feliçment casada amb el Gerard, un bé de Déu, amb qui l'Aurora —una pansa arrugada amb complex de post de planxar— mai no s'hauria atrevit a somiar. Un parell d'anys després de casar-se ja tenien la parelleta.

«Mira ta germana, ja ens ha fet avis». Que traduït seria, si fa no fa: se't passa l'arròs, reina.

Quan la Isabel va guanyar la plaça a la Vall d'Hebron, la frase estava cantada: «Amb la faràndula mai no et guanyaràs la vida. Mira ta germana a l'hospital. Plaça fixa per a tota la vida i trinco-trinco cada mes».

En aquella cruïlla entre la rancúnia i l'orgull per demostrar que podia ser algú a la vida, hi va passar la Trinidad Torquemada amb la seva mirada de serp i un munt de calés per canviar la gestió de la Simfònica de Palma de Mallorca per l'OFB. Però, en aquesta vida, els duros a quatre peles no existeixen i la feina incloïa el petit detall de tractar els assumptes amb el Quiro i despatxar amb la Trinidad Torquemada. La penitència de l'ambició desmesurada.

«Doncs al final has tingut sort i encara et guanyes bé la vida gràcies al Víctor Alemany». A ulls de la família, ignorants del costat fosc de la història, tot va acabar sent qüestió de sort. Quina gran veritat allò de Freud i matar el pare. No es tractava només de buscar pis, de trobar feina i d'assumir totes les despeses. Era força més complicat, i ella, amb la cinquantena a l'horitzó, encara no ho havia aconseguit. Més d'una vegada havia pensat que, si tot fotia un pet, potser seria la manera d'escapar, de deixar enrere aquella vida. Acceptar, simplement, que era l'aneguet lleig de la família, i que, fes el que fes, els pares sempre la veurien com a tal. Si un dia començava de zero, ho hauria de fer del tot. Allò que tota crisi genera oportunitats. Fugir dels narcos significaria desaparèixer i, per tant, matar el pare. Un dos per un en tota regla.

El repàs mental de com havia arribat fins a aquell punt va hipnotitzar uns segons l'Aurora, que, quan va aterrar del passat, va adonar-se que la narco fullejava el llibre en silenci. De tant en tant, aixecava el cap per comprovar que la mirava als ulls.

—Trinidad, si em permets...

La Torquemada va aixecar l'índex sense deixar de mirar el llibre de comptabilitat. La traducció del gest era ben clara: no t'he donat permís per parlar. Va girar un full.

En va girar un altre.

I un altre.

D'una revolada, la Torquemada va dirigir una llambregada a l'Aurora, que va sentir com un fogot es propagava dins seu. Aquella dona no parpellejava ni per casualitat. Un escurçó o el mateix diable segur que tenien una mirada més bondadosa.

Les pupil·les de l'Aurora van dilatar-se, la respiració se li va accelerar i la freqüència cardíaca i la pressió arterial van augmentar. El flux sanguini i el flux de glucosa als músculs esquelètics es van incrementar i li van provocar piloerecció, també coneguda com a pell de gallina. Pel cap de l'Aurora hi transitava el pànic; ja no li quedava saliva per empassar-se, ni suor que li humitegés les mans, ni sants a qui encomanar-se. Tot i així, va aconseguir no perdre en cap moment el contacte visual amb la Trinidad.

—Tot el darrer carregament ja està net. Molt bé.

La gerent de T&M Grup i l'OFB va respirar amb alleujament.

—M'alegro que ho porteu al dia perquè aviat arribarà un altre carregament. I és el doble que l'anterior. Avisa el Quiro perquè ho prepari tot.

—Però Trinidad, el doble... Això... Això és impossible. I més amb tot el rebombori que arrosseguem.

—No estava tot controlat?

—Sí, però...

—Al cent per cent. Ho has dit tu mateixa fa un moment —va tallar la Torquemada per recordar a la Molina que havia perdut l'oportunitat de ser mestressa del seu silenci. Ara era esclava de les seves paraules.

—Digues al Laureano que...

—Laureano...? —la va tallar de nou—. Ah! És clar... Et deus referir al Laureano Mosquera. —Va fer petar la llengua teatralment—. Em temo que el Laureano Mosquera ja no existeix. Es rumoregen tantes coses... Que si va morir, que si els colombians el van pelar... Que si s'ha fet cirurgia facial... Que si ha canviat d'identitat... Ves a saber... Ja ningú no sap qui és el Laureano Mosquera ni com es diu. Ningú no coneix la seva nova identitat. Però, per a tu, l'O Pai segueix manant. No canvia res. Queda clar? Mateix patró, mateix sobrenom, diferent identitat. I tots més tranquils. El doble. Serà aviat. Avisa el Quiro.

La Trinidad va engolir un tros de carn donant així la conversa per finalitzada.

# 42

La Martina va travessar la plaça d'Espanya i va deixar enrere la font commemorativa de l'exposició del 1929, les Torres Venecianes i el Museu Nacional d'Art Catalunya. Per a ella, aquell era un lloc especial: allà, hi va passar el primer cap d'any amb la Irene. Un grapat d'hores de peu dret, una gentada de por i un fred que es ficava fins al moll de l'os, però la il·lusió de les primeres vegades feia passar tots els mals. Després de les campanades, brindis i el primer petó amb regust de raïm i cava sota els focs artificials. Com a començament d'una història d'amor, era difícil de superar.

D'ençà d'aquell moment, la Irene va deixar de veure-la com una poli. Si quan es van veure per primer cop algú els ho hagués dit, l'haurien pres per tarat. La Martina va deixar anar un sospir i, automàticament, va brandar el cap i va fregar-se la closca per espolsar-se del damunt la melancolia i concentrar-se en la feina.

Deixats enrere monuments i records, va consultar el Google Maps al mòbil i va aixecar la vista per comprovar que, efectivament, havia arribat al lloc correcte, el que constava als expedients policials. Va acostar-se al portal i va trucar a un dels intèrfons.

—Digui?

—Bona tarda. Soc la Martina Roca, sergent dels Mossos d'Esquadra. Li faria res obrir-me? Voldria fer-li unes preguntes.

Sense rebre resposta, el portal va obrir-se i la sergent hi va entrar. La finca era antiga, règia, fosca, i hi surava una subtil olor d'humitat. La Martina va donar un cop d'ull a les bústies —el ferro rovellat demanava a crits una capa de pintura— i va pujar amb un ascensor d'aquells de l'any de la picor amb portes de fusta i d'allò més recarregat. Va aturar-se al primer pis, que, comptant el principal i l'entresol de les finques amb més d'un segle, era un tercer. La sergent va plantar-se davant el primer primera i va picar al timbre. Pocs segons després, una vuitantina tap de bassa i rabassuda va obrir. Els seus ulls blaus, vius i malfiats, van mirar-la per sobre de les ulleres.

—Bon dia. Acabo de trucar a l'intèrfon. Soc la sergent Martina Roca.

Va mostrar la placa en perfecta sincronia amb l'anunci del nom i el càrrec. Massa anys de pràctica per no clavar-ho. La veïna va mirar la placa i la sergent amb cara impassible de qui no té res a amagar.

—Què vol?

—Estic investigant la mort de la Clara Guevara, una dona que vivia aquí, en aquest pis.

La cara de la vella va transformar-se per posar-se la vestimenta del nerviosisme. N'havia sentit a parlar molt, de la noia aquella: la Clara Guevara. El seu nom anava sempre acompanyat de la mateixa tirallonga: per què va fer-ho, una desgràcia, un fet antinatural, una persona jove no hauria de morir. Encara que la vella, que de bufetades la vida n'hi havia fumut un bon reguitzell, sabia per experiència que la mort no té edat. Un cop al dia, era inevitable imaginar el cos penjat al bell mig del menjador. Amb la boca esbadellada, els ulls entreoberts i la mirada buida. Tot seguit, puntuals com un rellotge, una bateria de calfreds li electrificaven el cos sense pietat.

—Verge Santa —va invocar l'anciana mentre se senyava—, m'ho van explicar els veïns un cop ja hi estava instal·lada.

—Quant fa que hi viu, aquí?

—Deu fer uns sis mesos.

—Coneixia la Clara Guevara?

—Qui? Jo? No, no. La molt filla de sa mare de la propietària no em va explicar mai el que havia passat aquí.

La vella va fer la intenció de dir alguna cosa, quan, per les escales, baixava una altra veïna que, pel cap baix, devia ser una vintena d'anys més jove.

—Carme!

La Carme —efectivament molt més jove, però amb una roba gairebé igual de carca— va aturar-se al replà. L'anciana, mentre l'assenyalava amb el dit sense manies, va passar-li la patata calenta.

—Ella viu a la finca de tota la vida. Segur que coneixia la noia. Nena, aquesta senyora és de la policia. Pregunta per la noia que vivia aquí abans que jo.

I passi-ho bé el que anés a fer aquella bona dona un divendres a la tarda. La Carme va mirar-se la Martina i, amb la resignació aquella que la llei és la llei, va assentir.

Poca estona més tard, la sergent i la Carme estaven entaulades en un bar senzill d'Hostafrancs. Un cafè per a la sergent i una infusió per a la veïna.

—La Clara era una noia maca, molt amable. De tracte fàcil quan te la creuaves per l'escala.

—Era argentina.

—Sí. De Buenos Aires, em va dir.

—Tenia una vida ordenada?

—Què es considera una vida ordenada avui dia...? —Va encongir les espatlles—. Sí..., crec que sí... Com a mínim, aquesta era la impressió que feia. Viatjava molt, això sí. Per feina. La vèiem més aviat poc. Era cantant d'òpera. Entre nosaltres, no en tenia la pinta. Sempre me les he imaginat molt grossotes, com la Montserrat Caballé, sap? En canvi, la Clara era un fideu.

—Però, segons l'atestat, quan va morir pesava cent deu quilos.

—En els últims temps, quan va deixar de cantar, va engreixar-se moltíssim. A aquesta noia li va passar alguna cosa. L'hi dic jo.

—Com ho sap?

—D'un dia per l'altre va tancar-se a casa seva i va deixar de viatjar. No sortia mai. Al principi encara te la creuaves de tant en tant, però després ja vaig estar temps sense veure-la. Sincerament, no sabria dir-li quant. Un dia vaig trucar a la seva porta per la reunió de veïns; em va dir que es pensava que era la compra del súper. Se la feia portar per no sortir. Quan la vaig veure, em vaig quedar glaçada. S'havia engreixat molt... El seu aspecte... Estava molt desmillorada i tenia el rebedor força desendreçat.

—Quan va ser això?

—Poc abans de morir.

—Qui va trobar el cos?

—Vam començar a sentir una pudor molt forta per l'escala. Trucàvem, però no ens responia. Ens vam témer el pitjor i vam avisar la policia. Quan van venir els seus companys de la policia i van obrir la porta, la van trobar penjada.

A la Carme, compungida, se li van humitejar els ulls. Un silenci va flotar durant uns segons en què va recitar la tirallonga de sempre per a si mateixa: per què va fer-ho, una desgràcia, un fet antinatural, una persona jove no hauria de morir.

—Algú li va explicar mai per què va fer-ho?

La Carme va encongir les espatlles i va deixar anar una llarga rebufada. Després va negar amb el cap. Res més a dir.

—Sap si tenia família o amics, aquí? La venia a veure algú? Tenia parella?

—Pel que em va dir ella mateixa, el seu pare va morir fa anys i la seva mare vivia a l'Argentina. Des que jo la vaig veure en aquell estat ja no obria la porta a ningú tret d'un home. Jo vaig creuar-me'l un parell de vegades.

—Un home... Sap qui era?

—Pel que un dia vaig sentir d'una veïna, aquesta escala és plena de xafarderes, sembla que era un company de l'orquestra. Venia de tant en tant, fins que un dia va deixar de fer-ho.

—Sap per què?

—Van discutir-se a crits i ella el va fer fora de casa.

—Segueixi, Carme, si us plau.

—Diversos veïns vam sentir crits a l'escala. Jo visc al segon i vaig sortir corrents, pensava que estaven robant en algun pis. Vaig mirar pel celobert i vaig veure aquell home que cridava. Va clavar un cop de puny molt fort a la porta. Estava rabiós... Fora de si. Em pensava que l'esbotzaria. Va dir-li... Va dir-li una cosa que em va inquietar. La recordo com si la sentís ara mateix.

Com si volgués donar pes al moment, o com si a dins seu estigués sentint un redoblament de tambors, la Carme va quedar-se en silenci just en el moment culminant. Amb un gest de la barbeta, la Martina va animar-la a continuar.

—Va dir-li: «No ho denunciïs! Pel teu bé és millor que callis! Tu sabràs!». Aleshores, va clavar un altre cop a la porta i va marxar escales avall. Al cap d'uns dies, la Clara... es va suïcidar. No vaig tornar a veure aquell home mai més. Però, tot això, sergent, ja ho vaig explicar llavors, quan van venir els seus companys, exactament com ho estic fent ara.

—Gràcies, Carme. Demanaré a l'equip que repassi l'atestat. Sobre l'home aquest de què em parla, creu que el reconeixeria?

—Aquella cara no l'oblidaré en la vida.

La sergent va teclejar al seu mòbil amb celeritat i va mostrar-lo a la Carme.

—El reconeix, en aquesta foto?

La Carme va posar-se les ulleres —cul de got i carrinclones, a joc amb la rebeca— i va centrar tota l'atenció en la pantalla, on el web oficial de l'Orquestra Filharmònica de Barcelona mostrava la foto de tots els músics, instruments en mà, en un escenari solemne. Una a una, la Carme va analitzar totes les cares: la del Víctor Alemany, el Toni Guasch, el Jaume Muntaner, el Samuel Ros i tots els altres. Tots ells amb cares somrients, d'angelets que no han trencat cap plat en sa vida. El front de la Carme va dibuixar arrugues, fruit de la concentració. Sabia que la seva resposta podia ser clau per resoldre un cas amb un mort pel mig. Va intentar regirar cada un dels calaixos de la seva memòria, però no va haver-hi sort.

—No...

—N'està segura?

—Del tot. Com li he dit, no oblido una cara i aquell home no és aquí. Ho sento.

—Si recorda res més, si us plau, truqui'm. —Va donar-li una targeta a manera de comiat.

La Martina va seguir la Carme amb la mirada mentre s'allunyava pels carrerons d'Hostafrancs. La conversa havia deixat ben clar que, des d'aquell moment, una nova obsessió ocuparia el cap de la sergent: trobar l'home que havia amenaçat la Clara pocs dies abans que se suïcidés.

# 43

La Martina va sortir de la trobada amb la Carme convençuda que aquella conversa, d'alguna manera, omplia alguns forats del complex trencaclosques que la Blanca Alzamora va presentar-li al Royal Albert Hall de Londres.

Cap prova, però sí força indicis que apuntaven en una direcció. Quan saps el que estàs buscant, és molt més fàcil trobar-ho.

Una petita esquerda s'anava eixamplant, a poc a poc, dins l'hermetisme de ciment armat al voltant de l'OFB.

La tornada a la comissaria, tot just vint minuts a peu enmig d'una jungla de trànsit i contaminació sota un cel gris cendra, va servir per endreçar el vesper de pensaments que li governava el cap. Quan hi va arribar, feia pocs minuts que l'Elsa i la seva filla Zoe havien marxat després de presentar una denúncia. No va creuar-se-les de miracle. Sense saber-ho encara, mentre la sergent era fora, l'esquerda s'havia eixamplat una mica més.

El pas ferm amb què la Martina va recórrer les dependències policials va fer gronxar les grans anelles que li penjaven de les orelles. El cervell li bullia i, com sempre que la tensió la collava, va fregar-se nerviosament el cap amb el palmell de la mà. Era un costum que tenia des de ben petita. Potser l'ajudava a pensar, ves a saber. La closca raspava més de l'habitual i calia rasurar-la amb la màquina. Cada vegada que ho feia, ni que fos per un instant, recordava sa mare i els seus maleïts estereotips sobre la façana que, per pebrots, havia de lluir el personal. Els homes, amb els cabells curts i ben afaitats. Ah, i sense arracades, per descomptat. Que ja en portaven un parell penjant a l'entrecuix. Ni tatuatges. Ni pírcings. Els homes, els de veritat, no les porten, aquestes coses. I les dones... Ai, les dones: faldilla per sota dels genolls, perles a les orelles i els cabells per les espatlles —ni més curt ni més llarg; i tenyit, per descomptat—. Quan la Martina es rapava el cap al zero no podia evitar pensar en la mare i que un plaer indescriptible fes un brindis amb el seu orgull. Per poder ser qui realment volia ser, va excloure una sèrie de persones de la seva vida. La primera de la llista no era difícil d'endevinar.

La sergent va entrar a la sala de reunions on l'esperaven l'Aran amb una aigua mineral i el Fede amb una aigua bruta o, dit d'una altra manera, un cafè de màquina d'aquells que païa tan bé. Els caporals li havien enviat missatges per trobar-se amb ella tan bon punt tornés de veure la Carme. Aviat sabria el perquè de tanta urgència.

—Com ha anat, sergent?

—Tenim teca. —Va treure's la jaqueta alhora que seia a la taula—. He pogut parlar amb una veïna que coneixia la Clara Guevara. Va deixar l'OFB i es va tancar en si mateixa fins al punt de no sortir de casa. Hem d'esbrinar què punyeta va passar-li.

—Això és el que li va passar.

L'Aran va allargar el braç per mostrar el mòbil a la sergent. La Martina va agafar-lo, va posar els cinc sentits a la pantalla i va prémer el «Play». En veure el vídeo que havia rebut la Zoe Muntaner, va confirmar la pitjor de les hipòtesis que li ballaven pel cap. Al moment, va sentir l'eco dels batecs ressonar dins seu, i la pell, des del cap fins als peus, va posar-se-li de gallina. Després, el pit i les galtes bullint. Aquelles reaccions espontànies de malestar eren la manera que havia triat la ira per propagar-se-li per dins. Plors, crits, ràbia, una bona hòstia contra la paret per aquí, un càgon la puta a plens pulmons per allà. Els sentiments van estar a punt d'engolir-la, però per sort va poder engabiar-los a temps. Quina mena de poli seria si es deixava endur pels sentiments? Una bona poli no les feia, aquestes coses.

Passats aquests instants, la sergent va tornar al vídeo. L'avançava i el retrocedia un cop rere l'altre. Els crits desesperats d'auxili que sortien del telèfon eren esgarrifosos. Possiblement, va arribar un punt en què la mateixa Clara Guevara els sentia distorsionats. La Martina, però, no va silenciar l'àudio perquè podia contenir qualsevol detall important. Un nom, un soroll, una veu. El que fos. Deu segons poden ser llarguíssims. És sorprenent la rapidesa amb què la merda et remou per dins.

La Blanca Alzamora va venir-li com un tret al cap. «Sempre hi havia un càsting, per dir-ho d'alguna manera. Amb l'única que no va ser així va ser amb la Clara Guevara», va explicar-li a Londres. No va passar el càsting abans: van forçar-la a passar-lo després. Canalles. Jove, sola, lluny de casa, rodejada d'abusadors, brutalment violada: la suma d'aquesta cadena de fets va derivar en una inèrcia grisa que va acabar en depressió i suïcidi.

La sergent va esbufegar, va empassar-se la saliva i va ser capaç de comptar fins a deu abans d'obrir la boca.

—D'on ha sortit això, Aran?

—Ho ha rebut una nena de tretze anys, la Zoe Muntaner. La mare acaba de presentar la denúncia. És filla del Jaume Muntaner, un músic de l'OFB.

—Vam parlar amb ell al Palau de la Música Catalana —va apuntar el Fede.

—Sí, el recordo. I el pare no ha vingut?

—Està de viatge a Itàlia. Té una actuació.

—Quan i com ho ha rebut, la nena?

—Aquest mateix matí. Per Instagram. Des d'un compte anònim.

—I com és que ho han denunciat justament a la nostra comissaria?

—La dona del Jaume Muntaner, una tal Elsa Garcia, ha parlat amb la mare del Toni Guasch, que li ha donat el nostre nom. Ha vingut amb la nena —va explicar el caporal Marín.

—Fede, demana una ordre al jutge Salazar perquè Instagram rastregi el missatge.

—És clar, sergent. Encara que ja saps que triguen molt... Si és que ens fan cas.

—Doncs pressiona qui hagis de pressionar, però que ens facin cas.

El Fede va assentir sense respondre.

—I demana als tècnics a veure si poden millorar el so i la imatge per si hi trobem alguna cosa.

—Sí, sergent.

—Tenim ja el que vam demanar a Hisenda sobre T&M Grup?

—Encara no ha arribat.

—Doncs feu el favor de perseguir-los. I quan ho tingueu, compartiu-ho amb la Unitat de Salut Pública.

No calia perdre les formes per esbroncar. Amb un to com aquell —sec, dur i amb aires d'ultimàtum— n'hi havia prou i de sobres.

El Fede va abaixar el cap i es va menjar per berenar aquell embolic que ell mateix havia cuinat a foc lent durant els dies que no havia reclamat la documentació.

Després del moc, la sergent va reptar els caporals.

—Per què algú envia el vídeo de la violació de la Clara Guevara a la filla del Jaume Muntaner?

—Per fer-li xantatge. Per què, si no? —va respondre l'Aran.

—Per aquesta regla de tres, el Toni Guasch també el va rebre.

—Segurament, Fede. Però això ja no ho sabrem mai. El que sí que sabem del cert és que la família del Toni va rebre una amenaça en què també hi havia la filla. La foto amb el punt de mira. Algú pressiona els pares a través de les filles. Per què?

—Perquè van participar en la violació —va aventurar el Fede.

—O potser aquestes amenaces a les filles tenen relació amb el blanqueig de capitals del narcotràfic i provenen de l'entramat. Si no, per què aquella fiscalització de l'Aurora Molina al Toni Guasch quan era a l'hospital? La veïna m'ha dit que un home de l'OFB visitava sovint la Clara Guevara abans que se suïcidés. Per cert, abans que me n'oblidi, repasseu l'atestat: la veïna assegura que tot això ja ho havia declarat quan van aixecar el cos. Pel que diu, la darrera vegada, l'home la va amenaçar de manera agressiva. —La Martina va consultar les seves notes per reproduir la frase de manera literal—: «No ho denunciïs! Pel teu bé és millor que callis! Tu sabràs!», va dir-li. Li he ensenyat fotos del web de l'OFB, però no l'ha reconegut.... Aran, Fede, aquest home és la clau de tot. L'hem de trobar com sigui.

# 44

Juntament amb la Scala de Milà i el San Carlo de Nàpols, el Gran Teatre de La Fenice és considerat un dels tres pilars de la lírica a Itàlia. Un temple que guarda el llegat dels primers teatres venecians situat al barri de San Marco, que dona nom a la plaça més famosa —i cara— de Venècia.

Els membres de l'OFB van pujar els set esglaons fins a la columnata neoclàssica que donava accés al majestuós edifici presidit per un escut amb la inscripció GRAN TEATRO LA FENICE amb un fènix daurat. Escortant la façana, hi havia dos nínxols amb les estàtues de Melpòmene i Terpsícore, muses gregues del cant i de la dansa. I també hi havia banderes, per descomptat. Que no hi faltin. Ben grans i ben visibles. La manera més universal de pixar el territori.

Vestits de carrer per a l'assaig de l'actuació de la nit, els músics van entrar en comitiva al *foyer* del temple operístic d'estil neoclàssic. Al capdavant hi anava el Jaume, que d'ençà de la trucada rebuda a l'autocar tot just aterrar a Venècia, seguia mut i sense obrir la boca. Caminava com una ànima en pena: amb cara d'amargat, el cap cot i les espatlles encorbades endavant. Amb un hàbit marró hauria semblat ben bé un d'aquells frares franciscans malvats que l'audaç Guillem de Baskerville perseguia a *El nom de la rosa*. No calia ser graduat en psicologia per endevinar que al Jaume el recobria un tel d'angoixa que l'aclaparava; la seva mirada, allò que diuen que és el reflex de l'ànima, havia esdevingut tèrbola i esporuguida per alguna raó que un silenci sepulcral s'encarregava de custodiar. Rere seu i a l'aguait, el Víctor el seguia amb ulls de llop quan el Leo va acostar-se-li per l'esquena.

—Què li passa, a aquest? —va mussitar al director a cau d'orella.

—No ho sé... —va respondre el Víctor amb un fil de veu gairebé imperceptible—. Però el que parlava abans a l'autocar... no m'ha agradat gens ni mica.

—No li treguis l'ull de sobre, Víctor. No podem permetre'ns que un altre merder ens peti a la cara.

El director va fitar el cap de premsa durant uns instants abans d'assentir sense convenciment i marxar per les escales que conduïen fins al pati de butaques.

Els membres de l'OFB van arribar a la imponent sala simfònica, buida a aquella hora. Els músics, sobretot els que hi actuarien per primer cop, travessaven aquell espai impregnats per l'emoció de saber que trepitjaven un trosset d'història: les butaques de cuir vermell, el magnífic canelobre central i les balustrades daurades.

Mentre caminaven per la platea cap a l'escenari, el Leo feia fotos i vídeos per fer-ne difusió a les xarxes socials. La Nàdia Abad i el Samuel van unir-se al cap de premsa i van avançar pel passadís central.

—Per què es diu La Fenice? —El Samuel semblava encuriosit.

—El 1836, un incendi va cremar el que aleshores era el teatre més famós de Venècia, el San Benedetto. Immediatament després de l'incendi, es va començar a tornar a construir. I se li va donar el nom de La Fenice, el fènix. Perquè, com l'au, renaixia de les cendres.

—Però no va ser el 1996 quan es va cremar? —Ara preguntava la Nàdia.

—També. Dues vegades, s'ha cremat. Bé, de fet, el 1996 el

van cremar. L'incendi va ser provocat. Quan estava arrasat, van decidir tornar a aixecar-lo. «*Com'era, dov'era*», van dir. Com era i on era. De les flames, els bombers en van salvar l'escut amb el Fènix que hi ha a l'entrada. La resta va quedar arrasat. —Al cap de premsa no li quedava pas malament, la disfressa de professor d'història.

—Ben trobat, el nom.

—No n'hi pot haver un de millor per a aquest teatre, Nàdia. Un proverbi xinès diu que «si caus set vegades, te n'has d'aixecar vuit». Això és exactament el que ha fet aquest lloc.

De totes les maneres per fer desaparèixer alguna cosa, el foc és de les més efectives. Per engrandir encara més el mite, La Fenice va unir-se a llocs emblemàtics de la història de la humanitat que s'havien convertit en fum i brasa, com la biblioteca d'Alexandria, el Circ Màxim de Roma, el Reichstag de Berlín o la catedral de Notre-Dame de París. Una mena del club dels vint-i-set versió monumental. Però La Fenice, com l'au mitològica, va ressorgir de les cendres.

El Samuel i la Nàdia van arribar a l'escenari mentre contemplaven la bellesa de la joia operística enfilant la vista per les cinc plantes i les cent setanta llotges que es distribuïen per les grades en forma de ferradura.

Minuts després, el Víctor —amb ganyotes després d'una ràpida visita al camerino— dirigia l'assaig de *Viatge al cor d'Europa*, que es representaria poques hores després. Amb la cua de l'ull sempre tenia en el punt de mira el Jaume, que tocava el violí amb la mirada perduda entre la partitura.

El mestre va esprémer els músics durant setanta-cinc minuts tot agitant la batuta a l'aire sota la boca escènica i la cúpula blava que vetllava la sala. Un cop repassat el repertori, va donar l'assaig per conclòs.

—Molt bé. Lliure fins a les set. A aquella hora, tothom al vestíbul de l'hotel per sortir cap aquí.

Els músics van guardar els instruments enmig d'un murmuri més o menys ordenat.

El Jaume, sense dir ni ase ni bèstia, va alçar-se de la cadira i va marxar de l'escenari, suposadament a l'hotel. Va deixar enrere el pati de butaques i va circular per l'interior de La Fenice fins a la porta principal. En sortir, el sol li va fúmer una bona cleca a la vista. En un acte reflex, va entretancar els ulls i va protegir-se'ls amb el palmell de la mà. Les pupil·les van necessitar uns segons per recuperar-se. Quan van aconseguir-ho, va baixar els set esglaons que donaven al Campo San Fantin. Estava cansat, xop de suor i amb un neguit de mil dimonis al damunt. El cos li pesava sobre manera, de sobte se sentia les extremitats de plom i el cap a punt d'esclatar. Al pit, hi notava una pressió enorme sobre l'estern que l'abraçava perillosament fins a l'esquena.

Finalment, va veure's amb cor de començar a caminar en direcció a l'hotel Sina Palazzo Sant'Angelo, el quarter general de l'OFB a Venècia. Tot just a pocs minuts a peu, però que en aquell estat de fatiga mental i física se li feien una muntanya. Només volia arribar a l'habitació, descansar, no pensar. Amagar la realitat sota la catifa, ni que fos per cinc minuts. Tampoc demanava pas tant.

Va travessar el pont del carrer Drio de la Chiesa, on la riuada de gent va augmentar considerablement: s'apropava al centre de la ciutat caminant a contracorrent d'un tsunami de turistes que fotografiaven qualsevol parida que fos una font potencial de *m'agrada* a les xarxes socials.

Va inspirar i expirar, nerviosament i repetidament, com si allò li hagués de donar la força justa per arribar a l'hotel. Odiava Venècia, l'aigua, els canals, els turistes, els problemes que havia deixat a Barcelona, la mare que ho havia parit tot plegat.

Va seguir zigzaguejant entre guiris i algun venecià despistat. Amb una llambregada, va veure un caricaturista de carrer que dibuixava el Víctor amb la seva barba universal i un rellotge a cada canell. El Jaume va pensar que en algun racó del dibuix hi faltaven un parell de ratlles de cocaïna. Després, la imatge del Toni caient daltabaix de l'Elbphilharmonie va flagel·lar-li la consciència com una fuetada. El crit desesperat buit avall, l'impacte contra l'aigua de l'Elba, el silenci just després. Una esgarrifança va electrificar-li la columna i, immediatament, diverses veus van retronar dins seu.

La veu robòtica del venjador: «Confessi les seves culpes, demani perdó públicament i assenyali els altres culpables».

«Pensi en la fatalitat que suposaria si no ho fa: per a la seva dona Elsa i per a la seva filla Zoe».

La veu de l'Elsa: «Hi ha un boig que vol violar la meva filla».

La veu del Toni: «Algú vol venjar la mort de la Clara».

La veu del metge: «Càncer, Jaume. Només uns mesos».

El telèfon mòbil va silenciar aquelles veus internes que el maltractaven. Va mirar la pantalla: era l'Elsa. La seva dona. Va rebufar i va eixugar-se la suor del front que l'amarava. Va notar un regust de bilis a la gola, un formigueig als braços, la llengua com un drap. I, de nou, una pressió enorme al pit. El mòbil seguia sonant, vibrant, fent pampallugues, martiritzant-lo. La mà que el sostenia tremolava descontroladament. L'havia d'agafar. Continuava sonant. Finalment, va despenjar.

—Digues, Elsa —era difícil ser més sec.

—Ja he presentat la denúncia.

El Jaume va quedar-se clavat, dempeus, amb el telèfon enganxat a l'orella i mirant al no-res mentre la vida seguia al seu voltant, ignorant dels problemes que l'assetjaven.

—La policia connecta l'enviament del vídeo a la Zoe amb el suïcidi del Toni.

El Jaume va tancar els ulls amb força mentre els turistes pullulaven per tot arreu. Amb l'índex i el polze es va pinçar el pont del nas com si allò, per art de màgia, l'hagués d'ajudar a clarificar el panorama tan fosc que tenia.

—Per què ho connecta amb el suïcidi? —La paraula «assassinat» hauria estat més acurada, però ateses les circumstàncies posar-se exquisit amb el llenguatge potser no era una bona idea.

—El Toni va rebre una foto de la seva mare i de la seva filla amb un punt de mira dibuixat. «Compleix, Toni», havien escrit al dors.

—Com ho saps, això?

—He parlat amb la mare del Toni abans d'anar a comissaria. Si t'assabentes de res, hem de dir-ho immediatament a la policia, Jaume.

—És clar. És clar. —Com si repetir-ho dues vegades ho fes més creïble.

—La policia diu que tard o d'hora ho acabaran descobrint tot. N'estan convençuts.

El Jaume sentia com el cercle s'anava estrenyent. La gola li raspava com el paper de vidre i un atac de tos de pit va assotar-lo amb violència. Va trigar un parell de llarguíssims minuts a donar-li treva. Encabat, va passejar-se la llengua pel paladar i les dents, d'on va recollir un regust metàl·lic gentilesa de l'hemoglobina, el pigment vermell de la sang que principalment conté ferro. Just després, va inclinar el cap i va adonar-se que tenia el jersei esquitxat de grumolls de sang. Eren grossos, esponjosos, de color vermell viu; n'hi devia haver mitja dotzena. Una mena de macabre quadre incomplet de Jackson Pollock. De nou, una de les veus internes tornava per recordar-li que el seu futur estava escrit: «Càncer, Jaume. Només uns mesos».

# 45

La Irene va despertar-se espantada pel seu propi crit. Incorporada i hiperventilant, sentia el cor embalat i a un pas d'explotar; com si hagués de sortir-li per la boca d'un moment a l'altre. Un mal despertar. Un altre. Angoixada, suada, amb el pols disparat. L'espessa nebulosa que acompanyava la interrupció sobtada del son trigava a esvair-se i era tota ella desagradable. El Jerry, el dropo del gat, arraulit al lloc de la Martina, l'observava confós sense saber ben bé per què diantre la mestressa havia cridat sobtadament. Va miolar com si s'ho preguntés en veu alta, la pobra bèstia. La Irene va mirar-se'l, encara mig aquí i mig allà; després, va eixugar-se el front.

Tenia el pit, el pijama, el clatell i el coixí xops de suor. Per sort ja havia passat. Tot i que era ben conscient que els records es tornarien a colar dins els somnis més d'hora que no pas tard.

Va mirar-se el tatuatge que tenia al canell: una I i una M enllaçades pel símbol d'infinit. La Martina en portava un altre exactament igual. Va pensar fugaçment en ella. En moments com aquell, un petó, una abraçada i unes paraules de consol no tenien preu. Però la Martina no hi era. La feina. Sempre la feina. La mateixa feina que havia enviat al sender de l'oblit l'origen dels malsons que la turmentaven. Com la força de la gravetat, la frustració i la ràbia exercien un pol d'atracció que l'empenyien, de tant en tant, a assenyalar la Martina com la culpable de tots els seus mals. Potser era injust. Aquella sensació no sempre marxava tan ràpid com ella hauria volgut.

Ja més desperta, va sentir un punt de fred; massa estona suada. Un cop d'aire, que diria una tieta de les d'abans. El sol començava a treure el nas persiana enllà per posar punt i final a la nit. Una més sense descansar. Sort del cafè. Va aixecar-se del llit i va entrar al lavabo. El mirall, cruel com només ell sap ferir, va tornar-li una cara ullerosa, cansada i desencaixada. Un mal dia, aquell que començava. Dur, si més no. Va sospirar, va fer espetegar la llengua i va obrir l'aigua de la dutxa. A veure si, amb sort, el doll calent s'emportava la pesantor desguàs avall.

Ja dutxada i esmorzada, la Irene va sortir al carrer per entrar al metro: el submon més gran de Barcelona. Una mena de jungla ordenada, on no es veu cap policia, però sí carteristes, estafadors, bandes juvenils i tota mena de supervivents que miren de treure alguns quartos pidolant, cantant o actuant. Després de validar el bitllet, va pujar en unes llarguíssimes escales mecàniques que semblava que baixessin per connectar directament amb el nucli intern del planeta. Quan, per fi, va arribar a baix de tot, a l'andana l'esperava un bon cop de calor; hauria jurat que trenta graus pel cap baix. Per sort, no va haver d'esperar gaire el comboi.

Un cop arribat, el de sempre. Portes obertes, deixin sortir abans d'entrar, pugin, senyals acústics destrossatimpans, aire condicionat a prova d'esquimals, portes tancades i en marxa a tota màquina. Ja dins, va mirar a esquerra i a dreta. De seguida va trobar la ubicació més buida en una punta del vagó i va caminar ràpid per seure-hi com una nena en el joc de les cadires. Procurava estalviar-se el contacte proper amb estranys. Sobretot si anava sola.

Bressolada pel vaivé del metro, la Irene va recórrer el vagó de dalt a baix amb la vista. La majoria dels viatgers badaven, miraven el mòbil, i algun espècimen d'allò més estrany fins i tot s'atrevia a llegir un llibre. Però la Irene, tensa, estava atenta al seu voltant com el gos guardià que cuida la casa de l'amo.

Unes quantes parades més tard, un grup de quatre joves va pujar al tren, tots tallats pel mateix patró: pentinat, indumentària i posat calcats. Bandes juvenils, se n'hi deia ara. Ella no seria pas tan generosa regalant eufemismes. Delinqüents, *quinquis* o escòria, i avall. Van acomodar-se als seients que la Irene tenia lliures al seu costat. No va poder dissimular el fàstic en la mirada. Tampoc la por, que va esbatanar-li els ulls com si fossin dos plats sobreposats a la cara. Just després, va atacar-la una cremor sobtada al rostre, al coll i al pit, que va enrojolar-la. Gairebé a la vegada, el cor li va començar a retrunyir sota les costelles. Sentia els batecs amplificats a cada centímetre del cos; com si algú aporrinés el gong de l'angoixa dins seu. La pell de gallina i la suor freda van venir després. És molt fotuda, la por. Pot bloquejar-te, deixar-te indefensa. La Irene bé que ho sabia. Ho vulguem o no, els records edifiquen la nostra personalitat i el cos reacciona en conseqüència.

Els quatre vàndals, *quinquis* o com se'ls vulgui anomenar, portaven música a tot drap i força alcohol, i el que no devia ser alcohol, a sobre. Amb les nou del matí encara per tocar i aquelles pintes, el més lògic era pensar que tornaven de festa. D'un *afterhours*, segurament. En un moment determinat, un d'ells va quedar-se mirant la Irene, que va sentir un sotrac interior. De sobte, el seient va començar a cremar-li sota el cul i un túnel del temps imaginari va clavar-li un bon clatellot. Allò dels records i la personalitat. El vàndal la seguia mirant de fit a fit mentre, compulsivament, feia anar la cama amunt i avall. Era tan a prop que la Irene podia sentir-ne l'olor de suat i l'alè de fossa sèptica. Dels ulls envermellits en brollava llard i vici a palades. Amb bava que li caigués de la boca ja tindríem el paquet complet.

La Irene va abaixar el cap i va plantar l'esguard esporuguit a terra. Una veu interna cridava a plens pulmons que fes el fotut favor de marxar d'allà, però de nou aquella pedra a l'estómac, la seva vella enemiga, la paralitzava.

—Eh, tu, vols seguir la festa amb nosaltres? —El galdós tenia una veu esquinçada i rovellada.

La Irene va alçar el cap i va topar amb els ulls del vàndal, que no els havia retirat ni un segon. Va pensar en la Martina. No sabia exactament si per a bé o per a mal. Havia de ser precisament aquell dia que no la pogués acompanyar? Coi de feina. Fos com fos, tot d'una i sense saber exactament com, va reunir el valor necessari per aixecar-se d'una revolada i fugir cames ajudeu-me fins a l'altra punta del vagó. Sentia la respiració accelerada, el ritme cardíac desbocat i els nervis a flor de pell, però estava orgullosa d'ella mateixa. No s'havia bloquejat, se n'havia sortit tota sola.

Des de l'altra punta del comboi, va veure com els membres de la banda juvenil deixaven una col·lecció de perles per emmarcar: de puta, amargada i malfollada cap amunt. El millor de cada casa semblava haver-se citat allà, però ja hem dit abans que la policia no trepitja el metro.

Arribada la parada de Diagonal, va baixar del vagó. Des de l'andana va comprovar que els *quinquis* havien marxat amb el metro. Amb el comboi perdent-se dins la foscor del túnel, va sentir com el cos se li desfeia com la mantega. Els ulls se li van humitejar, però va tallar de soca-rel les ales a les ganes de plorar. Aquella xusma no es mereixia cap llàgrima seva.

Ja al carrer, va enfilar passeig de Gràcia avall fins al passatge de la Concepció, on va plantar-se al centre de psicologia. Molt bon dia; tota aquesta peripècia era per allò. Va esbufegar i, després d'uns instants, amb la mirada perduda en el no-res, hi va entrar.

Sabia perfectament les escales que havia de pujar i l'aula on havia d'entrar. El seu cos va recórrer el camí com un autòmat guiat pel seny i fent el sord a les temptacions d'abandonar que tenia la rauxa. Només entrar a l'aula, va veure les mateixes tres dones, el mateix home i la mateixa psicòloga de l'altre cop. Amb un somriure amable, la terapeuta va convidar la Irene a seure i a escoltar el relat d'una companya de teràpia.

—Per fi m'he reincorporat a les classes.

—Això és una gran notícia. Moltes felicitats —va premiar la psicòloga.

—Gràcies. El cert és que m'ha costat moltíssim. N'estic contenta. Sincerament, hi va haver un moment en què vaig creure que no seria capaç de fer-ho. La meva vida va canviar molt... —La noia va interrompre el seu relat i va mirar al no-res uns segons—. Durant molt de temps em vaig sentir culpable.

—No has de carregar cap culpa.

—Ara ho sé. Però això és ara. He viscut un infern... Hi va haver un moment que vaig intentar acabar amb tot. Vaig prendre un pot de pastilles... Per sort em va trobar el meu pare i em va salvar. Només llavors li vaig poder explicar la veritat. Tenia por del que diria. De fer-li mal.

—No te n'has de culpar —va reiterar la terapeuta.

—Ho faig —hi va tornar la noia.

—Doncs treu-t'ho del cap! —va tallar la Irene per a sorpresa dels presents. Tothom va girar-se cap a ella, que havia esdevingut el centre d'atenció—. Tu saps com ets de valenta?

La noia va somriure amb timidesa, encara que els seus ulls no ho feien pas. La psicòloga, per la seva banda, va mirar la Irene amb orgull per haver-se atrevit, per fi, a intervenir.

# 46

—No sé com sobreviuen els fabricants de laxants, existint això. —L'Aran va acompanyar amb una ganyota el glop de cafè de màquina—. Desperta, però és realment fastigós.

—A mi m'agrada.

—Calla, boig. Segur que també et deuen agradar les sopes de sobre i les paelles congelades, a tu.

—Doncs sí. Què passa?

—Passa que tens el gust al cul, Fede.

—A mi, el que se'm posa malament no és aquest cafè sinó la cervesa negra.

—La cervesa negra?

—Sí. M'ho remou tot, tu. Em fa venir unes ganes de tirar-me...

—Para! Para! Para! Deixa-ho aquí. Puc viure sense saber-ho.

El cafè de la màquina i les conseqüències per a la flora intestinal van monopolitzar la conversa entre el Fede i l'Aran pels passadissos de la comissaria. Aquella seria una tarda llarga i apedaçar preventivament el cansament amb cafè, ni que fos de màquina, era un acte de responsabilitat. L'apassionant conversa va morir quan els caporals van arribar a l'escriptori del Fede, que va comprovar el correu electrònic i va imprimir uns fitxers. Després de passar per la impressora, va mostrar el totxo de documentació a l'Aran.

—Vinga, anem a la sala de reunions. Amb això tenim teca per a hores. És el que vam demanar a Hisenda sobre T&M Grup. Gentilesa del jutge Salazar.

—Ho has compartit amb els de la Unitat de Salut Pública?

—Sí. Som-hi, va. A veure si quan la sergent torni podem explicar-li alguna cosa.

L'Aran havia anat canviant la cara mentre parlaven. Una gota de suor freda va relliscar-li pel front. Tenia punxades abdominals i cara d'estar-les passant realment magres. Va aixecar-se i va caminar a pas lleuger cap a la sortida.

—Ves començant tu. Jo ara vinc.

Amb la mirada i un mig somriure d'allò més maliciós, el Fede va seguir l'Aran fins que va entrar al lavabo a correcuita. Després, va aixecar el got com si brindés amb un ésser imaginari i va empassar-se el cul de cafè que hi quedava.

Hores després d'haver començat a examinar la documentació de l'agència tributària sobre les empreses de T&M Grup, a la sala de reunions hi havia un ambient carregat, uns quants gots de la màquina de cafè sobre la taula i diverses piles de documents escampades per aquí i per allà.

—I la sergent?

—Deu estar per caure.

—Escolta això —l'Aran sostenia un paper amb anotacions—, World Music Travel té com a objectiu muntar tots els viatges de l'OFB. Durant la passada gira van organitzar la tira de viatges per tot el món.

—Quants en total? —va preguntar el Fede.

—Trenta-cinc.

—Déu-n'hi-do. Moure tanta gent per tants llocs és un pretext collonut. Em jugo un cafè que en aquest concepte van declarar moltíssima pasta.

—Fede, pots fer el puto favor de jugar-te una cervesa? No cal que sigui negra, però deixa de jugar-te aquesta merda. —L'Aran va mirar un got de cafè buit com si fos una panerola gegant.

—Un cafè per a mi i una birra per a tu. Apostem?

—A veure, Sherlock, que devien inflar la xifra per declarar més no és gaire difícil d'endevinar. No fotem. Quant va declarar World Music Travel en viatges?

—Cinc milions.

—I com els justifiquen?

—Avions, autocars, hotels...

—Home, fins aquí, bé.

—Però també hi ha trasllats de pianos de cua, afinació, càterings, regulació o control d'humitat... Aquests serveis van a càrrec del promotor del concert i van inclosos en la contractació de l'orquestra. Entren en el que s'anomena el *rider* tècnic.

El Fede va parar la mà a l'Aran, que va posar-li una moneda per a la màquina mentre brandava el cap amb sornegueria. Just aleshores, la Martina va entrar a la sala de reunions.

—Sí que us n'heu fotut, de cafè.

—Ara me n'anava a treure un altre.

—Gentilesa meva —va protestar l'Aran.

—Collons, Fede, paga-te'ls, fes el favor. Que tampoc cobrem tan malament.

Unes quantes hores més tard, el rellotge de la sala de reunions marcava gairebé les deu de la nit. A la taula, les capses de pizza havien substituït els gots de plàstic, l'ambient estava encara més carregat i el cansament feia efecte en els rostres dels tres investigadors.

—Vam poder trobar enregistraments de les càmeres de seguretat dels voltants del domicili de la Clara Guevara? —La veu de la Martina ja incorporava la fatiga.

—Vols dir per identificar el membre de l'OFB que la va amenaçar? —La bateria de l'Aran també estava al límit.

—Sí.

—Ni una... Pensa que ja fa gairebé dos anys. Ni el Tato guarda els enregistraments tant de temps.

El Fede, amb les persianes dels ulls entretancades, semblava no haver-se assabentat del que acabaven de parlar la Martina i l'Aran. Rellegia un document per enèsima vegada parpellejant repetidament, fins que va llançar-lo sobre la taula.

—Quant havien declarat en viatges?

—Cinc milions, Fede... M'has robat un cafè abans amb això.

—Tens raó... Hòstia, ara mateix lleparia en un examen de comprensió lectora de primària. Ja no entenc res del que llegeixo.

—A mi em passa igual.

Després de lamentar-se, els dos caporals van tornar a centrar l'atenció en els documents. La Martina havia presenciat l'escena en silenci. Va consultar el rellotge: quarts d'onze tocats. Aquell parell s'hi estava deixant la pell i, molt important, sense males cares. No podia exigir-los més.

Arribats a aquest punt, la Martina, com a cap, tenia dues opcions: tothom a casa i ella podria estar una estona amb la Irene, veure un capítol d'una sèrie, explicar-se el dia i que la seva nòvia no maleís tant la feina com ho feia —com a mínim aquella nit—. Però també en tenia una altra, d'opció.

—Vinga, ja n'hi ha prou per avui.

—Però sergent... —El Fede feia el semblant de tenir espai per a un altre cafè.

—Ni sergent ni hòsties. Porteu tot el dia amb això. Ara mateix, el més probable és que ens passi alguna dada clau que tinguem davant dels nassos. Anem a distreure'ns una estona. Demà serà un altre dia. Vinga, us convido a una birra.

Efectivament, la Martina va triar la segona opció: ser una bona cap i fer equip. En definitiva, va triar la feina. Quina mena de poli seria, si no?

# 47

Al centre de la taula i sota un espès núvol de fum de tabac, una muntanya de fitxes per import superior als trenta mil euros esperava el guanyador de la timba. Quatre n'eren els aspirants: una seixantina arrugada com una pansa, una dona amb ulleres fosques per allò que els ulls no saben mentir, un fill de papà obstinat a dilapidar la fortuna familiar i l'Arnaldo Quiroga.

Un tuguri de mala mort, una partida de pòquer clandestina, mil euros l'aposta mínima, cinc mil euros per barba per poder jugar. Un còctel amb força elements per seduir qualsevol jugador empedreït.

Després d'hores al voltant de la taula, havia arribat el moment de la veritat. Qui s'emportés aquella mà s'enduria la morterada de quartos que s'acumulaven sobre el tapet verd. El crupier va fer una mirada còmplice a la dona de les ulleres fosques, va barrejar amb filigranes pròpies d'un mag i va repartir cartes als jugadors. L'Arnaldo va mirar les cartes amb sigil. Alçant-ne només la punta amb l'índex i el polze de la mà dreta mentre les tapava amb la mà esquerra. Fer cara de lluç bullit era importantíssim per no mostrar el que li passava pel cap. La famosa cara de pòquer. Instants després, els participants van començar el ball de cartes.

—Dues. —El nen de papà va deixar dues cartes sobre la taula i el crupier n'hi va tornar unes altres dues.

—Dues. —La seixantina.

—Tres. —L'Arnaldo.

—Una. —La dona de les ulleres fosques.

L'Arnaldo i la seixantina eren dues xemeneies que fumaven de manera compulsiva. L'un per vici, l'altra per nervis. Fos com fos, estaven deixant l'ambient d'allò més carregat. Amb tothom servit, els jugadors van mirar les cartes i va començar el joc.

—Cinc mil. —La dona de les ulleres va llençar una fitxa sobre la taula com si tirés menjar als coloms.

—Hi vaig. —L'Arnaldo va ser una mica més delicat.

—I jo. —La veu d'ocellet de la seixantina va tremolar.

—Passo. —El nen de papà va bolcar les cartes cap per avall certificant que la ruïna de la família ja estava una mica més a prop.

Amb el fill de casa bona fora de combat, només quedaven tres jugadors.

La dona de les ulleres opaques tenia un trio de quatres.

L'Arnaldo, doble parella de dos i jotes.

La seixantina, parella d'asos.

Rere les ulleres fosques, la dona va clavar una ullada al dors de les cartes de l'Arnaldo; estaven marcades amb una tinta infraroja invisible a primera vista. Però amb les ulleres de sol infraroges que portava, la tinta sí que era visible. Les trampes al pòquer havien evolucionat molt des dels temps de Henry Gondorff a *El golpe.*

La tramposa va fer el mateix amb la seixantina i va certificar que el crupier havia repartit bé: el trio superava la parella i la doble parella. Conclusió: tenia una mà guanyadora i la calerada del centre de la taula a l'abast.

—Deu mil més —va dir amb seguretat mentre s'ajustava les ulleres amb l'índex.

—Hi vaig. —L'Arnaldo va deixar la fitxa com si fos de porcellana i hagués de trencar-se.

—Passo. —Deu mil més ja era massa per a la seixantina.

Només quedaven dos jugadors. Havia arribat el moment de la veritat, el de descobrir les cartes.

—Trio de quatres. —A la dona de les ulleres va omplir-se-li la boca amb l'anunci. En el seu univers imaginari, ja s'havia polit el botí en roba, viatges i bons restaurants.

Mirant fixament les lents opaques, l'Arnaldo va anunciar la seva mà.

—Ho sento. Color.

L'Arnaldo va plantar les cartes amb l'escala de color en forma de ventall sobre la taula. La doble parella perdedora de dos i jotes que la dona havia vist amb les ulleres infraroges, de sobte, s'havia esfumat. La dona va clavar una mirada assassina al crupier, que, conscient que aquell no era el final pactat, començava a témer la reprimenda. De ben segur que seria greu.

—Pot treure's les ulleres de sol infraroges. Segur que té uns ulls preciosos.

Plena de ràbia, la tramposa va aixecar-se i va llençar de mala manera les cartes sobre el tapet verd.

—Ja sap que estan prohibides als casinos i als tornejos de pòquer?

La dona va marxar emprenyadíssima mentre el guanyador recollia les fitxes amb la vanitat dibuixada a la cara en forma de somriure cínic.

L'Arnaldo va sortir del tuguri. Després d'un fotimer d'hores tancat, era a l'aire lliure. Amb pudor de pixum, en ple Barri Gòtic, però a l'aire lliure al cap i a la fi. Un parell de carrerons més tard ja caminava per sota els arcs de la plaça Reial entre guiris que pagaven la sangria laxant a preu de Don Pérignon. Va tocar-se la butxaca interior de la caçadora per acaronar el feix de bitllets que acabava de plomar a la llesta de les ulleres. En una reacció espontània del cos, va dibuixar un somriure que li va engreixar l'ego uns quants quilos.

Allò del joc no ho feia per diners, era pura diversió. Enganyar, burlar-se dels llestos, l'adrenalina, sobreviure, guanyar. Un resum perfecte de la seva vida.

Després de travessar la plaça Reial, l'Arnaldo va continuar pel carrer Ferran fins a la Rambla. A l'alçada del Gran Teatre del Liceu, va treure de la butxaca dels pantalons la doble parella de dos i jotes marcades amb tinta infraroja. Va mirar-se les cartes amb murrieria abans de llençar-les en una paperera de la Rambla.

Va continuar fins a tombar pel carrer Hospital i entrar al cau. Canvi de xip. Ara tocava feina.

A mesura que baixava les escales del soterrani, l'olor d'humitat guanyava protagonisme. A baix, va encendre el llum. Aquest cop, no hi havia ningú que preparés «mocs» de cocaïna per vendre. La taula era buida, però el tuf de química feia temps que havia impregnat el lloc. Va caminar fins al despatx i, en obrir la porta, un esglai va castigar-lo amb traïdoria.

—Hòstia puta! —Va topar amb la mirada de l'Aurora, que estava asseguda a la cadira. No se l'esperava, allà.

—Fas pudor de tabac.

—I tu, d'estupidesa. Havíem quedat més tard.

—He vingut abans. Massa confiat entres tu aquí —va reprovar ella mentre es treia les ulleres per a la presbícia.

—Qui collons vols que hi hagi? —L'Arnaldo va seure a la cadira davant de la taula.

—El dia que menys t'ho esperis, els dolents. I aleshores sí que estarem ben cardats. Cal estar sempre alerta.

—Deixa't de rotllos. Digues, per què m'has fet venir?

—L'O Pai diu que farem una nova descàrrega.

—Quan?

—Encara no ho sé, però serà aviat. Ves preparant-ho tot.

—I quant?

—El doble que l'última vegada.

En sentir aquella barbaritat, l'Arnaldo va sentir com una

flamarada li pujava des del pit amunt cap a les galtes. El doble. Així, com si res. Els músculs de la cara van tensar-se-li com les cordes d'algun instrument que tocaven els xitxarel·los aquells de l'OFB.

El doble.

El puto doble.

—Què dius...? El doble? Tu estàs boja! —Els crits van ser inevitables. Directament proporcionals al perill que albirava.

—Sí, el doble. M'has sentit bé. I a mi no em cridis.

—Et crido si em surt dels collons. El doble... Esteu sonades. Per què no us hi poseu vosaltres, a descarregar enmig del mar?

—És el que s'ha ordenat.

—I tu t'ho empasses tot, no? Tan llesta que et penses que ets i aquestes ulleres que portes per veure-hi de prop potser les hauries de fer servir per veure-hi una mica més enllà. Hi ha massa risc.

—L'O Pai diu...

—La Trinidad Torquemada t'ordena —va tallar l'Arnaldo—. Tu no parles amb l'O Pai. Només la Trinidad parla amb l'O Pai.

L'Aurora va mirar fixament i durament l'Arnaldo amb tota la mala llet de què era capaç. A qualsevol li haurien fet figa les cames, però l'Arnaldo no era un qualsevol.

—No gastis aquests aires, Aurora... Encara has de menjar moltes sopes per ser algú en aquest món. Sense contactes musicals no tindries el rang que tens dins l'organització. I ho saps. Així que no em toquis els collons. —Va mirar-se-la amb desdeny per clavar-li un punyal a l'autoestima—. No entenc com algú com tu es va fotre en això.

Ella *sí* que ho entenia. Tot per culpa de l'ambició desmesurada. Però si tot anava com tenia previst, allò s'acabaria ben aviat. De quartos, ja n'havia fet uns quants, i tenia un anhel a l'horitzó: una identitat nova a l'altra punta del món. Més o menys com l'O Pai, però ella sí que deixaria el negoci del tot. I la família ja se'n podia anar a pastar fang. Que es quedessin amb la seva filla perfecta, la neurocirurgiana.

Mentre aquest moment no arribava, havia de seguir com si res, bregar amb gentussa com l'Arnaldo i imposar-s'hi, perquè una cosa tenia ben clara: si es deixava trepitjar, ja podia començar a cavar-se la tomba. Així doncs, va alçar l'índex ben ferm amunt per posar els punts sobre les is.

—Tu faràs el que se t'ordeni. Descarregarem el doble. Queda clar? El doble. Ves preparant-ho tot.

L'Aurora va aixecar-se de la cadira, es va guardar les ulleres a la butxaca interior de la jaqueta i va abandonar el despatx sense acomiadar-se. L'Arnaldo va seguir-la amb una mirada carregada de bilis fins que la va perdre de vista escales amunt del soterrani.

—El doble... *Gilipolles*!

# 48

Venècia era una població de menys de cinquanta mil habitants que rebia més de vuitanta-dos mil turistes cada dia. Això n'eren tants com trenta milions al cap de l'any, que aviat és dit. Tot estava fet i pensat per als viatgers. La ciutat no s'havia preocupat mai de trobar una font de riquesa alternativa més enllà d'explotar el patrimoni històric i havien esdevingut presoners dels creuers, de guies que alçaven paraigües i d'objectes de record renyits amb el bon gust. La gallina dels ous d'or portava tones de contaminació, d'escombraries i de venecians que se sentien una minoria oprimida a casa seva.

La Fenice no era una excepció dins d'aquest ecosistema. El públic del teatre estava dividit en dues meitats entre estrangers per obra i gràcia del turisme i italians, dels quals només el vint per cent eren venecians.

En un teatre on la programació era netament italiana, la presència de l'OFB era tota una excepció, que el públic —venecià, italià o d'allà on fos— sabia valorar.

La Fenice va rebre el gran Víctor Alemany amb una llarga ovació quan el mestre va trepitjar l'escenari. Molts d'ells, adinerats que havien arribat en gòndola o en taxi aquàtic, havien pagat una fortuna per veure actuar el millor del món.

La barba més famosa de la música clàssica —dos rellotges als canells, cocaïna a les venes i un pou infinit d'ego al pit— va fer una reverència a aquella joia de l'arquitectura cultural.

Tenia als peus el santuari on van estrenar-se *Rigoletto* i *La traviata* de Verdi, *Tancredi* i *Sigismondo* de Rossini, *I Capuleti e i Montecchi* de Bellini, *Belisario* i *Pia de Tolomei* de Donizzetti. Quan els aplaudiments van apagar-se, els espectadors es van asseure i, enmig del silenci, el mestre va alçar la batuta al vent i va començar l'espectacle.

Passada la primera hora del concert, l'entès públic de La Fenice es delectava amb un Víctor Alemany que dirigia amb un mestratge que no es veia des de l'explosió de Gustavo Dudamel. En un teatre edificat amb fusta curosament seleccionada i hàbilment tractada per obtenir el millor rendiment acústic, la mà del geni feia que allà la música sonés com els àngels. L'orquestra responia de meravella, tot i que el Víctor, tal com havia parlat amb el Leo, no treia l'ull del damunt al Jaume, que tocava amb aspecte seriós. La processó anava per dins. El primer violí sentia fortes fiblades a l'alçada de l'estern. El rictus de dolor i pensar en el que vindria era inevitable. La malaltia no donava treva ni tan sols en un escenari tan solemne, però què li expliques al puto càncer. Ell té llicència per fer la guitza quan i on convingui.

El concert encarava el tram final, quan el Jaume va passar una pàgina del llibre de partitures i va topar de morros amb una imatge. En una reacció espontània, els ulls se li van esbatanar. El cor va fer-li un salt i després va començar a galopar desfermat.

Amb el violí entre l'espatlla i la galta, va alçar la vista per veure la reacció dels altres músics de l'orquestra, però per a la resta la vida transcorria amb tota normalitat.

Va tornar a la partitura. No. No havia sigut una visió. Un estremiment va escampar-se-li a alta velocitat per tot l'organisme. Una mà invisible i malintencionada li escanyava l'esòfag pressionant-lo amb força perquè l'oxigen no arribés al seu destí. I, per acabar-ho d'adobar, més fiblades a l'estern.

Els nervis, el càncer i la pressió li estaven saquejant les forces en una reacció en cadena. El braç li va començar a tremolar i l'arc va patinar sobre les cordes del violí. El desafinament, impropi d'aquell temple de la música clàssica, no va passar desapercebut i va aixecar un murmuri de decepció entre els espectadors. El Víctor va fulminar-lo amb la mirada a manera de reprimenda. Mig marejat, el Jaume va sentir l'esguard del director que se li clavava com una daga. El mestre mai no perdonava aquestes errades. De ben segur que després li tocaria el crostó. Amb sort, i perquè ell era del nucli dur, potser no hi hauria gaires crits.

Totes les alarmes internes ja havien saltat. Una coïssor anava escalant gola amunt fins que va desembocar en un atac de tos que va poder apaivagar tancant la boca amb totes les seves forces. Quan creia que ho havia aconseguit, va percebre un regust metàl·lic al paladar. Entre les dents, hi va notar algun element petit i esponjós. Ja sabia què era.

Va pensar que havia de sobreposar-se, que era a La Fenice, que ja no hi tocaria mai més.

«Càncer, Jaume. Només uns mesos».

Una nova fiblada, però aquest cop a l'ànima. Quina injustícia. Tot i que, a la seva edat, que la vida no és justa hauria de ser una lliçó aprovada amb matrícula d'honor. Va fer un esforç per tornar a la partitura que descansava sobre el faristol, però sentia nàusees i mil agulles li punxaven les cames, que li farien figa en qualsevol moment. Va tenir la sensació que es desconnectava d'ell mateix, com si l'entorn no fos real. A poc a poc, La Fenice va començar a giravoltar al voltant seu i la visió se li va esborronar. Finalment, una força superior va engolir-lo fins que la visió del Jaume es va fondre en negre. El seu cos va caure desplomat davant el murmuri de sorpresa del públic.

La música va emmudir en sec i el Víctor va córrer cap al primer violí, estirat inconscient al terra de l'escenari. En una ràpida reacció, el mestre va tancar el llibre de partitures, on algú havia posat una foto de la Clara Guevara.

# 49

—Segueixi el meu dit amb la mirada.

El metge desplaçava l'índex a esquerra i dreta en bucle. El músic, compungit, obeïa com un alumne aplicat. Els seus iris anaven allà on els portava el dit del facultatiu, llarg com el d'un pianista i arrugat com una pansa a causa de l'edat. El Jaume, esgotat, sentia el cos de plom, la boca pastosa i el cap a un pas d'esclatar. Va tocar-se per sobre de la templa i el mal es va multiplicar exponencialment. De ben segur que, allà, li sortiria un blau lleig d'aquells tan aparatosos. Tot i haver recuperat el coneixement, encara tenia un tel de boira a la vista que li donava la sensació d'estar entre dos mons.

El metge va apartar el dit. Després, va remenar el maletí, d'on va treure una llanterna de butxaca que va apuntar-li frontalment a un ull. En una reacció espontània, la pupil·la del Jaume es va contraure. Un, dos, tres, quatre i cinc segons. Després, exactament igual a l'altre ull. Quan la llum va deixar d'apuntar-lo, el violinista va examinar el lloc amb la mirada. El primer que va veure va ser un moble bar amb un escamot d'ampolles de whisky caríssimes perfectament alineades. Ja sabia en quin camerino es trobava. No sabia com hi havia arribat ni quanta estona havia estat inconscient. L'últim que recordava era la sensació de pèrdua de control i La Fenice que rodava al seu voltant.

Tenia el clatell i la camisa suats. Els peus, en canvi, eren glaçons amb sabates.

Va parar l'orella i va comprovar que no hi havia música provinent de la sala simfònica. Va venir-li a la memòria que la foto de la Clara era a la darrera pàgina del llibre de partitures. Per tant, el concert devia haver finalitzat. Una altra actuació que acabava de manera precipitada. Va pensar en el Víctor, en l'Aurora i en el cabreig que devien portar al damunt. L'un pel cost reputacional, l'altra pel cost econòmic que se'n pogués derivar: possibles cancel·lacions, possible descens de la venda d'entrades, possible caguera dels patrocinadors. L'Aurora sempre es posava en el pitjor escenari. Diuen que un pessimista és un optimista ben informat. Ves a saber.

També va pensar en el Leo, que hauria de torejar una altra crisi amb la maleïda premsa.

El metge li va prendre el pols. El mirava per sobre de les ulleres. Enigmàtic. Seriós. Sense un bri de complicitat. Com si davant seu tingués una estàtua de marbre. Després, va auscultar-li el pit i l'esquena. El Jaume va respirar profundament i va percebre l'olor de la colònia del metge, forta i passada de moda. Podria ser perfectament número u de vendes en una llar de jubilats.

—Em portaran a l'hospital, doctor?

—No caldrà. Però li recomano que descansi. Intenti resoldre els seus problemes per calmar els nervis. Té el cor i la pressió arterial disparats.

El metge va mirar el Jaume amb condescendència i el músic s'hi va tornar amb un posat malhumorat. Que resolgués els problemes, deia. Mira tu que fàcil.

—Tingui. —El metge va allargar-li una recepta—. Si sent pressió al pit, mal d'estómac, sequedat bucal, sudoració o cefalea, prengui aquestes pastilles. Segons la meva opinió, ha tingut un atac d'ansietat. N'havia patit mai cap?

—Alguna vegada. —«Però no així de bèstia», va pensar el Jaume.

—Doncs no deixi de visitar el seu metge quan torni a Barcelona. Viatgen demà?

—Sí, demà al matí. Estem uns dies a casa i després marxem per actuar a Chicago.

—Els recomanaria que busquessin un substitut per a aquest desplaçament.

—Hi viu el meu germà, allà. Em feia molta il·lusió anar-hi i que em veiés actuar. —L'objectiu, en realitat, no era cap altre que acomiadar-se'n en persona.

—Ja tindrà una altra ocasió. Ara necessita tranquil·litat.

Una altra ocasió. Amb quina facilitat li muntava la vida sense tenir ni la més punyetera idea dels problemes que carregava a collibè. El metge, aliè a tot el que li passava pel cap al Jaume, va encaixar la mà del músic i va marxar del camerino amb un cop de porta. En aquell moment, tot sol, el Jaume va adonar-se que no veuria mai més el seu germà. Que l'abraçada de feia dos Nadals seria l'última. Un núvol de tristesa va instal·lar-se sobre seu.

Va imaginar la rialla cínica de la veu robòtica en veure'l inconscient al terra de l'escenari. Acarnissant-se i recreant-se en el seu patiment. Desgraciat! Fos qui fos, els estava estalonant i no s'aturaria fins a aconseguir el seu objectiu. Aquella nit a La Fenice, però, el Jaume es va convèncer que ben aviat aquell deixaria de ser el seu problema. El final era a tocar.

# 50

Ja era negra nit quan els membres de l'OFB van arribar, en silenci i capcots, a l'hotel Sina Palazzo Sant'Angelo, davant per davant del Gran Canal. La quarantena de persones que formaven l'expedició van caminar en processó els pocs minuts que separaven La Fenice de l'hotel. Cadascun semblava carregar un roc invisible que els encorbava les espatlles, fruit del temor de ser la següent fitxa del dòmino a caure. En aquest món no hi ha res que s'estengui més ràpid que la por.

A la cua de tots i a uns metres de distància, el Leo i el Víctor acompanyaven el Jaume, que caminava afligit i a pas de tortuga pels carrers de Venècia, ja buits a aquella hora de la nit. Durant el trajecte, el primer violí no va obrir la boca ni tan sols per fer cinc cèntims de què li havia dit el metge.

Quan, finalment, van arribar a la porta de l'hotel, van veure a través del vidre de la recepció com els altres músics enfilaven cap a les habitacions. No era una nit per a gresca, aquella. No tocava.

—Pujo a l'habitació, nois. La notícia ja ha circulat i és per tot arreu. He de fer diverses trucades als mitjans.

—És clar. Moltes gràcies, Leo.

—No siguis burro. Gràcies per què, Jaume?

—Pel passeig, per la companyia, per ser-hi sempre.

El Jaume va xocar-li la mà i va agrair-li el passeig, la companyia i ser-hi sempre amb una mirada còmplice que el Leo va saber correspondre. Després, el cap de premsa va entrar a l'hotel per pujar a l'habitació, on l'esperava una llarga llista de trucades, justificacions i mentides que els periodistes s'empassarien o no. El Víctor i el Jaume van seguir-lo amb els ulls fins que va desaparèixer engolit per l'ascensor.

El director i el primer violí van quedar-se sols. Van seure en unes cadires a la terrassa de l'hotel emmurallada per arbustos als laterals i a uns escassos dos metres de la riba del Gran Canal. El Jaume va treure un paquet de cigarrets i va oferir-ne un al Víctor, que va acceptar fent que sí amb el cap. Després, els va encendre tots dos. Encara mudats amb el vestit de gala de l'actuació, van pipar amb ganes avivant el color taronja de la punta de la cigarreta, que cremava amb avidesa. La soledat de la nit donava peu a la intimitat.

—He vist la foto de la Clara. —Amb la primera frase el Víctor va fixar el rumb de la conversa.

El Jaume va seguir fumant. Mirant el no-res. Va expulsar un aire farcit de nicotina i esgotament a parts iguals. Després d'uns segons pensatiu, va buidar el pap.

—El tenim molt a prop.

El silenci del Víctor semblava atorgar.

—Han enviat el vídeo de Nàpols a la meva filla.

—Hòstia... Tot sencer?

—No, només una part... Uns segons.

—S'hi veu alguna cosa?

—No. La Clara i prou.

—En sap res, la Zoe?

—No. Però ni t'explico el sacramental que ha muntat l'Elsa. —Va esbufegar de nou—. Suposo que és normal... Si envien un vídeo com aquest a la teva filla, què vols.

—Com cony el deuen haver aconseguit?

—Ni puta idea, Víctor. No sé si els mireu gaire sovint, els vídeos, però sempre us he dit que això de filmar...

Tots dos tenien la mirada clavada al Gran Canal i van mimetitzar-se amb el silenci de la nit mentre fumaven una calada rere l'altra. Eren amargues com la vida que s'escapava entre els dits. El Jaume va expirar, lentament, i va tirar la burilla a l'aigua. Just després, va sentir una fiblada aguda que va reflectir-se-li a la cara. Amb l'índex i el polze, es va pinçar el pont del nas i va tancar els ulls amb força. Aguantava l'intens dolor provocat pel càncer. Quan el malparit va donar un instant de treva, va continuar:

—Saps, Víctor, tot això del venjador, allò de Nàpols, les amenaces... Ho porto fatal.

—Hi ha hagut altres festes.

—No com la de Nàpols. Se'ns en va anar de les mans. Una cosa són putes o les que s'hi posen bé per fer punts i ascendir dins l'orquestra. Però allò... Allò va ser diferent.

—Si tu ho dius...

—Saps que sí.

—La Clara també es va fotre fins a les orelles de farlopa amb tots nosaltres.

—No tots.

—Bé, tots menys l'idiota del Toni. Ell només es va fotre una ampolla de whisky tot solet... Ja sabem que amb un didal no en tenia ni per començar. Però això no canvia res, Jaume. La Clara es va fer l'estreta després d'escalfar-nos la polla tota la nit. Que no hagués començat.

—No falta tant perquè la Zoe sigui com ella.

La resposta del Víctor va ser una mirada glacial alhora que desafiadora, però el Jaume va agafar el bou per les banyes.

—Què et penses? Que no se m'ha acudit que puc córrer la mateixa sort que el Toni? Diuen que el més difícil de matar és la primera vegada. Que si ho superes... Bé, que després ja és més fàcil. No et preguntaré si el Toni va ser el primer.

Millor no respondre. En el passat del Víctor, l'honestedat no havia anat sempre de la mà de l'ètica.

El mestre va aprofitar el silenci per desviar la vista a l'altra banda del Gran Canal, amb el Palazzo Pisani Moretta i el Palazzo Tiepolo a l'horitzó; sobris, nobles, fidels representants de l'arquitectura veneciana tradicional. Una brisa va aixecar-se per pentinar-li la barba i l'aigua de la principal artèria de la ciutat.

El Víctor va mirar per tot arreu, però no hi havia ningú. La soledat de la nit va catapultar-lo a Hamburg. Va pensar en el Toni, en l'Elbphilarmomie i en el que hi va passar. Però a Venècia va aconseguir controlar-se.

—Parlaràs, oi? —Feia estona que la pregunta rondava pel cap del Víctor.

El Jaume va quedar-se mut, mirant la temuda aigua. Va fer una calada que li va provocar un atac d'estossecs violents. S'ofegava. El mal al pit era infernal. I ell vinga fumar. És clar que, perdut per perdut... Quan va recuperar-se, el primer violí va respondre:

—No vull anar a la presó, Víctor. Entrar-hi amb l'etiqueta de violador... Viure entre reixes, sentir que en qualsevol moment poden matar-me, apunyalar-me, violar-me... No ho vull... Però sobretot em fa pànic pensar en la meva dona i en la meva filla. Què diran de mi? —El Jaume va fer petar els llavis mentre negava amb el cap—. No, Víctor. No parlaré. Soc massa covard i egoista per parlar. No podria mirar a la cara l'Elsa ni la Zoe.

—Aleshores, què faràs?

El Jaume va mirar el Víctor de fit a fit. Tenia un terror atroç dibuixat als ulls. Estava acorralat en un carreró sense sortida i el destí l'esperava amb una llarga llista de retrets i ganes de passar comptes. Amarat de suor, pàl·lid, amb les extremitats i la barbeta tremoloses, el Jaume va aixecar-se de la cadira. Va avançar els escassos dos metres fins al Gran Canal mentre el Víctor el seguia amb la mirada de corb. Un cop a la riba, va saltar a l'aigua per avançar uns mesos el final que el càncer li tenia preparat.

L'instint humà va fer-lo entrar en pànic davant la incapacitat de nedar; va bellugar cames i braços amb moviments desesperats per mantenir-se a la superfície, però, en aquella lluita desigual, l'aigua a la qual tanta fòbia tenia va xuclar-lo sense remei cap al fons. La inhalació de líquid comportaria la manca d'oxigen i l'asfíxia extrema. A la parada respiratòria seguiria la parada cardíaca. A continuació, l'activitat del cervell disminuiria i en pocs minuts quedaria danyat irreversiblement. En aquest període de temps, el de l'adeu definitiu, el cervell produiria al·lucinacions, com una llum al final del túnel o el record dels éssers estimats. Encabat, arribaria la mort. El punt i final. Després, la temperatura corporal baixaria fins al nivell de l'ambient, l'anomenat algor mortis. Un mort no estarà mai més fred que el medi que l'envolta.

Impassible, fumant i assegut a la riba, el Víctor va observar com el Jaume s'ofegava sense fer el més petit esforç per salvar la vida del seu amic. Quan el Gran Canal va deixar de bombollejar, va llençar la cigarreta a l'aigua i va pujar a la seva habitació.

## Quarta part

Nessun dorma!
Nessun dorma!
Tu pure, o principessa
Nella tua fredda stanza
Guardi le stelle
Che tremano d'amore e di speranza!
Ma il mio mistero è chiuso in me
Il nome mio nessun saprà!
No, no, sulla tua bocca lo dirò
Quando la luce splenderà!
Ed il mio bacio scioglierà
Il silenzio che ti fa mia!
Il nome suo nessun saprà
E noi dovrem, ahimè! morir! morir!
Dilegua, o notte!
Tramontate, stelle!
Tramontate, stelle!
All'alba vincerò!
Vincerò!
**Vincerò!**

# 51

Una mà, pigada i arrugada, va apujar la cremallera que tancava el cadàver del Jaume sota el plàstic opac d'una bossa mortuòria.

El Samuel, el Leo i el Víctor s'ho miraven en un macabre pla picat —de dalt a baix— amb què haurien de conviure la resta de les seves vides. La propera vegada que veiessin el Jaume ja seria en una sala de vetlles a Barcelona i després de passar per les mans d'un tanatopràctic que el deixaria presentable per emprendre el viatge cap a l'eternitat.

Vivim sense tenir present que qualsevol dia pot ser l'últim, semblava pensar el Samuel quan el servei funerari va emportar-se el cos. No va poder evitar que una llàgrima li llisqués per la galta fins a la boca. Va notar-ne el sabor salat i el regust de tristesa que portava implícit.

El seu amic havia mort. Hauria donat el que fos per tornar enrere, per posar el cronòmetre a zero i perquè, vistes les conseqüències, allò de Nàpols no hagués passat mai.

Tenia ganes de plorar a llàgrima viva, de cridar, de maleir la vida. Però allà, al peu del Gran Canal on el Jaume havia exhalat el seu darrer sospir, els ulls del Samuel van xocar amb els del Víctor, que va tornar-li una mirada de granit. Tan aclaparadora que feia l'efecte que hagués de durar tota la vida.

D'acord.

Entesos.

Quedava clar que no era moment de parlar, ni de muntar cap numeret. Això no treia que el Samuel estigués furiós. Va serrar els maxil·lars i els punys per intentar apaivagar la ira provocada per un enuig que li era difícil de controlar. Aquest poderós sentiment, el de la ràbia, neix com a conseqüència de la frustració. En el cas del Samuel, era fruit d'una colla de fets irreversibles: l'assassinat del Toni, la mort del Jaume i que la veu robòtica sabés el que havia succeït a Nàpols.

Còlera, tristesa, por, impotència, incertesa. Un còctel explosiu de conseqüències imprevisibles.

Aliè a tota aquella barrejadissa de sentiments acumulats, l'inspector dels *carabinieri*, el Nicola Padovan —gairebé seixanta ben pactats amb el diable—, tenia el galdós paper d'informar una col·lega de Barcelona que la bola de neu s'havia fet una mica més grossa. Rere el cordó policial va trobar un racó on poder-hi parlar sense ser escoltat.

—Com? Ofegat? —Coneixent els precedents, la incredulitat de la Martina estava més que justificada.

Al seu escriptori de la comissaria de les Corts, va esbufegar mentre mirava d'alliberar ni que fos una mica de la mala gaita que li acabava de generar la notícia.

Més llenya al foc.

Més fiscalització dels superiors.

Més pressió social.

Sabia que necessitaria donar el millor de si mateixa per abstreure's de tot i seguir endavant amb el cas. Quina mena de poli seria si es donava per vençuda? Ella, que portava el significat de la paraula «policia» gravada a foc al cor, sabia que una bona poli no les feia, aquestes coses.

Va fregar-se el cap amb la mà mentre escoltava les explicacions de l'inspector Padovan, que arribaven des de Venècia.

—A primera hora del matí, un turista ha vist el cos flotant al

Gran Canal i ha donat l'alarma. No sé si ho sap, però en l'actuació de l'OFB a La Fenice, ahir a la nit, el Jaume Muntaner va desmaiar-se quan el concert estava a punt de finalitzar. Va recuperar-se, va tornar a l'hotel i després...

—La mare que em va parir... Sap que és el segon cadàver de l'OFB en cosa de dies?

—Ho sé. I també sé que va tenir un petit xou al Palau de la Música Catalana fa unes setmanes. Per això li truco. No estic al corrent dels precedents, sergent, però en aquesta ocasió sembla, clarament, un suïcidi.

—Per què n'està tan segur?

—Hem pogut revisar la càmera de seguretat d'una parada del *vaporetto* que és a prop. El Jaume Muntaner va saltar a l'aigua per voluntat pròpia. Per les imatges, sembla evident que no sabia nedar.

—Com que no sabia...?

—Ho ha sentit bé, sergent.

—S'ha suïcidat.

—Va tirar-se a l'aigua per voluntat pròpia. Vistes les imatges, això no admet discussió. Si hi va saltar sense saber nedar... Sí, és un suïcidi.

—D'acord... Gràcies, inspector. Podria enviar-me les imatges?

—És clar. *Subito*.

La Martina va penjar el telèfon amb un sonor gruny que va retronar per les dependències de la unitat d'investigació. Just després, va entrar a internet. Calia baixar fins al segon o tercer *scroll*, però, efectivament, els principals portals s'havien fet ressò de la notícia que la nit anterior un músic de l'OFB s'havia desplomat a La Fenice en ple concert. La informació havia estat redactada a mitjanit, hora amunt, hora avall, segons el mitjà.

La Martina va consultar el rellotge: quarts de nou del matí. La nit anterior s'havia ficat al llit a les onze, s'havia llevat a les set, havia entrat a treballar a les vuit, i abans que toquessin les nou ja tenia un merder de campionat sobre la taula per esmorzar. Molt bon dia.

Quan es difongués la notícia, aquells breus situats ara en un segon o tercer *scroll* escalarien posicions fins a convertir-se en un titular a cinc columnes. Ja hi podia pujar de peus.

Amb el precedent del Toni Guasch, la mort del Jaume Muntaner faria les delícies dels mitjans de comunicació, assedegats de qualsevol història amb grapa que disparés els oients, els lectors, els teleespectadors i els clics. Aquell cas apuntava a ser dels que se'n fa un documental de *True crime*, ho peta d'audiència i els productors es folren. Si ella hi sortiria com una heroïna o com una incompetent dependria de la seva capacitat per treure l'entrellat de tot plegat.

Una alerta sonora va avisar la sergent. Va obrir el WhatsApp web a l'ordinador i va veure que tenia un missatge de l'inspector Nicola Padovan amb el vídeo de la càmera de seguretat del *vaporetto*. Hi va clicar.

El Gran Canal de Venècia en un pla obert.

*Comune di Venezia* i les 00.34 h sobreimpressionat a la part inferior dreta.

La qualitat de la gravació va sorprendre-la gratament.

Va ampliar les imatges a pantalla completa per no perdre's cap detall.

Efectivament, el Jaume Muntaner sortia, a pas lleuger i decidit, dels arbustos que emmurallaven els laterals de la terrassa del Sina Palazzo. El primer violí de l'OFB va saltar a l'aigua per voluntat pròpia. Després de xipollar uns instants, va ofegar-se i el Gran Canal va tornar a la calma.

Aparentment, el Nicola Padovan tenia raó. Un suïcidi. Fàcil de certificar i tal dia faria un any. Però aquell cas era massa enrevessat per a una conclusió tan senzilla. Havia d'haver-hi alguna cosa més.

Amorrada a la pantalla de l'ordinador, la Martina va mirar el vídeo en bucle ben bé una trentena de vegades. O potser fins i tot més. Examinant cada centímetre quadrat de la imatge. Sabia per experiència que els petits detalls resolen grans casos. En un moment donat, va fer uns ulls com unes taronges i va acostar-se a la pantalla fins a gairebé tocar-la amb el nas.

Endavant, enrere.

Endavant, enrere.

Endavant, enrere.

De sobte, va dibuixar un somriure condescendent. Després que el Jaume Muntaner s'ofegués, un objecte minúscul queia a l'aigua des de la terrassa del Sina Palazzo. Era allargat i amb la punta taronja. No calia ser gaire llesta per endevinar que era una cigarreta.

Asseguda a l'escriptori, va mirar la imatge aturada mentre pensava qui podia ser tan fill de puta per presenciar la mort d'una persona i quedar-se fumant tranquil·lament sense fer res per ajudar-la. Les suposicions van començar a sorgir immediatament.

# 52

Com una ànima en pena, l'Elsa transitava per una densa boira de dolor com no havia experimentat mai abans. Carregant una pesantor que li naixia a la boca de l'estómac i s'expandia per tot l'organisme, va arribar a la comissaria de les Corts, on l'havien citat per declarar per la mort del Jaume.

Un agent la va rebre en un to càlid, que l'Elsa, en la condició de vídua acabada d'estrenar, va agrair amb una mirada que pretenia ser amable. A un mig somriure, ja no s'hi va veure amb cor. No tenia pas el cos per a això. L'agent va conduir-la fins a una sala de declaracions a les dependències de la unitat d'investigació. L'estança era freda com una nevera, amb mobiliari senzill a joc amb el de tot l'edifici. Va seure i, davant seu, a l'altra banda de la taula, la Martina va inclinar la barbeta lleugerament a manera de salutació.

—Primer de tot, senyora Garcia, deixi'm dir-li que l'acompanyem en el sentiment.

Va adonar-se que, exactament aquella mateixa frase, l'havia dit a la Francina Garçon no feia pas gaire. A diferència de la mare del Toni, però, l'esposa del Jaume no va tenir esma per aixecar la mirada, que tenia clavada a la taula.

La Martina va consultar les seves notes per repassar les preguntes i, com si engegués l'interruptor de les emocions, l'Elsa va començar a sanglotar. Tot i això, la testimoni no va esperar a ser preguntada i va disparar primer amb la parla entretallada.

—El Jaume no sabia nedar —va engegar de cop i volta com si ho portés al pap des de casa.

—Això ens ha semblat per les imatges.

—En tenen imatges? —La pregunta traspuava l'angoixa que la consumia per dins.

—D'una càmera de seguretat —va dir la Martina després de fer que sí amb el cap—. Tranquil·la, de moment no li demanarem que les vegi.

—Els ho agraeixo —va fer de cor—. Sap, al Jaume li feia vergonya no saber fer una cosa de nens. —Un sospir va ser el preludi de les lamentacions—. No sé... No sé per què va fer-ho. Érem feliços, les coses ens anaven bé. La Zoe...

Quan va posar-se el nom de la nena als llavis, els sanglots van desembocar en un plor ofegat. En endavant, mare i filla haurien de caminar per un costerut camí de soledat que no faria res més que revifar la tristesa a cada passa.

El Jaume havia deixat un bon problemot amb què ella hauria de bregar tota sola. Pujar la Zoe, fer-la una dona de profit, anar de bracet amb els interrogants i conviure amb tant dolor que podria omplir una piscina de llàgrimes. L'abraçava la sensació que, de sobte, no coneixia la persona amb qui havia compartit mitja vida i que ja no tindria respostes al fotimer de preguntes que li rondaven pel cap, la majoria de les quals es recolzaven sobre la crossa del maleït «i si».

I si hagués fet.

I si hagués parlat.

I si hagués dit.

I si hagués escoltat.

I si hagués vist.

I si, i si, i si.

L'Elsa va trigar uns minuts a recuperar la calma. Els ulls inflats i vermells i la cara desencaixada havien esborrat qualsevol rastre de la dona esnob i altiva sobre la qual havia edificat la seva façana.

Amb la plorera de la testimoni més encalmada, la Martina va treure uns documents que va deixar damunt la taula. Va fer-ho amb delicadesa, com si fossin de vidre. L'Elsa, descol·locada, va trigar uns segons a entendre que ella n'era la destinatària.

—Què és això?

—Un informe mèdic, senyora Garcia.

—Un què...?

—El seu marit tenia un càncer terminal.

Un terratrèmol va sacsejar-la per dins mentre una mà invisible li clavava una bufetada d'aquelles que et deixa marca per sempre més. «Càncer terminal» li va ressonar a dins a un volum altíssim i amb un eco infinit.

Durant uns instants, va semblar-li com si l'aire de la comissaria s'acabés. Conscient que era cosa dels nervis, va inspirar i expirar un parell de cops per mirar de recuperar la calma. Després, va empassar-se una saliva que va raspar-li la gola. Tenia el mateix regust amarg que les paraules que acabava de sentir.

—L'origen era al còlon, però hi havia metàstasis.

—No en sabia res. —El fil de veu era gairebé imperceptible.

Amb les mans tremoloses, va agafar els papers. Incapaç de mantenir-los a l'alçada de la vista, va recolzar-los sobre la taula i va encorbar-se lleugerament cap endavant. Els ulls plorosos van llegir aquella tirallonga de termes mèdics que acabaven amb «les neoplàsies diagnosticades són malignes, irreversibles i incurables, fet pel qual el tractament recomanat és el pal·liatiu». Una sentència de mort.

En la fredor d'aquelles línies, l'Elsa volia trobar-hi una explicació als actes del Jaume.

Com ens estimava.

No volia fer-nos patir.

Era tot cor, tot bondat.

Generós fins al final.

Una bona persona.

De sobte, tot cobrava sentit.

—Va acompanyar el seu marit al metge?

—No. Ja li he dit que no en sabia res, d'això.

—Li va notar algun comportament estrany darrerament?

—No.

—Algun comentari? Algun detall?

L'Elsa va bellugar el cap a esquerra i dreta.

—Va parlar amb ell del vídeo que va rebre la Zoe?

—Sí, just quan van aterrar a Venècia en vam parlar.

—Què li va dir?

—Em va demanar que no ho denunciés fins que ell arribés a Barcelona.

—Per què l'hi va demanar?

—Deia que volia estar al nostre costat.

—Però vostè va venir a comissaria, oi?

—Sí, immediatament.

—Per què?

—Algú havia enviat un vídeo d'una violació a la meva filla. Què se suposa que ha de fer una bona mare?

I davant d'una resposta com aquella no hi va haver res a rebatre.

La sergent havia interrogat una gran quantitat de mentiders al llarg dels anys, i l'Elsa semblava, clarament, no formar part d'aquest club. Cap mirada esquiva, cap senyal delator, cap resposta incoherent. Probablement, la seva vida havia sigut una gran farsa, però, això, ja tindria la resta dels seus dies per descobrir-ho i per pair-ho (que de ben segur seria el més complicat).

—Creuen que pot haver-hi relació entre la mort del Jaume i el missatge que va rebre la Zoe, sergent?

—Ho estem investigant —va dir la Martina mentre encongia les espatlles.

I què li havia de dir? Doncs això, una evasiva com una casa de pagès. De manual.

Amb sort, però, aquella mateixa tarda podria posar una mica de llum al cas. Al cap de pocs minuts estava previst que l'OFB aterrés a Barcelona procedent de Venècia. Tan bon punt ho fessin, estaven citats a comissaria per declarar en qualitat de testimonis.

# 53

La vida d'un fotoperiodista no és tan apassionant com la gent es pensa. Tot el sant dia amunt i avall cobrint rodes de premsa, presentacions i bajanades diverses que el cap de secció de torn cregui oportunes. Dins aquest darrer grup, la cap de cultura de *La Tribuna* havia tingut la brillant idea d'anar a cobrir l'arribada de l'OFB a l'aeroport del Prat. El primer violí de l'orquestra, el Jaume Muntaner, havia mort ofegat al Gran Canal de Venècia. Una tragèdia que havia fet enviudar una prestigiosa arquitecta i que deixava òrfena de pare una adolescent que de cop havia après com de puta és la vida. Com a titular susceptible de tenir clics era d'allò més potent.

Un suïcidi, es deia. Fos com fos, era el segon cadàver en pocs dies i, a cavall entre la informació i el groguisme, calia fer un seguiment de la notícia. Aquesta va ser l'ordre que va rebre el Joan Ferrer Comas, conegut com a JFK entre els col·legues de professió. Traient el fetge per la boca, el fotoperiodista va poder posar els peus a la porta d'arribades de l'aeroport de Barcelona pocs minuts abans de l'aterratge del vol procedent de Venècia. Va adonar-se que el groguisme disfressat d'informació no era patrimoni exclusiu de *La Tribuna* i que un bon grapat de mitjans volien estirar el xiclet d'aquella història. La professió el tornava a decebre perquè —digue-li romàntic, digue-li idiota—

encara creia en allò que el periodisme millorava el funcionament democràtic de la societat.

Les esperes amb els companys de professió eren un bon moment per fer-la petar: els rumors agafaven la categoria de notícia i les xafarderies saltaven d'una redacció a l'altra. Un món petit, aquest de la premsa, en el qual mantenir els secrets era tot un art.

El murmuri dels professionals dels mitjans va acabar quan van obrir-se les portes mecàniques. Va ser el tret de sortida d'una competició a cops de colze per tenir millors fotos que la competència. Ja se sap que al camp de batalla no hi ha amics i que si no mates, et maten. L'endemà, ningú volia aguantar un atac de banyes del seu director perquè la portada de la competència feia més goig.

Amb aquesta premissa i gat vell com era, el JFK va atropellar tothom que tenia al davant, ja fossin càmeres de televisió, periodistes carxofa en mà o altres fotoperiodistes com ell, per situarse a primera fila. Ja els podien bombar a tots, que la millor imatge seria seva i la publicaria *La Tribuna*.

Els membres de l'OFB van començar a sortir i una enfurismada tempesta de flaixos els va caure a sobre. El Leo encapçalava l'expedició. Rere seu, el Víctor, el Samuel, la Nàdia i la resta vestien cares de pal i la mirada fixa a terra. El cap de premsa de l'orquestra obria camí entre els periodistes repetint una consigna que als professionals dels mitjans els entrava per una orella i els sortia per l'altra.

—No parlarem. Farem un comunicat oficial. Moltes gràcies.

I d'allà no el treien, però els periodistes ni cas. Seguien insistint.

La comitiva va arribar a l'alçada del JFK, que, a primera fila, va disparar la càmera a menys d'un metre del Leo, que va quedar enlluernat pel flaix. Instintivament, va tombar el cap enrere i va tancar els ulls amb força. Una cortina de fosfens oculars, la sensació visual de percebre una mena de taques lluminoses, va centellejar en la negror. Va aturar-se en sec. Encegat. Sentia la cridòria de la terminal. Havia de caminar. Sortir d'allà. Ràpid. Però li costava Déu i ajut obrir els porticons de la cara.

El Víctor, que anava just darrere seu, va donar-li una lleugera empenta que si pogués parlar hauria dit alguna cosa com ara «no t'aturis. Fotem el camp d'aquí». El Leo va optar per continuar caminant amb els ulls mig aclucats mentre els punts de llum li plovien per tot arreu.

A poc a poc, la pressió sobre la retina va anar disminuint i, en conseqüència, els fotoreceptors es van diluir de mica en mica.

La pressió dels mitjans —com les hienes: cacen en grup, després d'aïllar la presa i perseguir-la entre tots per finalment disputar-se el trofeu— va durar fins a l'aparcament, on els integrants de l'OFB van pujar a l'autocar, que va guillar ràpid d'allà.

Fora de l'aeroport i per l'autovia de Castelldefels, el silenci de les primeres files va encomanar-se a tots els seients. El Víctor, el Leo i el Samuel no van dirigir-se ni la paraula ni van mantenir cap contacte visual. No calia. Tothom sabia quina era la versió oficial a declarar. I pobre del que se'n desviés un sol mil·límetre.

Ja dins de la ciutat de Barcelona, l'autocar va enfilar la Gran Via i carrer d'Entença amunt fins a la travessera de les Corts, on va aturar-se just davant de la comissaria dels Mossos d'Esquadra. Allà, van baixar els membres citats a declarar: el Víctor, el Leo, el Samuel, el Marc, la Nàdia i fins a nou músics més. Tots ells van trobar-se amb l'Aurora, que els esperava a l'exterior de les dependències policials.

Van entrar-hi en comitiva i, l'un rere l'altre, van identificar-se. Seguidament, van passar per un arc de seguretat, al final del qual els esperava la Martina amb un posat de condescendència.

—Benvinguts. Ara els faran passar a la sala d'espera. Un consell: prenguin-s'ho amb calma. En tenim per a una estona.

# 54

Entrar a declarar a una comissaria infon respecte, i qui ho negui menteix de mala manera. Allà dins, qualsevol amb dos dits de front sap que deixa de portar les regnes i que el control passa a mans d'un ens superior, que, si t'enxampa, de ben segur que et tocarà el rebre.

Tots els membres de l'OFB citats n'eren plenament conscients. Fins i tot el Víctor, que, per molt que visqués en el seu món de milionari, sabia prou bé que el llast que carregaven d'un temps ençà era massa pesant. Com que no estaven detinguts, els tretze citats no declararien al soterrani on hi havia la zona de les garjoles sinó en una dependència de la planta zero. Mentrestant, esperarien en una sala contigua i austera, a joc amb el mobiliari de l'edifici.

Cadires blau marí.

Parets blanques.

Llum fluorescent.

Aire fred.

Ambient tens. Hi fumejava tan mala maror que algú, fins i tot, podria qualificar-lo d'irrespirable. Però això ja eren percepcions.

L'espera estava dominada per un silenci dens que ningú s'atrevia a trencar per no desencadenar la ira del Víctor. Qualsevol sospir, esternut o espetec dels llavis s'amplificava, i el risc que la fúria del mestre esclatés augmentava. Així que millor no llançar la moneda a l'aire i a passar els nervis com es pogués.

Mentrestant, un pis més amunt, al menjador de la comissaria, la Martina, el Fede i l'Aran acabaven de dinar sense pressa. En plena hora punta, treballadors i agents omplien el menjador, on hi havia un murmuri format per diferents converses a la vegada.

—Fins quan els tindràs allà?

—Que passin gana, Fede. Així estaran més nerviosos.

—Per qui anem?

—Pel Víctor Alemany, el Samuel Ros, l'Aurora Molina i el Leo Duart. Són els que la Blanca Alzamora, la soprano de Londres, va assenyalar com a nucli dur.

—I per què has citat onze persones més?

—Per retardar la declaració dels peixos grossos. Vull mirar si unes horetes a comissaria els fan perdre una mica la paciència i xerren més del compte.

A mig glop de cafè, el mòbil del Fede va emetre una alerta acústica. Va desbloquejar-lo i, en veure què li havien enviat, el rostre li va canviar radicalment.

—Hòstia, sergent, acabo de rebre l'informe de la Unitat de Salut Pública sobre la relació de l'OFB amb el narcotràfic.

El caporal va emmudir, esperant la reacció de la Martina, que va quedar-se mirant un punt fix de la taula. Posava en una balança imaginària els pros i els contres de cada una de les opcions que tenia. El Fede tenia més capacitat lectora i de síntesi. L'Aran, en canvi, tenia molta més agilitat mental per connectar assumptes en un interrogatori.

—Fede, acaba aquesta merda d'un glop, et tanques en un despatx i t'empasses l'informe de dalt a baix.

—I els interrogatoris?

—Els farem l'Aran i jo. Els portem ben preparats, aniran bé.

A veure si, quan l'acabis, els músics encara són aquí i tenim alguna cosa més per pressionar.

—És llarguíssim, sergent. No sé si...

—Tu prova-ho. L'Aran i jo anem cap a baix. —La sergent va aixecar-se de la taula—. Vinga, som-hi. Anem a per aquesta colla de...

Qualsevol insult hauria pogut completar la frase de la Martina, però va quedar flotant a l'aire perquè els caporals triessin per a si mateixos el que creien més adient.

Al cap de tres hores de començar les declaracions, l'Aran i la Martina ja havien parlat amb els nou primers testimonis, que, tal com esperaven, no van dir gaire cosa de profit. Malgrat això, l'objectiu de desgastar els testimonis clau estava fent efecte; l'agent encarregat de les custòdies havia informat l'Aran sobre les queixes reiterades tant del Víctor Alemany com de l'Aurora Molina.

L'avió de l'OFB procedent de Venècia havia aterrat a quarts d'una. Entre una cosa i l'altra, els músics van presentar-se a declarar a les dues tocades. Tres hores després, tot just començaven els interrogatoris que els investigadors consideraven clau. Els nervis poden ser d'allò més traïdors en una espera llarga i, amb aquest objectiu, va tramar-se tot plegat. Un got d'aigua, dos torns per anar al lavabo, palades d'indiferència i para de comptar. Com més contra les cordes, millor.

Amb el pas de les hores, el Samuel, el Víctor, el Leo i l'Aurora sentien pesantor a les extremitats i el cap lleugerament ennuvolat. El viatge, el concert, la mort del Jaume, els nervis, l'aixecament del cadàver, la tornada, l'aglomeració de mitjans de comunicació a l'aeroport. Massa coses. Havien estat dos dies difícils i tres hores en una sala d'una comissaria esperant que la ruleta tragués el seu número per declarar no ajudava. Ja només en quedaven quatre. No calia ser cap geni per endevinar que els havien deixat per al final i això els assenyalava amb el dit. Caldria cenyir-se estrictament al guió. Tot el que fos sortir-se'n comportaria problemes.

L'un rere l'altre van anar passant. L'informe que va redactar l'Aran incloïa les diferents declaracions:

Samuel Ros (músic de l'OFB):

—No sé què dir. El meu amic ha mort.

—És veritat. No sabia nedar.

—Impossible. Si hagués tingut càncer, jo ho hauria sabut.

—La Clara Guevara? Pràcticament no hi teníem relació. Sí, és clar que em vaig assabentar de la seva mort. Em va saber molt greu.

Leo Duart (cap de comunicació de l'OFB):

—Vaig pujar a la meva habitació a dormir. Estava molt cansat i encara havia de treballar. Va caure a l'aigua?

—Càncer? De debò?

—No, no ho sabia.

—Certament és una desgràcia, sergent. La mala sort s'ha acarnissat amb nosaltres.

—Que si realment crec que és mala sort? Naturalment. Què, si no?

Aurora Molina (gerent de l'OFB):

—Càncer? No, no ho sabia.

—Un suïcidi... Potser no volia afrontar el patiment.

—La Clara Guevara? Un dia ens va enviar un burofax en què deia que cessava la seva activitat com a cantant.

—Mai no hem retingut ningú en contra de la seva voluntat.

—Que extreballadores de l'orquestra denuncien abusos sexuals? Miri, sergent, parlaré com a gerent de l'OFB, però, sobretot, parlaré com a dona: si mai m'assabento d'un fet així, poso de cap per avall l'orquestra fins a descobrir-ne el responsable, fer-lo fora i posar-lo en mans de la justícia. Puc assegurar-li que tenim tolerància zero amb aquest tipus de conductes. Zero. Queda clar?

Víctor Alemany (director de l'OFB):

—El Jaume es va suïcidar? Em sembla increïble.

—No. No sabia que tenia càncer.

—Terminal? Ostres, no.

—No havia vist mai aquesta foto. Van enviar-la a casa del Toni Guasch, diu?

—Sí, les reconec. Són la mare i la filla del Toni.

—És clar que puc llegir-ho. Hi posa «Compleix, Toni».

—Que amb qui havia de complir el Toni, em pregunta? No en tinc ni puta idea.

—Sí, és clar que em sembla estrany que hagin mort dues persones de l'orquestra en poc temps. Per qui m'ha pres?

—Hem tingut dos morts, no tres. Quan la Clara Guevara va morir, ja no formava part de l'OFB.

—No sé per què va deixar l'orquestra. No ens en va dir res. Només que se'n volia anar.

—No. No vaig preguntar res. Si algú no vol estar en una de les millors orquestres del món, el millor és que se'n vagi.

—Extreballadores de l'orquestra que denuncien abusos sexuals, diu? Han denunciat i jo no me n'he assabentat? Aquesta afirmació és molt greu, sergent. Té proves que la sustentin? Perquè no les trobarà.

—Si no té més mentides per explicar, amb el seu permís, me'n vaig. No tinc per què aguantar això.

—Miri, sergent, si despenjo el telèfon puc ensorrar-li la carrera en un tres i no res. Puc trucar al president del govern o directament al rei. No em difami mai més o els seus dies dins el cos dels Mossos estan comptats. M'ha entès bé?

I fins aquí.

El Víctor Alemany va ser el darrer a declarar. Va marxar fent gala del seu tarannà: sense acomiadar-se, tancant la porta de cop i deixant agror surant en l'ambient.

La Martina va rebufar un aire ple de frustració. Tanta guerra psicològica i només n'havia tret evasives, mentides i fatxenderia. Va fregar-se el cap amb força. La manicura de colors va pentinar-li una closca que no parava de donar voltes sense arribar a cap certesa a banda del fet que aquella tarda no havien avançat ni una sola passa.

L'Aran se la mirava sense saber ben bé què dir. Algunes vegades és millor callar perquè la probabilitat de ficar la pota és elevada.

—Aquests fills de puta se n'estan sortint.

—Deixem-ho estar per avui, sergent.

I què li havia de dir? Doncs el que li va semblar més assenyat en aquell moment. Cap fred, demà serà un altre dia.

—Tenen un relat sòlid i no se'n desvien ni un mil·límetre, els cabrons. Així no els enxamparem mai.

—No tan ràpid. —El Fede va aparèixer per la porta i va alçar un dossier gruixudíssim—. He acabat l'informe de la Unitat de Salut Pública. Vols saber què hi diu?

# 55

La Martina va obrir la finestra de la sala de declaracions amb l'esperança que l'aire fresc de la nit esvaís, ni que fos una mica, el mal sabor de boca que surava a l'atmosfera després de la declaració del Víctor Alemany. Havia sigut tensa, feixuga, desagradable. D'aquelles que treuen el pitjor d'una mateixa i que obliguen a comptar fins a deu per no fer res de què et puguis penedir. Però, per sort, eren ja molts anys de bregar amb el pitjor de cada casa i la pell de la sergent havia mutat en una escorça dura com el granit.

El Fede, tot això que s'havia estalviat, no havia estat present en les declaracions dels membres de l'OFB, per ordre de la Martina. Tancat a pany i forrellat, havia estat examinant l'informe enviat per la Unitat de Salut Pública sobre les connexions entre la Filharmònica de Barcelona i el narcotràfic. L'equip de la sergent els en va facilitar informació després de les troballes arran de la mort del Toni Guasch a l'Elbphilharmonie i, a partir d'allà, la USP va estirar d'un fil embolicat en una troca farcida d'arestes punxegudes. Ara era el moment d'exposar les troballes a la Martina i l'Aran.

Aquella acabaria sent una nova jornada interminable i ja en sumaven unes quantes. El rellotge avançava perillosament cap a la mitjanit i amenaçava d'afligir un greu cansament als investigadors, però el cafè —segons qui de màquina, segons qui de cafetera— seria el fidel aliat de sempre que allargaria la capacitat de concentració encara una estona més. Pagaria la pena. Després d'haver llegit la documentació, el Fede n'estava convençut.

El caporal va explicar-ho a la Martina i a l'Aran amb tots els ets i uts.

—La cocaïna entra a Espanya per la Costa da Morte. El Laureano Mosquera, l'O Pai, pacta amb els colombians el lliurament des del seu amagatall. Un cop a Europa, l'O Pai té diverses maneres de blanquejar els diners. La que ens afecta: Barcelona. T&M Grup és la base d'operacions amb tres potes: l'organització de concerts, l'agència de viatges i Lírica Events. Totes pivoten sobre l'OFB i estan controlades per l'Aurora Molina. La primera pota de l'entramat és World Music Travel. Té com a únic objectiu muntar els viatges de l'OFB. L'any passat va declarar unes despeses de cinc milions. Sorprenen conceptes com trasllats de pianos, afinació o control d'humitat. Aquests serveis sempre van inclosos en la contractació de l'orquestra. Entren en el que s'anomena el *rider* tècnic. Per tant, són despeses que s'imputen, però que no tenen.

—No sabia que eres tècnic de so, ara...

—No en soc pas, Aran. Vaig fer una visita al Daniel Mañaricúa al Palau de la Música.

—Vaja, que s'inventen factures. Quant puja la broma?

—Blanquegen un milió i mig, sergent. I això només amb World Music Travel.

—I què tens de Lírica Events?

—Lírica Events —va prosseguir el Fede— neteja els diners mitjançant tres vies: organitzen viatges per acompanyar l'OFB per tot el món, el VIP Experience, en diuen. Que, per cert, surt per un ull de la cara. Segons la seva comptabilitat declarada: deu mil euros per concert; a tota la gira, quatre-cents seixanta mil. La segona via és a través del marxandatge que venen als concerts: més de dos-cents setanta-cinc mil euros en quaranta-sis actuacions. Sis mil euros per concert. Sincerament, no sé si és molt o poc.

—Tu no has anat a un concert de música clàssica en ta vida, oi, Fede? —La cornada de l'Aran venia en to sorneguer.

—Es nota gaire?

—D'una hora lluny, nen. Això és una bola de les grosses.

—I la tercera pota? —va preguntar la Martina.

—Compren entrades dels concerts que ells mateixos organitzen per després tornar-les a vendre a través de portals de tiquetatge com Viagogo o Stubhub. La suma total se'n va a un milió dos-cent mil euros. Els diners, un cop nets, entren en un entramat d'empreses pantalla i se'n perd el rastre.

—I amb això no els podríem detenir ja, Fede?

—La Unitat de Salut Pública no els ha enxampat amb cap descàrrega. Per a ells, això seria l'estocada final. Confisquen mercaderia, detenen el proveïdor...

—Allò de deixar-los fer i que fiquin la pota fins al fons.

—Exactament, Aran.

El Fede va finalitzar l'explicació fent un glop de cafè. La Martina va quedar-se mirant, pensativa, la foscor encalmada que entrava per la finestra. Després d'uns segons, va reviure.

—Ben jugada la carta del Víctor Alemany. És difícil que algú pensi que, en realitat, és una tapadora. Fede, coordineu-vos amb la Unitat de Salut Pública per presentar aquesta documentació al jutge i sol·licitar una ordre perquè la Comissaria General de les Tecnologies de la Informació i la Comunicació punxi els telèfons de l'Aurora Molina, el Leo Duart, l'Arnaldo Quiroga i el Víctor Alemany.

—Sí, sergent.

—I el Samuel Ros, el Marc Pombo i la Nàdia Abad?

—Són uns palanganes, Aran... A veure com ho veuen els de Salut Pública, però de moment crec que no cal. Si ells ho creuen necessari, doncs endavant.

—Els narcos es gasten fortunes en especialistes en telecomunicacions que preparen telèfons encriptats ocults darrere d'àlies. No els enxamparem mai per aquí, sergent —va aventurar l'Aran.

—El Quiroga és un gat vell que ha treballat per a pesos pesants del narcotràfic. No l'enxamparem així, com tu dius. Però l'Aurora Molina i el Víctor Alemany són gent de la música i estan nerviosos després de les morts del Guasch i el Muntaner. Alguna cosa se'ls escaparà pels canals habituals de comunicació. N'estic segura.

—Vols agafar-los en una descàrrega?

—Això afecta la Unitat de Salut Pública, Aran. No és aquest, l'objectiu.

—I per què punxar-los el mòbil?

—No hem resolt la nostra part del cas i crec que, arribats a aquest punt, triangular-los els mòbils ens pot ajudar. Tant a la Unitat de Salut Pública com a nosaltres. En el que ens pertoca, tenim una pila de coses a l'aire. Qui va penjar el Toni Guasch al Palau de la Música? I la seva mort a Hamburg amb totes les sospites de la policia alemanya? I el vídeo rebut per la Zoe Muntaner? I la mort de la Clara Guevara? És evident que tot està connectat. Però qui i què hi ha darrere de tots aquests fets?

—Clans rivals?

—I els de Salut Pública no en sabien res? Cap informació de cap confident? No m'ho empasso, Fede.

Els tres investigadors van emmudir durant uns instants, submergits en els seus pensaments. La Martina va tornar a passejar la vista finestra enllà. Al cel hi havia estesos un aplec d'estels que anunciaven una nit plàcida.

—Si trobéssim l'home que va amenaçar la Clara Guevara... Aran, has pogut saber on van acabar totes les seves pertinences?

—Es van enviar a Buenos Aires. Aquesta és l'adreça. —L'Aran

va encarar el portàtil cap a la Martina amb Google Maps a tota la pantalla.

—Aquesta noia no tenia família aquí, esbrina qui va fer els tràmits.

—D'acord, sergent.

—I, Fede, demana al Salazar que cursi una ordre internacional per escorcollar les pertinences de la Clara Guevara i, també, parla amb la Interpol per a l'enllaç amb la policia federal argentina. Me'n vaig a Buenos Aires.

# 56

Diuen que el tango és un dels balls més difícils del món. És necessari impregnar-se d'una certa atmosfera de malenconia, tenir un bon sentit del ritme, molta elasticitat i una tècnica depurada a abraçar la parella, perquè és la manera de comunicar-s'hi.

En algun indret del barri de La Boca, a Buenos Aires, la Martina va quedar-se badant, cor-robada, amb un parell de porteys que dansaven com si levitessin sobre el paviment. Un art, allò de ballar el tango, que seguia tradicions difícils de trencar: l'home dirigia i marcava el ritme i la dona el seguia aportant bellesa i sensualitat. La Martina va imaginar-se ballant així amb la Irene i no va poder evitar dibuixar un somriure mentre pensava quina de totes dues trepitjaria més l'altra.

Deixats enrere els *tangueros*, va endinsar-se encara més per La Boca fins al Caminito —un museu a l'aire lliure en forma de passatge—, entre bohemis, pintors, escultors i amb *milongas* de fons com a banda sonora. Una mena de Montmartre al cul del món.

La Martina va entretenir-se una altra estona amb un artista de carrer que dibuixava un turista amb carbonet. Tenia exposats els retrats de Carlos Gardel, Evita Perón, el papa Francesc, Diego Armando Maradona i Lionel Messi. Patriotisme, música, religió i futbol convertit en religió. Un resum senzill d'una nació complexa, que, tot i encadenar una crisi rere l'altra, no perdia ni un bri d'orgull patriòtic.

La sergent va endinsar-se pel carrer dels Conventillos; habitatges amb parets de xapa pintades d'infinitat de colors amb combinacions estridents. Aquestes antigues cases d'immigrants espanyols i italians eren en l'actualitat un dels deu punts més fotografiats del món —o allò deien els autòctons per vendre el producte, que d'això en sabien un pou—. El lloc era bonic, però la Martina va pensar que a les postals quedava millor. Maleïts programes de retoc d'imatges, ja no sabies què era veritat i què no.

Deixada enrere la part més pintoresca, la Martina va seguir per un camí mal asfaltat fins a entrar en el que semblava una *villa*: un conjunt d'habitatges informals producte d'ocupacions de terra urbana vacant que proliferaven per la ciutat. Contrastava enormement amb el monumental centre de Buenos Aires.

No va costar-li gaire trobar l'adreça indicada per l'Aran. Era un edifici de dos pisos i de totxana vista, dels més alts de la zona. La Martina va comprovar-ho diverses vegades al mòbil i, en efecte, era el lloc que buscava.

L'enllaç de la Policia Federal Argentina, un tal Ignacio Miguel Bermejo, feia tard. A la Martina no li havia agradat mai haver d'esperar ni treballar amb desconeguts. Ben de gust hauria anat a Buenos Aires sense demanar res a la Interpol, però qualsevol prova que aconseguís no seria vàlida en un judici. La conseqüent cara d'idiota i el descrèdit professional serien majúsculs. Així que millor fer les coses com tocava.

Després de trenta minuts d'espera, la sergent en començava a estar fins al capdamunt, del Bermejo. Va mirar el mòbil i va veure que no tenia ni un trist missatge.

Aleshores va veure un veí que sortia del portal i, abans que la porta es tanqués, va aconseguir posar-hi el peu i va colar-s'hi. Ja li donaria les explicacions pertinents al policia federal quan es dignés a ser puntual.

Ja a dins, va pujar per unes escales fins a arribar al replà del segon pis. Rajoles rústiques, paret estucada, llum de fluorescent pampalluguejant. Una oda a la modernitat, precisament, no era.

L'edifici devia ser més vell que la sergent, sense ascensor i amb un celobert on predominava una olor de fregit que la Martina s'emportaria impregnada a la roba com a record de la visita. La porta del pis era de fusta laminada; devia estar de moda en temps de la dictadura militar, igual que les grenyes i les patilles de Carpanta. Va esbufegar i va trucar al timbre. Aviat sabria si creuar l'Atlàntic havia servit per a alguna cosa. Unes passes fermes i sorolloses van acostar-se des de l'altra banda. Una dona que devia rondar la trentena, xuclada i tota ella desarreglada, va obrir la porta. Sostenia en braços un nadó que no arribava als sis mesos. Tot just obrir, la dona va dir-ne de tots colors, com si ja sabés qui havia trucat.

—*¡Puto conchudo! ¡Hijo de remil putas!* T'he dit un milió de vegades que no truquis...

La dona va adonar-se de seguida que no era el «puto conchudo» ni l'«hijo de remil putas» que ella es temia. Va quedar-se mirant la Martina un breu instant abans de reaccionar.

—Perdó... Em pensava que era una altra persona. Disculpi.

—No pateixi. Vinc a veure l'Eva Ayala.

La dona —una pelleringa amb els pòmuls ensorrats i el nas perfilat— va alterar l'expressió, que va esdevenir temorosa alhora que desconfiada.

—De part de qui?

—Em dic Martina. Era amiga de la seva filla Clara.

—La Clara és morta.

—Ho sé. He dit «era» amiga.

—*Este*... No hi és. No hi és. La senyora Eva no és a casa.

—Sap quan la puc trobar?

—El cas... és que no viu aquí.

—I sap on viu?

—No.

—I vostè qui és?

—*¿Y a vos qué carajo le importa?*

La Martina va treure la placa i la dona va quedar-se de pasta de moniato.

—Em diràs la veritat, ara?

—Aquesta placa no serveix aquí, *gallega*.

—Estic esperant el meu enllaç de la Policia Federal Argentina. És força senzill de comprovar. —La Martina va treure's el mòbil de la butxaca, va marcar i va posar-se'l a l'orella.

—*Pará, pará...* Em dic Dalma Gusmán.

# 57

A la Dalma Gusmán va gelar-se-li la sang. Aquella *gallega* podia convertir en realitat les pors que l'assetjaven quan cada nit aclucava els ulls. Eren pors legítimes, racionals, palpables. Aquesta emoció, la por, és complexa i no aflora per una única causa, encara que en el cas de la Dalma Gusmán hi havia un factor determinant, que era l'ansietat. Ella sempre buscava avançar-se als fets i imaginar totes les situacions possibles en què, naturalment, l'escenari més catastròfic alimentava els seus monstres, que ensenyaven les urpes. Cadascú manega la por com sap i pot.

La Dalma Gusmán va empassar-se una saliva carregada de nervis mentre una gota de suor li lliscava per l'esquena.

—On és l'Eva Ayala?

—En un centre sanitari. Internada.

—Per què? Què té?

—Alzheimer.

—I la família?

—El seu marit i la seva germana van morir fa temps i la seva filla... Bé, ja ho sap.

En el to de la Dalma Gusmán no hi havia ni rastre del desafiament de feia tan sols uns instants, quan havia obert la porta. Tenia la mirada nerviosa i la veu apagada. Amb les cartes boca amunt, havia esdevingut dòcil com un gosset falder que espera una galeta. Quan queda clar qui té la paella pel mànec les coses sempre es clarifiquen i posen tothom al seu lloc.

—De què coneix l'Eva Ayala?

—Feia un parell d'anys que li netejava el pis. Va empitjorar molt de la malaltia, i quan van internar-la, vaig deixar de cobrar i...

—Quant fa que viu il·legalment aquí? Perquè hi està d'il·legal.

—Uns quants mesos. Jo tenia un altre *laburo*, però quan els caps es van assabentar que estava embarassada em van acomiadar.

—No té feina?

—De tant en tant em surt algun pis per netejar, però res fix.

Quina vida, aquella. Amb l'orgull a l'alçada del betum i els pantalons al garró, la Dalma Gusmán pidolava netejar la merda dels altres per quatre xavos que l'ajudessin a sobreviure. El treball dignifica les persones, deia aquell. I què més.

Empatitzava amb aquella dona. És clar que ho feia. No era de pedra. Però una cosa era empatitzar i una altra, ben diferent, cedir.

—Les pertinences de la Clara van arribar aquí?

—Sí.

—Les vull veure. —La Martina va fer el gest d'entrar al pis.

—No parlarà amb la policia argentina, oi?

—Tu ensenya'm les pertinences de la Clara. —Millor haver tirat pel dret i no haver esperat l'agent de la Policia Federal Argentina. Tot seria més senzill.

La Dalma va gesticular amb la mà, cosa que la sergent va interpretar com a permís per entrar. Sense dir res més, la inquilina va caminar per la casa. La Martina, rere seu, seguia aquell sac d'ossos que carregava el nadó, que clapava com un angelet aliè als problemes de sa mare.

Al pis hi sobrevolava una fortor barreja de floridura, de resclosit i de tabac. Tot i això, la casa no estava pas desendreçada.

Un llitet de bebè atrotinat al menjador era l'única nota discordant.

Al final del passadís, la Dalma va aturar-se davant d'una habitació.

—És aquí. —Va assenyalar amb la barbeta.

La Martina va prémer un interruptor i una bombeta que penjava d'un fil al mig del sostre va il·luminar-se i va donar un aire groguenc a l'estança. L'habitació era un cop de puny presidit per un llit amb un capçal de fusta i un armari a joc. La pudor de resclosit, allà dins, superava la de la resta del pis. Tombava tant que la Martina va sentir angúnies remoure's per dins seu. Va imaginar els àcars pregant perquè algú obrís la finestra per ventilar i tenir aire fresc. Va escoltar aquelles oracions fictícies i va fer el gest d'apujar la persiana, però de seguida va comprendre el pa que s'hi donava, en aquella casa.

—Per favor, no. Per favor.

La Dalma va suplicar-ho més que demanar-ho. No respirava aquell aire per gust, sinó perquè no es podia permetre que ningú la veiés allà i la denunciés. En un país amb el quaranta per cent de pobresa, no vulguis trobar-te vivint al carrer amb un nadó de sis mesos. Així que tot tancat i barrat. La sergent va preguntar-se quin sentit tenia intentar passar desapercebuda amb una criatura de mesos que devia plorar a mitjanit cada dos per tres. Aquella, però, no era la seva preocupació.

Fos com fos, la Dalma va assenyalar un armari i la Martina no va trigar a obrir-lo. Hi havia diverses capses de cartró embotides: si en treia una, la resta corrien perill de caure. L'armari estava tan desendreçat que feia mal a la vista. Amb cura per evitar que el castell de capses fes llenya, la sergent va treure-les, amb compte, una a una i va posar-les una al costat de l'altra sobre el llit.

Mentrestant, la Dalma bressolava el nadó sota la llinda de la porta sense atrevir-se a dir res. La sergent remenava roba, documents, llibres, fotografies i un munt d'objectes més que s'apilaven a les capses sense cap ordre ni criteri.

—Tot va arribar així?

—Més o menys.

—Hi falta alguna cosa?

—No.

La mirada de la Martina, fixa i sense pestanyejar, ho deia tot.

—Ho juro.

La Martina va remenar en una de les capses. Sota unes partitures va veure un ordinador portàtil. Era platejat, de marca no t'hi fixis, amb un adhesiu de la bandera argentina. Va agafar-lo i va prémer el botó per engegar-lo.

—És l'ordinador de la Clara?

Un lleuger moviment amb el cap és tot el que la Dalma va fer per dir que sí.

La sergent va seure al llit amb l'ordinador sobre la falda i, després d'uns segons, patapam, la pantalla d'inici va engegar-se amb una foto de la Clara Guevara radiant sobre l'escenari del que semblava un gran teatre. Més endavant, la Martina sabria que era el teatre Colón de Buenos Aires.

—Quan va arribar aquí, tot això?

—Quan feia poc temps que havia mort la Clara.

—Quant temps?

—No sabria dir-l'hi.

—Des de Barcelona?

—Sí.

—Això és tot?

La Dalma va assentir. La Martina va mirar-se la pantalla, que esperava la contrasenya, amb la foto del teatre Colón de fons. Desbloquejar-lo seria tasca dels informàtics.

Dreta davant del llit, la sergent va pentinar amb la mirada tot el que havia triat per emportar-se: documentació, un raspall amb cabells i l'ordinador, que sens dubte era trofeu de caça major.

Després, va entaforar-ho tot dins d'una motxilla i va marxar del pis sense dir ni ase ni bèstia. La Dalma va pregar perquè la *gallega* li guardés el secret.

Mentre la Martina anava escales avall, va sonar-li el telèfon.

—Martina Roca.

—Sergent Roca, soc el caporal Ignacio Miguel Bermejo. Disculpi la demora.

—Tranquil, home, només ha sigut una horeta de no res.

—Ja soc en el punt de trobada, però no la veig.

—Arribo d'aquí a uns segons.

Efectivament, uns segons més tard la Martina va sortir del portal amb la motxilla a l'esquena, i allà hi havia el caporal.

—Soc la sergent Martina Roca.

—Ignacio Miguel Bermejo, *mucho gusto*, sergent. Pugem?

—No, no caldrà, caporal.

—Com que no?

—Surto de casa de l'Eva Ayala. Vostè es demorava i he hagut d'intervenir. Espero que no li sàpiga greu.

No sabia ben bé què rediantre dir-li. Que no suportava la manca de puntualitat? Que volia fer-ho tota sola? Així que va optar per aquella resposta i fer cara de qui no ha trencat un plat en sa vida.

—No foti, sergent... Em busca un problema.

—I ara, caporal. No pateixi. De debò. Miri —la sergent va obrir la motxilla—, m'he emportat una mica de documentació i un ordinador. L'hi detallaré tot a l'informe.

—*Joder con la gallega*... D'acord...

# 58

Un rètol, tan rovellat com els residents, anunciava l'entrada del Centro Sociosanitario Nueve de Julio. La Martina va passar-lo de llarg per entrar en un jardí farcit de males herbes i on s'estenia una catifa de fulles seques que li cruixien sota els peus amb cada passa.

El centre —un casalot deixat de la mà de Déu— tenia les parets que semblaven leproses de tan escorxada que estava la pintura.

La Martina va obrir la porta d'entrada, que carrisquejava pidolant gotes d'oli lubricant. Ja a dins, no va trigar a adonar-se que allà feia anys que el temps s'havia aturat. Sense a penes llum, la pesantor de l'ambient feia l'efecte que se li hagués d'enfilar a collibè en qualsevol moment.

Va mostrar la placa al taulell de la recepció i una dona d'expressió esquerpa i malfiada va assenyalar un passadís mal il·luminat.

La Martina va endinsar-s'hi. En el trajecte, de tot just una vintena de metres, va veure residents amb palanganes per vomitar, cànules nasals, bosses d'orina i un fotimer de material mèdic més. Una dona, asseguda en una cadira, va seguir-la amb una mirada on es reflectia la impotència de quan tot ja t'importa un rave. La Martina va dedicar-li un lleu somriure, però la vella no va fer ni l'esforç de correspondre'l. Total, per a què?

El paisatge anava acompanyat d'una banda sonora repetitiva.

—Infermera! Els bolquers! Infermera! Els bolquers!

El crit, ofegat i carregat d'angoixa, provenia d'una de les habitacions del passadís. La sergent va veure de cua d'ull un home de cabells engarbuixats mig incorporat en un llit. Els seus ulls enterbolits van xocar amb els de la sergent i es va posar encara més nerviós.

—Infermera! Infermera! —va bramar mentre estirava el braç.

La Martina va deixar enrere les súpliques de l'ancià i va seguir passadís endavant. Just a continuació, va creuar-se amb una infermera que empenyia una cadira de rodes amb un home de mirada perduda, amb el coll arquejat i la boca entreoberta, amb un fil de baves penjant.

Quin panorama, aquell. Ja és ben trist que, en la etapa final de la vida, el més important sigui adonar-se que t'ho fas tot a sobre. El més fumut era que molta d'aquella gent no podien ni aspirar a aquell mínim de dignitat.

Arribada al final del passadís, la Martina va desembocar en una sala amb terra de mosaic i finestrals amb el marc de fusta, on diversos malalts s'entretenien amb jocs de taula propis de la quitxalla. Va acostar-se a un infermer.

—Sap qui és l'Eva Ayala?

L'home va assenyalar amb l'índex al fons de la sala, on hi havia una dona en una cadira de rodes. Portava una rebeca beix i una manta de llana sobre la falda. Unes arrugues que li ratllaven la cara de dalt a baix eren el testimoni dels anys viscuts. Damunt seu, sobre un prestatge, un televisor atrotinat amb el volum a tot drap acaparava l'atenció de tres avis. L'Eva Ayala, absorta, no en feia ni cas. La Martina va acostar-se-li, va ajupir-se per posar-se a la seva alçada i va agafar-li la mà.

—Hola, Eva —va dir amb veu càlida.

Però la dona, absent, ni tan sols va tombar el cap. El silenci anava acompanyat d'una mirada perduda en algun punt de l'horitzó.

—Eva, que em sent?

—Deixi-ho estar. No parlarà.

Aquella veu, agudíssima, provenia del clatell de la sergent. En girar-se, va trobar-se un seixantí de cabellera blanca a joc amb la bata que vestia.

—Em dic Martina Roca. —Va mostrar-li la placa—. Vinc de Barcelona, soc sergent de la policia catalana. Investigo la mort de la filla de la senyora Ayala.

—Doctor Santiago Vilar Seoane.

El metge tenia una encaixada ferma i mirava als ulls. Tot seguit va convidar la sergent a seure en el punt més allunyat de la sala per poder parlar amb tranquil·litat. Apartats del volum ensordidor del televisor.

—Què té? —La Martina volia corroborar la versió de la Dalma Gusmán.

—Alzheimer.

—Quant temps fa que és aquí?

—No arriba als dos anys. El seu metge de capçalera va recomanar-ne l'ingrés. Al principi va costar-li acceptar-ho. N'era molt reticent. No volia dir res a la seva filla...

—Clara.

—Això, Clara. Ens va explicar que tenia una gran carrera artística per endavant i no volia que per culpa seva se n'anés en orris.

—La Clara va arribar a saber que la seva mare tenia Alzheimer?

—Fins on jo sé, no l'hi va dir mai. De fet, crec que no va ni dir-li que l'havien ingressat. «Deixeu, deixeu... La *pibita* és feliç amb el cant, *no le voy a joder la vida*», deia. Quan la Clara li trucava encara es defensava prou bé. Però farà un any i mig, va començar un deteriorament molt greu.

—Per què?

—Cada pacient és un món. —El metge va encongir les espatlles—. En general, el deteriorament és pel fet que les cèl·lules cerebrals es divideixen. Quan els potenciadors reactiven la divisió cel·lular, és increïblement perjudicial.

—Quan va començar aquest deteriorament?

—Quan va saber que la seva filla havia mort.

—Hi ha alguna esperança de millora?

—Cap ni una. Ha perdut la parla i necessita assistència per a tot. Fins i tot per menjar i empassar.

—Recorda que la seva filla ha mort?

—Té un defecte greu en el coneixement de la vida. No recorda ni que tenia una filla.

La Martina va quedar-se mirant l'Eva Ayala, que seguia aïllada en el seu món interior. Aliena al doctor Santiago Vilar Seoane, a la sergent, al volum del televisor i als crits provinents del passadís. I així seria fins al moment de la seva mort, en què ningú la ploraria.

La Martina havia creuat el món i es quedaria sense poder arrencar-li ni una paraula; l'Eva moriria sense poder explicar tot el que sabia. Els seus pensaments, records i existència vital estaven segrestats per la crueltat de l'Alzheimer.

Hores després de deixar l'Eva Ayala, un avió s'enlairava des de l'aeroport internacional Ezeiza de Buenos Aires amb destí final a Barcelona —passant primer per Madrid, naturalment.

La Martina es passaria el vol repassant cada detall del cas. Si els informàtics aconseguien ressuscitar-lo, l'ordinador de la Clara podia esdevenir clau per al desenllaç. Allò era tant com agafar-se a un clau roent, però quan la desesperació assetja, un clau roent pot arribar a semblar el braç d'un seient de vellut encoixinat.

Tot penjava d'un fil.

# 59

Entaforada al cau, hi treballava bé. Tant li feia que fos un soterrani fosc i humit. S'hi estava en calma, concentrada. Carai, tampoc demanava pas tant; simplement poder pencar amb tranquil·litat. Però en aquell ofici la tranquil·litat era un luxe efímer. Tenia la sort de saber-ho i, precisament per això, no va sorprendre's quan el Nokia, el seu mòbil clandestí, va vibrar sobre la taula. En veure qui li trucava, la cara va tensar-se-li encara més del que en ella ja era habitual. Passi-ho bé a la tranquil·litat. El cor va començar a bategar-li accelerat i un esglai va recordar-li que tenia l'ànima i el cul llogats al diable que li trucava. No podia triar. Respondre sempre era d'obligat compliment.

—Hola, Trinidad.

—Bon dia, Aurora. M'alegro de sentir-te.

La resposta espontània del cos en sentir aquell maleït accent colombià feia que tots els pèls se li ericessin fins a convertir-se en agulles. El cervell es posava en guàrdia i, a partir d'allà, la reacció en cadena era inevitable: pols alterat, sudoració, l'estómac com una pedra i serrar les dents amb tota la força de què era capaç. Tot portes endins, és clar. De cara a la galeria havia de semblar impassible. La capacitat d'adaptació a cada situació era imprescindible per poder seguir nedant en aquella peixera de taurons.

—Jo també m'alegro de sentir-te, Trinidad.

—Ho té tot planejat, el Quiro?

—Sí. Tot planejat. —«Les mentides estan prohibides», va pensar. I el cos li va començar a reaccionar en conseqüència.

—Perfecte. Doncs apunta els detalls del lliurament.

La mà tremolosa de l'Aurora va fer que l'escriptura tingués un traç irregular. Malgrat els nervis, va ser capaç de prendre notes detallades de tot. Només penjar amb la Trinidad va sentir un intens dolor abdominal que va derivar en una sensació de malestar; sabia, per experiència, com acabaven aquells símptomes. No era la primera vegada que li passava després de parlar amb el diable. Va recargolar-se cap endavant, amb les mans a l'estómac i ganyotes a la cara. Sense adonar-se'n, les ulleres per a la presbícia, que tenia recolzades sobre els cabells, van caure-li a terra i van anar a parar sota l'escriptori. El mal era insuportable; va córrer cap al lavabo, on es va estar una bona estona vomitant. D'allà sempre en sortia esgotada. Quan estigués recuperada, es rentaria la cara i les dents. Després, trucaria al Quiro per transmetre-li les ordres.

# 60

El casino de Barcelona era una espècie de parc d'atraccions fet a la seva mida. Allà podia fondre's amb delit la mà de quartos que guanyava sense cap mena d'escrúpol. Les ciutats europees encara havien de menjar moltes sopes per arribar a la sola de la sabata a Las Vegas, però, tot i així, havia de reconèixer que, com a succedani, feia prou el fet.

D'entre totes les modalitats, la ruleta era la preferida del Quiro, només superada per les timbes clandestines de pòquer, és clar. Allò era un nivell superior.

El crupier —amb llacet al coll i somriure de plàstic— apressava els jugadors a posar les fitxes sobre la taula de joc. La cosa havia d'anar ràpid, era primordial no donar al client gaire temps per pensar. La mitjana era d'una partida per minut. Si la millorava, la direcció del casino potser li donaria la galeteta de nomenar-lo empleat del mes. Més partides eren més ingressos per al casino i més propines per al crupier; així que tots contents. Allò que la banca sempre guanya? Doncs exactament allò. Al casino només hi perdien els clients, i mentre volguessin deixar-se els calés apostant, la barraca no tancava ni per Déu.

—Facin joc, si us plau. —Vinga, que el temps és or.

Quan els jugadors van haver distribuït un bon grapat de fitxes sobre el tapet verd, el crupier va anar per feina. Mentre la boleta girava al voltant de la ruleta, el Nokia del Quiro li va vibrar dins la butxaca de l'americana. Va fer petar la llengua i, malhumorat, va treure'l per mirar la pantalla on pampallaguejava amb insistència el número de l'Aurora. Va imaginar-se-la maleint-lo amb la seva veueta insuportable, i aquell simple fet va arrencar-li un somriure sorneguer alhora que plaent.

Mentre la boleta encara rodava per la ruleta, va silenciar el mòbil i va centrar l'atenció en el joc. En aquell moment, les seves prioritats eren unes altres.

Des del cau, al carrer Hospital, l'Aurora va recordar-se de tota la família del Quiro. Va deixar el Nokia sobre la taula, al costat de l'iPhone. Odiava viure amb dos mòbils, l'oficial i el clandestí. Conseqüències de tenir una doble vida. Però això s'acabaria més d'hora que tard. Feia temps que ho planificava i, en el seu interior, cada cop s'edificava amb més força la idea d'un futur on aquell modus vivendi no hi tenia cabuda. Lliure de pressions familiars, d'ambicions professionals absurdes, de fantasmes del passat, lliure de la Trinidad, de descàrregues, de blanquejar.

El so estrident de l'iPhone, el seu telèfon oficial, va despertar-la d'uns somnis vitals que haurien d'esperar. Va palpar-se el cap amb la mà buscant-hi les ulleres per a la presbícia, però només va trobar-hi cabell. Va obrir la funda que hi havia sobre la taula i allà tampoc no hi eren. Mentrestant, l'iPhone seguia sonant. Amb el mòbil a la mà, va estirar el braç tant com va poder. Va entretancar els ulls i va veure, borrós, el nom del Víctor Alemany. Era imperatiu respondre. Va passejar l'índex d'esquerra a dreta de la pantalla.

—Hola, Víctor.

—Què és aquesta merda de Roma que m'ha comentat el Leo?

—Aquella era l'educació de la màxima autoritat mundial en música clàssica.

—Hi presentem el concert del Teatro dell'Opera.

—De debò m'esteu demanant que *jo* vagi a Roma a una puta presentació?

—Si hi vas, el primer ministre ha confirmat la seva presència i això ens donaria molta repercussió als mitjans. Per a la venda d'entrades, això...

L'Aurora va emmudir de sobte: el Nokia vibrava sobre la taula. El Quiro li tornava la trucada. Sempre tan oportú, ell.

—Aguanta'm el telèfon, Víctor, si us plau. He de respondre una trucada important.

Des de l'altra banda, a l'Aurora va arribar-li un murmuri del Víctor en senyal de desaprovació. Sentint-ho molt, el mestre hauria d'esperar. Que ella sabés, ningú havia mort encara d'això.

L'Aurora va escorcollar-se a si mateixa buscant les ulleres. No les trobava ni al cap, ni penjades al coll de la camisa ni sobre la taula. Després, va mirar per tot arreu al voltant, però les punyeteres no apareixien. Mentrestant el Nokia amb el número del Quiro seguia insistint. L'Aurora va deixar l'iPhone amb què parlava amb el Víctor sobre la taula i va agafar el Nokia. El cervell va plantar-li la cara de la Trinidad en el focus dels pensaments. Li havia dit que el Quiro ho tenia tot planejat. Merda. Havia mentit. Era una mentida petita, però en aquest cas a la Trinidad la mida li era exactament igual. Odiava les mentides.

Mirar als ulls i dir la veritat.

Sempre.

No fer-ho tenia conseqüències.

Coi de presbícia. Sense ulleres no hi veia tres dalt d'un burro. L'Aurora va desistir de trobar-les i va despenjar.

—Què volies? —Les maneres del Quiro tampoc no milloraven les del Víctor. En tots dos casos era ben bé que de porc i de senyor se n'ha de venir de mena.

—Un moment, Quiro.

L'Aurora va agafar l'iPhone i va estendre el braç el més recte possible per poder veure, ni que fos una mica, la pantalla. Volia silenciar la conversa perquè el Víctor, a l'espera, no el sentís. Però, càgon tot, l'índex de l'Aurora va teclejar, per error, la icona de contactes en comptes de silenciar la trucada que estava just al costat.

—Quiro, perdona.

—Què volies?

—Ja ho tinc tot. La descàrrega serà el dia vint-i-u. A les tres de la matinada. Pren nota de les coordenades.

El Quiro va sostenir la cigarreta entre els llavis i el Nokia entre l'orella i l'espatlla per escriure's les coordenades 41°10'08.1"N 1°48'58.9"E amb un bolígraf sobre el palmell de la mà esquerra.

—Anotat. Tenim unes quants dies encara... Però anem justos. Quant?

—La Trinidad diu que cinc-cents vint quilos.

—Què? Cinc-cents vint?

—Això mateix.

—Però..., esteu sonades o què? Això és moltíssim més del doble que l'última vegada! No és el que em vas dir!

Mentrestant, l'iPhone de l'Aurora seguia sense estar silenciat i, a l'altra banda del telèfon, el Víctor era el convidat inesperat d'una conversa desagradable. Estava amb el telèfon a l'orella i tombat al sol en una gandula de la piscina de casa seva.

El to anava pujant. No era sobrer dir que tot el que fos minar la moral de l'Aurora, el divertia.

—A mi no em cridis, Quiro. Fes-t'ho com vulguis, però has de tenir-ho tot preparat per al dia vint-i-u.

—Seràs imbècil... Tu creus que això s'improvisa? Res del que tinc preparat serveix! Res! No tinc ni prou forabords, ni descarregadors ni avistadors que alertin de la bòfia. Hòstia!

—Doncs suborna pesquers... I a mi què m'expliques! —L'Aurora ho hauria fet tot menys reconèixer que havia mentit a la Trinidad.

—Suborna pesquers, diu... —El Quiro va posar els ulls en blanc—. Ni puta idea, en tens. Contracta tu un violinista, que crec que algun us en falta.

—Ja en tinc un... I totes les entrades del proper concert venudes. Jo sí que faig la meva feina. Cinc-cents vint quilets, Quiro. Espavila't. I una última cosa: a mi no em tornis a parlar així en ta puta vida.

—T'ho vaig dir un cop i t'ho repeteixo: et parlo com em surt dels collons.

El Quiro va penjar deixant-la amb la paraula a la boca. Recoi amb el quinqui. L'Aurora va deixar anar un gruny que combinava mala gaita i impotència a parts iguals.

Va esbufegar un aire empastifat de cansament. A manera de rebequeria, va llançar el Nokia sobre la taula de mala gana. El dispositiu va aterrar al costat de l'iPhone que aguantava la trucada del Víctor. Ben de gust l'hauria penjat, però no podia.

—I ara l'altre figura... La mare que em va parir...

L'Aurora va desfogar-se abans de parlar amb el Víctor. Llàstima que la presbícia li havia jugat una mala passada; va tornar a pitjar la icona de contactes.

—Víctor, perdona. Ja torno a ser aquí. Era una trucada molt important.

—Soc aquí. Si no et fa res, preferiria no saber res dels vostres lliuraments ni haver de sentir com el teu subaltern se't pixa al damunt.

—Però què dius?

—No saps ni silenciar el mòbil... Digue-li al primer ministre italià que el figura anirà a Roma.

El Víctor va penjar sense deixar-li temps per respondre. Els dos homes més odiosos sobre la capa de la Terra l'havien humiliat en menys d'un minut. Hi havia dies que, realment, era millor no sortir de casa.

L'Aurora va tancar els ulls i va deixar-se caure a la cadira.

Volia fondre's. Odiava donar arguments a qualsevol d'aquells dos per menystenir-la.

Va posar els colzes sobre els genolls i, amb els palmells de les mans, va aguantar-se el cap, que estava a punt d'esclatar-li. Vinclada endavant va clavar la vista a terra. Un dia dur. Un altre. N'estava fins al capdamunt.

Quan la nebulosa interna va esclarir-se una mica, va veure, sota la taula, les ulleres amb un dels vidres esmicolat. Devien haver-li caigut sense que se n'adonés. Va recollir-les de terra. D'allà, potser també hi hauria de recollir un trosset de la seva dignitat i l'autoestima sencera. Estava cansada d'aquella vida. Segur que si es mirava al mirall, li retornava la seva imatge demacrada. Així que s'ho estalviaria. Farta, va tancar l'ordinador i va marxar cap a casa.

El que no sabia l'Aurora era que, mentre ella agafava el camí de la porta, el seu destí podia estar decidint-se a trenta quilòmetres d'allà. Dins la sala d'escoltes de la Comissaria General de les Tecnologies de la Informació i la Comunicació, ubicada al Complex Central dels Mossos d'Esquadra, una caporal acabava de fer unes anotacions asseguda davant d'un enfilall de pantalles que reproduïen il·lustracions d'efectes sonors. Encabat, va treure's els cascos i va marcar un número des del mòbil. Al cap d'un parell de trucs, van respondre.

—Tenim dia, hora i lloc de la propera descàrrega. Coordini's amb la Unitat de Salut Pública i vagin preparant un operatiu, sergent Roca.

# 61

La vanitat de la Martina va patir un atac d'incontinència que va dibuixar-li un somriure ampli, d'aquells que omplen la cara d'orella a orella. Ho sabia. Sabia que l'Aurora Molina, una dona de la música que havia passat al costat fosc, ficaria la pota. Ara ja en tenien proves i podien actuar en conseqüència.

Va tancar el puny com si fos una esportista que celebra un punt decisiu. Era conscient, però, que encara no podia cantar victòria. Quina mena de poli seria si venia la pell de l'os abans de caçar-lo? Una bona poli no les feia, aquestes coses.

Tot al sac i ben lligat.

Sempre.

Ja hi hauria temps per a les celebracions i els copets a l'esquena.

Va aixecar-se d'una revolada per anar a trobar el Fede i l'Aran. Els caporals eren als seus escriptoris, concentrats en les pantalles de l'ordinador. Redactaven informes —odiosos, feixucs i necessaris— que els robaven hores i paciència.

La sergent va plantar-s'hi al davant i va deixar anar la notícia.

—Han fet la cagada que estàvem esperant.

Els caporals van alçar el cap en una perfecta coreografia espontània.

—M'hi jugo un cafè que ha sigut l'Aurora Molina. Aquella cara d'amargada no pot portar res de bo.

—Bingo, Fede —va premiar la Martina.

—Ho veus? Em deus un cafè, Aran.

—A veure, puto garrepa, tu has vist que jo m'hi hagi jugat res? Paga't tu la merda aquesta que et fots. Explica, sergent.

—El lliurament serà el vint-i-u de juny a les tres de la matinada. A cinquanta-dues milles nàutiques mar endins de la costa del Garraf. En tenim les coordenades.

—Quant?

—Cinc-cents vint quilos.

—Déu-n'hi-do.

—Sí... No està malament. Coordineu-vos amb la Unitat de Salut Pública i informeu-ne el Salazar.

—Sí, sergent.

—Una cosa més, Aran, com tenim l'ordinador de la Clara Guevara?

—Els de sistemes em diuen que tenen dues persones de baixa i que van fins dalt de feina. Miraran de tenir-lo aviat.

—Seeeeeempre igual, hòstia! Tant costa petar-se una contrasenya?

L'Aran va encongir les espatlles sota una samarreta unes quantes talles massa gran. En aquell moment, un agent va interrompre la reunió improvisada per anunciar una visita que no estava programada.

—Sergent, una senyora que es diu Carme és aquí. Vol parlar amb vostè. Diu que es coneixen.

—La Carme... —El cervell va transportar la Martina a l'edifici on vivia la Clara Guevara—. Fes-la pujar a la sala de reunions, si us plau.

L'agent, sorrut, va fer que sí amb el cap i va girar cua.

—Qui és la Carme, sergent?

—La veïna de la Clara Guevara... Ves a saber... Potser el nostre dia de sort encara no s'ha acabat.

No van passar ni cinc minuts que la Carme va entrar per la

porta. La seva presència, però sobretot el seu perfum, va omplir la sala de reunions. Embafava de tan dolç com era. Gairebé es podia mastegar.

Venia vestida de vint-i-un botons, amb maquillatge a palades i bijuteria daurada penjant de les orelles. Coneixent-la, les seves amigues haurien de sentir la batalleta a la comissaria fins a l'avorriment. «Us he explicat mai el dia que vaig...?».

La dona va seure a la cadira. Davant dels investigadors, se sentia la protagonista del moment. Tothom pendent d'ella. No recordava la darrera vegada que havia sigut el centre d'atenció de res i, vulguis o no, allò no deixava de ser una aventura enmig del tedi rutinari en què s'havia convertit la seva vida d'uns anys ençà.

Així doncs, va escurar-se el coll i, com si continués la conversa que havia tingut amb la sergent el dia que es van conèixer, va tirar pel dret. Sense saludar els caporals ni fer cap introducció de cortesia. Cara a barraca.

—Em va dir que si recordava alguna cosa l'hi digués.

—Sí, Carme. Què ens vol explicar?

—No sé si saben que un músic de l'Orquestra Filharmònica de Barcelona va morir ofegat a Venècia.

—Alguna cosa hem sentit, sí.

—Bé. El cas és que la premsa s'ha fet molt ressò de la notícia.

—De debò, Carme? Què em diu? —El to àcid de la Martina vessava sarcasme per totes bandes.

—Sí, sergent. Jo sempre llegeixo el diari mentre faig el cafè al bar. Em va molt bé per informar-me del preu de l'electricitat i així sé a quina hora puc posar les rentadores per estalviar...

—I? —la va apressar la Martina.

—Doncs que ara ja sé qui era l'home que venia a veure la Clara i que la va amenaçar amb allò de «No ho denunciïs! Pel teu bé és millor que callis!».

Els investigadors van mirar-se entre ells com si una música

de suspens sonés de fons i hagués de culminar amb el nom que estaven esperant.

—I com es diu aquest home? —va preguntar la Martina.

—El cas és que no ho sé.

—I aleshores... què punyeta ha vingut a...

De la bossa de mà, la Carme va treure un exemplar de *La Tribuna* i va plantar-lo sobre la taula com ho faria un jugador de pòquer amb la carta que sentencia la partida. Va assenyalar, enèrgicament i repetidament, amb l'índex, la foto de la portada.

—Aquest és l'home!

Els investigadors van observar fixament el diari sota el dit de la veïna. Després, van mirar-se entre ells, expectants, fins que la Martina va badar la boca.

—Aquest? N'està segura, Carme?

—Completament, sergent. Ja vaig dir-li que aquesta cara no l'oblidaria mai a la vida.

L'índex de la Carme, ferm sobre la portada de *La Tribuna*, assenyalava la fotografia en primer pla del Leo Duart a l'aeroport quan, en tornar de Venècia, advertia als mitjans que no hi hauria declaracions sobre la mort del Jaume Muntaner.

# 62

Quan va obrir la porta de casa, el Leo va trobar-se la Martina, l'Aran i el Fede franquejats per quatre agents dels Mossos d'Esquadra. De sobte, el seu cel interior va omplir-se de núvols negres que amenaçaven tempesta. La sergent, amb ulls de lloba afamada de justícia, va entregar-li un document.

—Tenim una ordre d'escorcoll, senyor Duart.

El Leo va agafar l'escrit signat pel magistrat Evaristo Salazar i va llegir-lo amb deteniment.

Més clar, l'aigua.

No tenia cap marge de maniobra, així que, a contracor, va apartar-se de sota la llinda perquè els investigadors i els agents entressin dins la intimitat de casa seva.

—Puc preguntar què busquen, sergent?

—De poder, pot. Però no l'hi respondré.

Pel to, era evident que li tenia moltes ganes. La sergent va ordenar-li que segués en una cadira de la sala d'estar mentre els agents i els investigadors escorcollaven el pis. Un agent a un dormitori, un a l'altre, un a la cuina, un al menjador, el Fede i l'Aran al despatx i la Martina supervisant cada moviment. Regiraven armaris, calaixos, carpetes, absolutament tot. No deixarien ni un pam sense inspeccionar.

El pis era ampli i modern. Hi predominaven els tons blancs

i les línies senzilles minimalistes. Hi havia un parell de rèpliques de quadres d'estil cubista amb colors estridents i una única foto amb un marc platejat en què una dona i una noia jove somreien àmpliament en una estampa feliç. Impotent alhora que rabiós, el Leo presenciava com els mossos grapejaven sense cap mena de tacte objectes que formaven part de la seva vida. Records d'uns temps que amb tota certesa van ser millors.

Inquiet i assegut, s'ho mirava mentre intentava desfer el nus que li cargolava l'estómac. Segons què hi trobessin, hauria de respondre una carretada de preguntes incòmodes. D'aquelles que et deixen amb el cul a l'aire i la consciència remoguda.

L'escorcoll semblava anar per llarg i si trobaven l'ordinador i els discos durs externs que tenia amagats estaria sentenciat.

A mesura que passaven els minuts, aquell fet semblava inevitable i, efectivament, al cap d'una estona va acabar passant. L'Aran els portava a la mà. Una gota de suor freda va lliscar-li per l'esquena.

—La contrasenya, si us plau? —va demanar l'Aran.

El Leo va arronsar les espatlles a tall de resposta.

—Puc fer venir un informàtic, però no em farà perdre el temps ni posarà a prova la meva mala llet, oi, senyor Duart?

Rere l'Aran, va emergir la figura de la sergent amb una mirada inquisidora. No calia afegir-hi res més. El Leo, entre l'espasa i la paret, sabia perfectament que tenia les de perdre.

—Barcelona1992.

Ara ja només quedava confiar que ho hagués amagat prou bé.

L'Aran va fer un gest afirmatiu amb el cap, va introduir la contrasenya i va iniciar la navegació pel portàtil per escodrinyar-ne les entranyes.

—Per què va esborrar l'historial de cerques?

La pregunta va quedar a l'aire, sense rebre cap resposta.

L'Aran va seguir amb l'escorcoll de l'ordinador fins que va topar amb un vídeo.

En clicar-lo, uns sons van canviar-li l'expressió del rostre. Instintivament, va començar a serrar les dents, a pressionar els llavis i a endurir-se per dins. De la pantalla en sortien gemecs, pànic, crits d'auxili i riallades.

El Leo va tancar els ulls amb força mentre un calfred s'encruelia amb la seva espinada; des del clatell fins al cul. L'havien caçat. Estava convençut d'haver-ho esborrat, però, d'alguna manera, els investigadors ho havien recuperat.

—Sergent!

La Martina va acostar-se-li per darrere i va encorbar-se fins a estar a l'alçada de la pantalla. Va plantar-hi la vista i, immediatament, va sentir una foguera al pit fruit d'una ràbia que li estava costant Déu i ajut dominar. Va aixecar la mirada, furiosa, i va dirigir-la al Leo.

—Em pot dir per què té a l'ordinador el vídeo complet de la violació de la Clara Guevara?

Allò de les preguntes incòmodes que et deixen amb el cul a l'aire i la consciència remoguda? Doncs allò. El Leo va preferir el silenci i no parlar en va. Sabia que, a partir d'aquell moment, cada resposta podia afegir un roc més a la motxilla.

—No té res a dir? Vaja... I també calla si li dic que vostè va amenaçar la senyora Guevara quan va visitar-la a casa seva.

—Qui? Jo? Amenaçar la Clara? Però què diu!

—Sí, vostè. «No ho denunciïs! Pel teu bé és millor que callis!». L'hi va dir i després va donar un cop de puny a la porta. Li refresca això la memòria, senyor Duart?

—Què collons... L'hi deia amb ironia.

—Sí, és clar. Ara n'hi diuen ironia... La senyora Guevara volia denunciar aquesta violació i vostè va amenaçar-la.

—Qui l'hi ha dit, això? Mai vaig amenaçar-la, la Clara!

—Val més que tingui un bon advocat.

Mentre el Fede li llegia els drets, la Martina va concedir-se la satisfacció de ser ella qui emmanillés el Leo Duart.

# 63

El cotxe patrulla va descendir per la rampa que donava accés al pàrquing de la comissaria de les Corts. Ja a dins, van estacionar en una plaça que engabiava el vehicle amb una reixa que anava del sostre al terra i que lliscava sobre unes guies ancorades al paviment. Davant per davant de la zona de custòdia.

El Fede i la Martina van baixar del vehicle i van deixar el Leo emmanillat al seient de darrere, vigilat per un agent uniformat que no li treia l'ull de sobre.

Els dos investigadors van deixar les seves respectives armes de foc en un armari blanc amb consigna que descansava a pocs metres de la porta d'entrada a la zona de custòdia. Allà dins no hi podia haver cap tipus d'arma: si un detingut aconseguia robar-ne una a un mosso, l'enrenou que es muntaria seria de l'alçada d'un campanar.

Quan el cap de torn va autoritzar l'entrada del detingut, la Martina i el Fede van traslladar el Leo des del cotxe engabiat a l'aparcament fins a la sala de recepció de detinguts. L'estança —llum fluorescent, mobiliari auster, paret blava, deu metres quadrats a tot estirar— estava equipada amb un doble sistema de càmeres amb micròfon incorporat. Tot el que s'hi deia o s'hi feia podia ser vist i escoltat per un jutge, arribat el cas. Encara que al Leo ja se li havia fet un escorcoll previ en el moment de la detenció a casa seva, allà van escorcollar-lo un altre cop. Van oferir-li roba auxiliar nova de trinca —un xandall i una samarreta negra—, però ell va rebutjar-la negant amb el cap.

Un cop comprovat que estava ben net, els investigadors van presentar el detingut a la recepció de l'àrea de custòdia. El lloc estava presidit per una taula de control i una paret plena de pantalles des d'on es feia seguiment de cadascuna de les cel·les ocupades. Si a cap dels detinguts se li acudia muntar gresca o autolesionar-se, els agents de servei —amples com armaris— hi entrarien per reduir-lo. Tot quedaria enregistrat per si un jutge en demanava les imatges. Quan la Martina va entrar al cos, coneixia el recel dels més veterans al fet que tot fos enregistrat, però amb el pas dels anys van adonar-se que aquest sistema els donava seguretat jurídica: en cas de problemes, no hi havia millor prova per demostrar què havia passat allà dins.

A la taula de control, el Fede va fer passar l'índex del Leo sobre un escàner, però el sistema no va detectar el lofograma perquè no havia estat mai detingut amb anterioritat. Així doncs, van ressenyar-lo i a partir d'aquell moment tindria el dubtós honor de passar a formar part de la base de dades del fitxer PERPOL, que compartien la Policia Nacional, la Guàrdia Civil, la Policia Foral de Navarra, l'Ertzaintza i, evidentment, els Mossos d'Esquadra. A més, s'obriria una fitxa en què es detallaria absolutament tot de la seva estada als calabossos de les Corts. Declaracions, problemes de salut, àpats, queixes, incidents. Tot.

Fet això, el Fede va fer un recompte dels objectes personals del detingut i va posar-los en una bossa de plàstic: cartera, claus, rellotge, cinturó, mòbil i la cadena. Quan el caporal va treure-li la cadena, el Leo va mirar-se'l com si li arrenquessin el cor. En certa manera, ho estaven fent. Tots els objectes quedarien custodiats fins al moment que sortís en llibertat, que, tal com pintaven les coses, no semblava que hagués de ser a curt termini.

La Martina, el Fede i el detingut van seguir passadís enllà.

Van passar de llarg la infermeria, on sempre hi havia un metge i una infermera disponibles per si algun detingut arribava ferit o bé havia de seguir una pauta de medicació. Per als facultatius, el Leo seria un pacient. Però per a la policia seria un detingut. Amb totes les diferències que això comportava, que, la veritat sigui dita, no eren pas poques.

Passada l'arribada, l'escorcoll, la identificació i la presa d'empremtes, entrava a l'ala dura de la zona: la de les garjoles. N'hi havia trenta-cinc en total. Estaven separades entre les d'homes, les de dones i les de menors, que s'hi estarien temporalment fins que la fiscalia els reclamés. Per allà hi passaven vint-i-cinc mil presos a l'any, que aviat és dit.

Els investigadors i el detingut van continuar per un passadís on hi havia una zona de dutxes i una saleta on els agents tenien material de defensa, com ara escuts i cascos, per si havien d'entrar a reduir algun arrestat. Allà els queia de tot: escopinades, mossegades, cops de puny, esgarrapades i totes les malifetes que es pugui imaginar. Així que millor prevenir, que els dolents no s'hi posen pas per poc.

Abans d'entrar a la garjola, el Fede va donar al Leo un matalàs net —de càmping i folrat de plàstic blau— i una manta d'un sol ús. Aviat sabria on col·locar-ho i el dilema que li suposaria.

Finalment, van arribar a la cel·la. La porta va obrir-se i, un parell de passes després, ja era a dins. El Leo recordaria la resta de la seva vida la sensació d'entrar-hi. Després del sonor cop de porta, va caure-li el món a plom. Va fer un repàs mental de tot el que l'havia portat fins allà. Va rebufar mentre el cor li repicava a tota metxa.

La cel·la era allargada, amb parets de ciment vist, un banc de pedra per posar-hi el matalàs blau que li havien donat i un lavabo amb un petit mur al davant per preservar la intimitat. La penombra amb prou feina deixava entreveure les dimensions d'aquell cau, però a ull va calcular que devia fer uns dotze metres quadrats. La fortíssima olor de lleixiu gairebé aconseguia tapar la d'humitat, suor i orina. Un lloc fred, aquell. Trist, decadent. El que vindria a ser una cel·la, vaja. Enlloc del món existeixen cel·les boniques. I que cap polític vengui punyetes perquè seria malversar la veritat.

El Leo es va tombar i va mirar enrere, però ni el caporal ni la sergent ja no hi eren. Va observar els barrots. Eren blaus, de ferro reforçat, entre l'un i l'altre no hi passava pas la mà. Va recórrer la cel·la amb la mirada. Hi havia una càmera que el vigilaria totes les hores que fos allà. Per llei, en serien setanta-dues com a màxim. Així que paciència.

La cel·la que li havia tocat era per a dues persones. Va veure un matalàs en una banda del banc de pedra. Era buit. Va projectar la vista més enllà i, al fons, darrere el petit mur, hi va veure un home que s'aixecava de la tassa del vàter. Al moment, va arribar-li la ferum que, barrejada amb les altres olors, va provocar-li una arcada que va rascar-li l'esòfag de regust de vòmit. Com s'havia de veure, ell, escrupolós com era i acostumat a dormir en hotels de cinc estrelles...

El company de cel·la va passar per davant del Leo sense dir ni piu. No va ni mirar-lo a la cara. Com si fos transparent. L'home —ulls de mussol, prim com un secall i necessitat d'una dutxa— va acostar-se als barrots i va cridar a plens pulmons.

—Mestre! Estiri la vint-i-quatre!

El Leo, encara amb el matalàs sota el braç, va mirar-se el secall, que va jeure al seu racó del banc de pedra. De sobte, la cadena del vàter va estirar-se tota sola per art de màgia.

—Has d'avisar?

—L'estiren ells. És perquè no ens passem el dia estirant la cadena.

El pres, veterà en això de pernoctar a les Corts, ja ho tenia per la mà, allò d'avisar després de cagar. Per la seva condició de reincident, també sabia que el lavabo tenia un sistema de graella que permetia controlar les defecacions dels presos, no fos cas que volguessin eliminar qualsevol cosa que haguessin amagat a l'anus. La policia no és idiota.

El Leo va col·locar el matalàs al costat buit del banc de pedra. Abans d'estirar-s'hi, tenia el dilema d'haver de triar: o bé posar el cap als peus suats del company de cel·la o bé col·locar-lo contra el petit mur que tapava el lavabo. Una elecció gens senzilla per a algú primmirat com ell. Va fer anar el cap d'esquerra a dreta repetidament com si veiés un partit de tenis. Finalment, ni l'una cosa ni l'altra: va triar el camí del mig i va optar per seure al bell mig del matalàs.

Quin panorama, el que tenia per davant. Va mirar al seu voltant. Mare de Déu. Sabia que trobar-se en aquella situació era una possibilitat; només volia poder explicar la seva versió dels fets. Confiava a poder tenir-ne l'oportunitat.

# 64

Sota la negra nit d'una lluna nova, en algun indret Mediterrani endins, el forabord del Quiro es balancejava en el punt exacte de les coordenades fixades. El zumzeig del mar, que normalment el relaxava, l'estava posant nerviós. De fet, feia dies que n'estava. Odiava no tenir-ho tot sota control i, per culpa de l'Aurora, aquella nit sentia que estava fora de joc.

Estava tan histèric que hauria fumat deu paquets de tabac seguits, l'un darrere l'altre. Quan et dediques a segons què, has de fer les coses ben fetes o és millor deixar-ho córrer; una relliscada pot fer-te descarrilar i això són molts anys fora de circulació. No creia en Déu, ni en el karma ni en res que se li assemblés. Així doncs, ell, que no era de confiar en la sort, ara no tenia cap altre remei que fer-ho.

Va adonar-se que havia esborrat l'orquestra dels seus pensaments. Devien estar camí de Chicago. Calculant el canvi horari, ja devien haver arribat. L'O Pai, la Trinidad i l'Aurora estarien la mar de contents amb la barbaritat que ingressarien. Era pels quartos que es feia tot, oi? Per tenir-ne més, més i més. Si els sabien gaudir o no, ja eren figues d'un altre paner.

Va apurar la cigarreta i va llençar-la al mar. Després, va consultar l'hora. Aquella gent arribava tard. Va encendre una altra cigarreta, que va pipar amb l'avidesa que generen els maleïts nervis.

Va treure's un paper de la butxaca, escrit amb bolígraf, on hi havia les coordenades del punt de trobada. Va contrastar-les amb les del navegador. Clavades. No s'havia equivocat. Ell no s'equivocava. Mai. Era gat vell, dins l'ofici. Precisament per això, no podia treure's de sobre la mala espina que li feia la càrrega extra imposada per la Trinidad i acatada per l'Aurora sense dir ni piu.

—On sou, hòstia... —va protestar en veu alta.

D'un tros lluny, va veure un forabord que tallava el mar tot deixant una estela d'escuma al seu pas. Quan va posar-se a la seva altura, va veure el jove mestís que la pilotava. L'envoltava una aura de seguretat i empoderament que, amb l'edat que devia tenir, només podia ser fruit de la inconsciència. «Encara ets a temps de no ficar-te en aquesta merda», va pensar el Quiro. Però què coi, no era pas son pare, així que per feina.

—Ràpid!

—*¡Vamos lanzando!*

El jove era colombià. Ja els tenia calats, els accents llatins. Rere seu, un goril·la —aquest ja pentinava més d'una cana— va treure el cap. Entre tots dos van començar a enviar fardells d'un forabord a l'altre. Anaven tan ràpid com podien, però moure cinc-cents vint quilos no era cosa de dos minuts. Va recordar-se de tota la família de l'Aurora i de la Trinidad. Tant dels vius, com dels morts.

Una estoneta després, va mirar la coberta de l'altre forabord. Hi quedaven pocs fardells. Quan carregués el darrer, guillaria d'allà a correcuita.

Quedaven menys de deu paquets quan un escamot de llanxes van acostar-se a tota velocitat. El brunzit intens de les hèlixs d'un helicòpter va fer-los aixecar la vista al cel negre, on un potent focus els assenyalava com si fossin els protagonistes sobre d'un escenari. Les llanxes portaven suport aeri. Mala peça al teler.

—*¡La tomba! ¡La tomba!* —va exclamar el colombià.

La *tomba*, la bòfia. El Quiro va sentir com el cor li grimpava fins a la boca. Veia, amb desesper, com les llanxes farcides d'agents antidroga armats fins a les dents s'acostaven a tota velocitat. Va fer una volta de tres-cents seixanta graus: els tenien rodejats. Va comptar sis embarcacions. Coneixia molt bé aquell model de la policia: un Fórmula 1 de l'aigua amb vuit motors de tres-cents cavalls cada un. Si els posaven al límit aconseguien una velocitat punta d'uns setanta nusos. Un coet del mar.

En canvi, el seu forabord —de casc rígid, amb cabina i la capacitat d'albergar la càrrega de cinc-cents vint quilos— era ideal per a les aigües braves de l'Atlàntic. Molt diferent dels forabords que portava la policia, adients per a mars com el Mediterrani, amb aigües molt més manses.

Sis contra un, en una cursa desigual. No podia ni titllar-se de persecució. Havia sortit creu. Un bany de realitat que havia trigat gairebé tres dècades a arribar. Més tard o més d'hora, tothom dins el gremi acaba caient en algun moment. Aquell era el seu. Havia tingut molts anys per pensar-hi i, per sort, sabia fil per randa què havia de fer. Una bona temporada a la presó ja no l'hi treia ni Déu, però, ara, l'objectiu era destruir com més proves millor. Una cursa contrarellotge per reduir anys de condemna.

El Quiro va anar per feina. Va treure les targetes SIM dels dos Nokia i va llançar-les a l'aigua per babord i, just després, va fer el mateix amb els telèfons. Tot seguit, va agafar tres destrals d'un bagul de la coberta i n'hi va donar una al colombià i una altra al goril·la canós, que van agafar-les al vol.

—Ràpid! Veniu! Hem d'enfonsar-la!

—Estàs boig, *malparido*?! —va exclamar el jove.

—Hem d'eliminar tot el que puguem!

Els dos narcos van saltar al forabord del Quiro i, destrals a la mà, van començar a destruir-lo mentre les llanxes dels Mossos i l'helicòpter s'acostaven irremeiablement en un compte enrere dramàtic.

Van aconseguir obrir-hi una via i el buc del forabord va començar a engolir aigua, però no a prou velocitat. Amb l'aigua als turmells, el Quiro va començar a llençar fardells de cocaïna per la borda, però la muntanya de paquets era massa grossa.

Potser hauria pogut enfonsar una embarcació més lleugera.

Potser hauria pogut tirar per la borda menys fardells.

Gràcies, Aurora.

Gràcies, Trinidad.

Déu us ho pagui.

Una de les llanxes de la policia va posar-se a la seva altura i un agent encaputxat i amb armilla antibales va apuntar-lo amb un subfusell d'assalt.

—Mans enlaire!

Els tres narcos van obeir i cinc agents van pujar a bord de la barca, que seguia inundant-se. Un cop emmanillats, van traslladar-los a una embarcació de la policia on van llegir-los els drets. Des d'allà, el Quiro va calcular que devien quedar uns noranta fardells a bord. La sobrecàrrega que l'Aurora no va tenir valor de rebutjar i que ell va haver d'acatar. La policia l'estava salvant a correcuita abans que l'embarcació sucumbís al fons del mar. Aquelles eren les proves que el condemnarien a passar una llarga temporada entre reixes.

# 65

Chicago: la ciutat del Hancock, del llac Michigan i del vent. Era estrany passejar-hi sense el Jaume, el seu amic. Amb la il·lusió que li feia venir-hi i amb la tabarra que els havia donat amb aquell viatge. No se'l treia del cap ni un segon. Era impossible no pensar-hi. «Allà hi viu el meu germà», havia repetit milions de vegades. Hauria anat a veure el concert i després els hauria portat a sopar en algun *steakhouse* del carrer Madison, i ves a saber com hauria acabat la nit.

El Samuel no havia tingut valor de trucar-li per convidar-lo al concert. S'autoexcusava amb la cantarella que no servia per a aquelles coses del dol que són tan lletges de portar. Una veu dins seu, punyetera ella, el reprimia dient-li que actuar així era com amagar el cap sota l'ala. Ja se sap que a ningú no li agrada enfrontar-se amb la mort. Però quan toca, doncs toca.

Passejant pel Riverwalk, el Samuel va pensar com havien canviat les coses en un tancar i obrir d'ulls. D'unes setmanes ençà, les nits eren insuportablement llargues. «No dormiràs», havia presagiat la veu robòtica. I a fe de Déu que, qui fos que movia els fils d'aquella bogeria, ho havia aconseguit. Eren ja unes quantes matinades amb els ulls com unes taronges clavats al sostre mentre veia les cares dels morts desfilar en la foscor. Mirades buides, boques esberlades, cares perfilades i pàl·lides com una mala cosa. La una, les dues, les tres... Rient, rient, podia plantar-se a les quatre de la matinada com qui no vol la cosa amb els difunts voltant-li pel cap. I ell, rai, que podia explicar-ho. Encara que sentir l'alè imaginari de la veu robòtica recordant-li la fatídica nit a Nàpols l'estava fent embogir. Les matinades amb palpitacions, tics nerviosos i el cor accelerat s'havien convertit en el pa de cada dia. I l'endemà, el cap enterbolit no s'aclaria ni després del quart cafè.

I així un dia rere l'altre.

I una setmana rere l'altra.

Sota els ulls, unes ulleres liloses acompanyades de bosses s'havien convertit en un tret habitual del seu rostre cada vegada més castigat.

Estava rebentat. Físicament, però, sobretot, mentalment. «No dormiràs». Més que una advertència era una maledicció. Qui no dorm sap el que és. A llarg termini els efectes sobre la salut et deixen trinxat.

Afebliment del sistema immunològic.

Augment de pes, del risc de patir diabetis, de malalties cardiovasculars i hipertensió.

Vulnerabilitat a la depressió i l'ansietat.

Amb tota aquesta tirallonga de mals auguris, la reducció del desig sexual i l'acceleració del procés d'envelliment eren *peccata minuta*.

El Samuel no tenia ganes del concert de l'endemà. El cos el tenia a Chicago, però el cap era a Barcelona. Morts al marge, el fet que el Leo estigués detingut en una cel·la de la comissaria el consumia per dins.

Què explicaria?

Compliria amb el guió?

Què havia trobat la policia a casa seva?

Per acabar-ho d'adobar, el Víctor seguia en la seva realitat paral·lela. El fet de trepitjar la comissaria semblava que l'havia fet tocar de peus a terra i que havia desat tot el seu excedent d'autoestima al calaix dels mals endreços, però va ser un miratge. Aquella era una de les conseqüències d'envoltar-se d'aduladors, fama i muntanyes de cocaïna. Mai acabes de saber en quin món vius.

El Riverwalk, el passeig a la vora del riu Chicago, s'allargava fins on li arribava la vista. El Jaume tenia raó, era preciós. S'estenia poc més de dos quilòmetres ciutat endins des del llac Michigan. A banda i banda, restaurants, bars, cafeteries i jardins flotants convivien amb els vaixells que navegaven pel riu. En condicions normals, hauria estat un passeig agradable per fer en companyia. Però va preferir fer-lo tot sol. No tenia el cos per estar amb els altres músics i les seves especulacions sobre els fets que els havien portat a la primera plana mediàtica. L'ambient entre els membres de l'OFB s'havia enverinat; les converses tenien una única temàtica i, sincerament, ja en tenia prou amb les seves veus internes per, a més, haver de sentir les dels altres.

El capvespre era fred. El vent tallava la cara, de gelat com era. A l'altura del pont llevadís DuSable, el Samuel va notar com el telèfon li vibrava dins la butxaca. La cara va transformar-se-li per complet en veure que sa mare, des de Mallorca, li trucava a l'altra banda de l'Atlàntic. Allà devien ser les tres de la matinada. Un presagi d'ombra fosca va bastir-se dins seu en pocs segons. Quan una trucada en plena matinada ha portat bones notícies? Abans de despenjar, va esbufegar i va preparar-se per al pitjor.

—Samuel, fill, volia esperar a demà el matí, però no puc dormir. He rebut una foto.

El pèls de tot el cos van eriçar-se-li a l'instant, alhora que va sentir una esgarrifor interna. Semblava que el terra s'hagués d'obrir sota seu en qualsevol moment.

La narració de la mare va començar en un to nerviós fins a transformar-se en un plor ofegat.

Una foto, un punt de mira i una ordre. «Compleix, Samuel».

La seva imaginació va viatjar fins a Mallorca, on la mare devia haver plorat fins a quarts de quinze sense entendre res, la pobra dona. Però son fill no era pas cap angelet i algú tenia la ferma voluntat de desemmascarar-lo.

Quan va penjar, el telèfon va emetre una alerta sonora per anunciar que havia arribat un missatge des de Mallorca. A la pantalla hi havia dues imatges: una de la mare rodejada amb un punt de mira i una altra amb l'amenaça. Si fa no fa, el mateix que havia rebut la Francina Garçon, la mare del Toni.

L'angoixa va reflectir-se a la cara del Samuel. Tenien paraula, els molt fills de puta. Va prémer fort els llavis i va serrar les dents. Tot el seu interior va regirar-se-li. Sentia un buit enorme al ventre, directament lligat a l'ansietat i els nervis. La tensió va provocar-li una angoixa tan gran que va obligar-lo a córrer cap a la vora del riu Chicago per vomitar. Els espasmes van deixar-lo sense poder dir ni fava. Agenollat a la riba, inspirava i expirava profundament. Com si es recuperés d'un esprint de cent metres.

Va mirar cap a l'aigua: el vòmit hi flotava en un vaivé fastigós. Una colla de gent, aliena als seus problemes, l'observava amb fàstic. Com si fos una panerola del calibre d'un dit polze.

El vent gèlid va pentinar-li la cara com si volgués, a la seva manera, castigar-lo amb una mena de reprimenda. Va netejar-se la boca amb la màniga. La tenia seca, pastosa i amb un regust de bilis que Déu ens guard que a algú li arribés el seu alè.

Una mica més recuperat, va alçar-se i va seure, tot sol, en un dels bancs del Riverwalk. Tenia la mirada temorosa i dubitativa.

No volia ser el següent a morir. Ni volia carregar amb la mort de la seva mare sobre una consciència ja molt castigada. Li havien tocat la mare i aquella era una línia vermella. Ara sí. Tenia clar quin era el camí a seguir. I actuaria en conseqüència.

## 66

Les tres tocades. L'hora en punt s'havia complert i la trucada no havia arribat. Esperaria seixanta segons. Ni un més. Si el silenci continuava, la Trinidad posaria en marxa el pla B immediatament.

Mirava fixament el rellotge del mòbil. Sense pestanyejar. Amb tensió, però sense nervis. No era la primera vegada que vivia una situació com aquella. Arribat el moment, calia actuar amb determinació i amb els mínims romanços possibles.

Un minut després, el silenci continuava. Havia de córrer. No tenia gaire estona.

La Trinidad va introduir la clau al teclat electrònic de la caixa forta. La porta antipalanca va obrir-se i va agafar un feix de bitllets, una pistola i un sobre del qual va treure diversos passaports. En tenia una bona col·lecció, de falsificacions: un de mexicà, un de suís, un de nord-americà, un de xilè i un d'espanyol. Després d'uns instants de dubte, finalment va agafar l'espanyol. Era, de llarg, el més ben aconseguit. El tacte i el suport eren pastats als d'un d'autèntic. Un agent de policia expert en documentoscòpia no detectaria cap anomalia amb una simple ullada al microscopi. Hauria d'escarrassar-s'hi de valent i examinar amb quatre ulls els detalls, que eren, senzillament, immillorables; el fons d'impressió en offset i no fotomecànica, les microinscripcions, les imatges canviants amb hologrames, les llums ultraviolades, el tipus de tinta OVI, l'interior de la guarda estampada amb calcografia. Tot. Li havien donat relleu utilitzant la tècnica de l'*embossing* i, a més, hi havia un gravat làser només visible a contrallum. Aquell passaport era una punyetera obra mestra, un Ferrari de les falsificacions. Havia costat una fortuna, però passaria qualsevol control policial de qualsevol aeroport del món. L'única manera de descobrir l'engany era a través d'unes tintes minúscules, que, fora d'un laboratori, eren del tot indetectables. Per esquivar qualsevol control policial, allò era perfecte.

Tret de l'arma, la Trinidad va ficar-ho tot en una motxilla, va posar-se un casc de moto amb visor negre i va tancar la porta de l'habitació darrere seu. Al menjador, el guardaespatlles que sempre l'acompanyava va fer el posat d'incorporar-se del sofà, però abans que pogués fer-ho la Trinidad va fulminar-lo amb dos trets a boca de canó. Pim-pam i passi-ho bé. Després, va guardar-se l'arma al dors dels pantalons. No era res personal. Simplement, es va remetre a allò tan suat que els negocis eren els negocis. No es podia anar per la vida deixant caps per lligar.

Va agafar una garrafa de benzina i va ruixar el cadàver, els dos Nokia antics que tenia en ús, els passaports descartats i tot el pis. El tuf del carburant tombava enrere, però quan es tractava d'eliminar pistes i ADN era millor no mirar prim. Amb la mirada, va recórrer l'habitatge de dalt a baix. Quan va assegurar-se que tot havia quedat ben ruixat, va encendre un llumí i el foc va propagar-se per tot arreu en un no res.

La Trinidad va baixar tres pisos d'escales a correcuita. Ja al carrer, va agafar la moto que tenia preparada per a una situació com aquella i va tocar el dos quan les flames ja treien el nas pel balcó. A partir d'aleshores, els bombers, la policia i els de la científica hi trobarien un cadàver i es donaria el tret de sortida al joc de les suposicions. Però aquí es quedaria perquè de certeses no en tindrien cap ni una. Tot serien cendres.

Des que havia expirat el termini fins a pujar a la moto havien passat menys de dos minuts. El silenci també parla i cal escoltar-lo amb atenció. Per alguna raó, l'operació s'havia torçat i havia actuat en conseqüència. Un parell d'hores de moto i estaria tancada a pany i forrellat durant setmanes. Seria una ombra dins la boira fins que les aigües tornessin a mare.

Mentre la Trinidad ja anava de camí cap a un pis franc segur, a l'altre extrem de Barcelona, l'Aurora no treia l'ull de sobre al telèfon. Com si, d'aquesta manera, hagués de rebre la trucada tranquil·litzadora que esperava. Però no arribava. Passaven quinze minuts de l'hora límit. Havia caminat passadís amunt i avall un fotimer de vegades. Una trentena, pel cap baix. A l'altra banda de la finestra, la foscor semblava advertir de quin color es posarien les coses si no espavilava. Tenia fred i lleugers calfreds a l'esquena. També els budells regirats. Era la manera que tenia el cos de reaccionar davant dels nervis i els dubtes que la consumien.

El silenci continuava. Feia setze minuts que l'havien d'haver trucat. Potser era una nova insolència del Quiro. O potser tot se n'havia anat en orris. Va mirar-se la bossa per fugir. Estava a punt. Esperant que algú l'alcés de les nanses per tocar el dos. No era la manera ideal de començar una nova vida. De la necessitat, n'hauria de fer virtut.

De sobte, la imatge dels seus pares va plantar-se enmig dels seus pensaments. No va sentir ni un bri de calidesa. Tot el que havia hagut de suportar al llarg de la vida era un tallafocs implacable. Què els diria, si anaven mal dades i l'enxampaven? Doncs que, com tothom en aquesta societat, ella també tenia una cara oculta i que havia après a interpretar el seu paper a la perfecció, però que, malauradament, li havia caigut la careta. El fet cert era que, arribats en aquell punt, els seus pares i el seu beneplàcit li importaven una bona merda. O això volia creure.

Va ajustar-se les ulleres i va tornar a mirar el rellotge. Disset minuts per sobre de l'hora límit. Tenia cobertura i el mòbil funcionava perfectament. Prou. Havia d'esfumar-se. Alguna cosa no anava bé. No trigaria a saber què era perquè, uns pisos més avall, un grup de vuit agents de la Unitat de Salut Pública pujaven les escales amb passos curts i segurs fins a apostar-se davant la porta del pis de l'Aurora. Un cop allà, van fer un compte enrere i, arribats a zero, van esbotzar-la amb un mall i van entrar al pis de la gerent de T&M Grup i l'OFB com depredadors a l'encalç de la seva presa.

Tot va passar molt ràpid. Abans que l'Aurora pogués reaccionar, dos agents ja l'encanonaven. Només tenia una opció: aixecar les mans i acceptar la realitat. Si volia una nova vida, ara la tindria tant sí com no.

# 67

Més d'una hora després del darrer bis, el pati de butaques improvisat sobre la gespa del pulmó verd de Chicago, el Millenium Park, era gairebé buit. Hi havia tingut lloc un concert memorable que els assistents recordarien molt de temps. Alguns d'ells, potser per l'eufòria del moment, el comparaven amb l'actuació de Luciano Pavarotti al Camp de Mart de París, al peu de la torre Eiffel, l'any 1993. *Viatge al cor d'Europa*, amb l'Orquestra Filharmònica de Barcelona dirigida per Víctor Alemany, havia estat enregistrat i en qüestió de setmanes seria emès per tots els Estats Units en horari de màxima audiència. El gran mestre entraria en milions de llars nord-americanes per plantar-hi la bandera del seu talent i així conquerir definitivament un mercat que era llaminer com cap altre al món.

Des de l'escenari, el Samuel es mirava la font Crown, The Bean i la silueta urbana de Chicago amb una melancolia que li embolcallava l'ànima. Estava tou. Massa absències al voltant. I per acabar-ho d'adobar, no es treia la mare del cap. Devia estar plorant amb desconsol al fons d'un pou d'angoixa on ell l'havia empès. Pobra dona; malgrat tot el que havia patit a la vida, tenia bona salut i encara li quedaven uns bons anys per endavant. No s'ho mereixia, allò.

Unes passes provinents de l'altra banda de l'escenari van interrompre-li els pensaments i van captar la seva atenció. Era el Víctor, que, encara embriagat pel gran concert i les ovacions, se li acostava per darrere. El Samuel va posar-se en alerta i la melancolia va desaparèixer com el baf en un mirall. El mestre no n'havia de saber res; ni de l'amenaça ni del que li passava pel cap. Els altres havien parlat i mira com els havia anat.

El Víctor va asseure's al seu costat i va tustar-li l'esquena amb el palmell de la mà.

—Tant de bo el Jaume hi hagués pogut ser.

El Samuel va notar com se li humitejaven els ulls. Per sort, va poder controlar-se abans que la barbeta li comencés a tremolar i la cosa acabés en plor. Abaixar el teló de les emocions i mostrar-se com un bloc de gel era imperatiu.

—Què hi farem... —Ho va acompanyar d'un sospir—. Les coses canvien.

—Tot canvia, Samuel. Constantment. Cal saber adaptar-se a cada nova situació de la vida.

—Tens raó. —No el contradiria pas. Ara tocava sostreure-li informació—. En saps alguna cosa, del Leo?

—Res de res, encara.

—Has mogut fils?

—Sí, he fet trucades —va mentir el Víctor—. És el que fan els bons caps, no? Ajudar els seus quan toca. Els lleials, és clar.

—El Leo ho és, de lleial.

—No en tinc cap dubte. M'ho ha demostrat mil vegades. Amb la d'hòsties que li ha fotut la vida i sempre ha estat al peu del canó.

—Què van dir-te, els teus contactes? Sortirà aviat?

—Si no li troben res de gaire flagrant, sí, sortirà aviat —va mentir de nou.

—Hòstia, tant de bo, Víctor.

—Has rebut alguna comunicació, tu? —Tots dos van entendre comunicació com a eufemisme de notícies de la veu robòtica.

—No.
—I la teva família?
—Res de res.
—Perfecte. Si hi ha alguna novetat, m'ho dius. Entesos?
—És clar que sí, Víctor. No pateixis. Creus que ens poden buscar les pessigolles?
—Les pessigolles, dius? —El director va fer petar la llengua amb aire altiu—. Sé massa coses de gent important perquè jo acabi jutjat per una cosa que, deixa'm que t'ho digui, tampoc és per posar el crit al cel. No fotem... Ella bé que ens va escalfar. Si no hagués començat... És una pena perquè aquella noia hauria pogut fer carrera. Però, independentment d'això, encara ha de néixer el qui pugui ensorrar-me. Creu-me. Aquí —va aixecar el mòbil—, hi ha els telèfons de tots els que tallen el bacallà. De tots. I molts d'ells em deuen uns quants favors. Ja saps que sempre m'he mogut bé fora de l'escenari. Si tu sabessis el que jo sé de tota aquesta gent, estaries la mar de tranquil.
—No caurem, doncs.
—A qui li pot interessar que jo caigui? A veure, soc reconegut mundialment i un home d'èxit ben relacionat. Per què algú es creuria unes acusacions aïllades en contra meva? Tots els peixos grossos s'han fotografiat amb mi, o m'han guardonat, o han sopat a casa meva, o m'han elogiat en públic, o m'han convidat a la boda dels seus fills. No em tocaran els collons perquè una tarada s'hagi penjat perquè, suposadament, vam tocar-li una teta.

Era innegable que el Víctor parlava des del convenciment. El Samuel, però, va adonar-se que mentre ell sempre utilitzava la primera persona del plural —que era tant com dir que eren al mateix vaixell—, el mestre es limitava a la primera persona del singular.
—Però tenim una pedra a la sabata, Víctor.
—Una pedra...? Ah, la sergent Roca. La filla de puta aquesta... Ja cal que es calci. Després de les morts del Toni i del Jau-

me, vaig pensar que era millor no muntar cap pollastre. Però ha tocat els collons a la persona equivocada. L'esclafaré com una mosca.

El Samuel sabia que podia ser així perfectament. El Víctor tenia a l'abast tancar la boca a tota font de problemes. Es rodejava de gent amb poder per imposar un determinat relat; per construir veritats de cartó pedra que el ciutadà del carrer s'empassava com la més immaculada de les veritats. Mandataris, empresaris i polítics li reien, reverencials, les gràcies al rei indiscutible de la música clàssica. Però només calia que un jutge anés a contracorrent perquè els problemes l'engolissin. Només un de sol. Una ovella negra, un ou podrit de la cistella. Un Evaristo Salazar d'aquest món. Aquell fang també formava part del camí.

La història n'era plena, d'ídols caiguts. I tot perquè una opinió discernia de la majoria obedient. Però allò no entrava en l'òrbita del Víctor. El Samuel creia que era impossible que mai hi entrés. Era indomable. Quan et surts amb la teva durant tant de temps, no et planteges que el que fas estigui malament.

La conversa havia refermat el que ja sabia: que el Víctor estava convençut que quan ell entrava en un lloc era com si se separessin les aigües del mar Roig. I d'allà no el mouries; ni amb un amic a la presó ni amb dos morts pel mig.

Si el Samuel no volia viure tota la vida amb ulls al clatell per evitar ser apunyalat per l'esquena, havia de prendre la iniciativa. La seva supervivència passava per pactar amb la realitat. En menys de vint-i-quatre hores arribarien a Barcelona. Tenia fins aleshores per fixar els termes i les condicions d'aquell pacte.

# 68

No sabien ben bé si estaven follant, fent l'amor, follant amb amor o què coi era. A vegades, la línia entre una cosa i una altra és tan fina que esdevé gairebé imperceptible. Depenent a qui de tots dos es preguntés, possiblement la resposta seria l'una o l'altra. Fos com fos, al Marc li encantava sentir aquell tronc que li feia estremir cada centímetre de pell i amb el qual tocava el cel del plaer sexual.

Amb passió desenfrenada, el Jordi va accelerar el moviment de malucs i el Marc va reaccionar amb espasmes musculars i fent gestos demanant més i més d'aquell verí prohibit que el feia entrar en una altra dimensió per conèixer l'èxtasi.

Gemecs, clímax i focs artificials. Després, va arribar un silenci dolç en què tots dos semblaven flotar sobre un jaç de plaer.

El mòbil del Jordi, però, va engegar a rodar aquell moment de nebulosa idíl·lica. En veure la pantalla, la seva mirada va canviar radicalment. Va esdevenir tan voraç que l'hauria envejat el més malintencionat dels escurçons. Va encendre una cigarreta que va pipar amb ànsia mentre parlava amb el telèfon ancorat entre l'orella i l'espatlla i es vestia a correcuita. Quan va haver-se ajustat el nus de la corbata, va mirar el Marc i va llançar un petó que deixava suspesa a l'aire la incertesa de si hi hauria una propera vegada. Amb ell, mai sabies si era un «fins a la pròxima» o un «fins mai», i això, al gran Marc Giró l'omplia de pena. Cada comiat era una punyalada al cor perquè l'amor que sentia per aquell mascle el matava.

El Jordi va sortir del camerino i va tancar la porta darrere seu. De cara a la galeria i lluny de la intimitat, sempre procurava vetllar per una reputació guanyada a pols durant anys de carrera. El Jordi Cidoncha era un periodista de raça, estrella indiscutible de les tardes televisives, i una hiena que havia ratllat la paraula «escrúpol» del diccionari.

—Doncs pressiona'l, cony! —va exigir amb el telèfon enganxat a l'orella.

El Jordi Cidoncha seguia la conversa pel mòbil i anava fent que sí amb el cap mentre passejava la llengua pel paladar escurant el regust de tabac. A banda d'un sou astronòmic, fumar dins del camerino era un dels privilegis concedits per la direcció de TV21. Sabia que era dolent per a la salut, que havia de deixar-ho. Però això ja seria més endavant. Que la tensió bé que s'havia d'apaivagar d'una manera o d'una altra.

—Molt bé, doncs digue-li que o l'entrevisto al programa i ho canta tot o publiquem les fotos. Que a la seva dona li encantaran. —Una llambregada al rellotge va posar-lo en alerta—. Et deixo, que entro en directe. Vull una resposta avui.

Va penjar sense esperar a sentir res més. Ell sempre tenia la darrera paraula. En tot. Això també incloïa el camp de l'amor, el sexe o el sexe amb amor.

Camí del plató, el Jordi Cidoncha va enfilar un passadís llarguíssim on hi havia penjats retrats mida pòster dels presentadors estrella de TV21. Hi havia abundància de talent, exposat allà. Una mena de passeig de la fama de guanyadors d'Ondas i premis nacionals de Periodisme amb somriures postissos, postureig infinit i, tret d'alguna excepció, un pou sense fons d'ego. Quan va passar per davant del pòster del Marc Giró, no va poder evitar que un somriure picardiós li rellisqués per sota el nas. Si els camerinos parlessin, més d'un badaria un pam de boca.

Una assistent —trenta i molts, indumentària informal i intercomunicador— va acostar-se-li mentre caminava cap al plató.

—Ja han sortit les audiències?

—Aquí les tens. —L'assistent va donar-li un paper que el Cidoncha va llegir mentre caminaven—. Líders per quinzè mes consecutiu, Jordi.

—De puta mare. I amb això d'ara, ho petarem. On és?

—Al plató.

—Només el tenim nosaltres?

—Sí. Només nosaltres.

—Això és una bomba. Prepareu els talls més destacats i els envieu a tots els mitjans amb la mosca del programa.

—Ho farem. No pateixis.

—I agafeu plans oberts perquè se'm vegi.

—Està tot previst, Jordi. —També tenia previst sobreimpressionar l'adreça de X @JordiCidoncha i un primer pla del seu perfil bo. Ja li tenia les dèries més que apamades.

—Qui ho ha aconseguit, això?

—La teva estimada Judit Gilabert. Hauràs de dir que l'exclusiva és tota seva.

—I tant, dona. No ho dubtis pas, que ho faré.

En el to del Jordi hi havia fuites de sarcasme per omplir un embassament de rancúnia sencer. Ell portava fins a les darreres conseqüències allò de qui la fa, la paga. I a la Judit Gilabert feia temps que li havia posat la creu. Era de les que no se'n callava ni una i això, amb l'orgull que gastava el Jordi, era una cosa que no perdonava. Se la carregaria tard o d'hora.

Va entrar al plató des d'on s'emetia el seu programa: una nevera enorme amb càmeres robotitzades i mobiliari estil escandinau que definia a la perfecció allò que menys és més.

Va asseure's a la taula del presentador fent cas omís del convidat. Amb prou feina, va aixecar la barbeta un instant i amb allò hauria de donar-se per saludat.

Mentre esperava el senyal per entrar en directe, el Jordi va repassar mentalment l'entrevista amb tota la concentració del món. Durant uns instants, però, va perdre-la pensant en el que havia passat feia uns minuts al camerino i va sentir com alguna cosa li aletejava dins la panxa. De seguida, va brandar el cap per espolsar-se les imatges de sobre i va tornar-se a centrar en la feina.

El tècnic va fer un compte enrere amb els dits: cinc, quatre, tres, dos, un, i va abaixar l'índex. El Jordi va mirar a càmera i, per l'orellera, el director del programa va donar-li pas. «Ets a dins».

—Bona tarda, soc Jordi Cidoncha i aquí comença *La tarda de TV21.*

Per aquest ordre van entrar la sintonia del programa, un primer pla del presentador i el càiron amb el seu nom al terç inferior de la pantalla.

—Passen tres minuts de les sis de la tarda. Avui, els porto una exclusiva en la qual fa molt de temps que treballo i que, n'estic convençut, farà la volta al món. Ens acompanya el Samuel Ros, músic de l'Orquestra Filharmònica de Barcelona. Senyor Ros, bona tarda.

—Bona tarda.

Al Samuel, de sobte, el món li va caure a sobre. Durant el vol de tornada des de Chicago, havia intentat mentalitzar-se de com seria aquell moment. Tenia molt fred. Gairebé no podia controlar la tremolor. Culpa dels nervis, segurament. I és que la posada en escena impressionava. El plató de televisió, les càmeres, els focus, la presència del Jordi Cidoncha, la mirada de fàstic de l'assistent. Hauria de començar a acostumar-s'hi, a aquelles mirades.

Va provar de no imaginar la reacció del Víctor, tot i que era inevitable. Dins el món de la música clàssica, ell era al cim del poder i estava a punt de destronar-lo d'un cop de ploma. De retruc, diria adeu a la seva carrera musical, a la majoria de les seves amistats, a la vida tal com l'havia conegut fins a aquell moment. Però, per sobre de tot, pensava en la seva mare. Tant era si no li parlava mai més, però no li passaria res per culpa seva.

Va pensar en el Toni, en el Jaume i en el mal que faria a les seves famílies. Acusar uns morts que no poden defensar-se. Era difícil caure més avall. Potser ara l'Elsa i la Francina lligarien caps i entendrien moltes coses. Encara que ja no podrien fer preguntes ni exigir respostes. Dubtes, però, els tindrien tots. I no hi ha pitjor companya de viatge que la incertesa. Viure amb aquest neguit la resta de la vida no els seria fàcil. Una bona bufetada, aquella. Ho sentia. De debò que ho sentia.

No havia anat a la televisió per convicció, sinó per rendició. Se sentia acorralat. I perquè, potser, la seva consciència ja no tenia capacitat per albergar més malestar.

Havia arribat el moment de posar sobre la taula una veritat que fins aleshores havia estat encoberta.

—Per què ha acceptat la invitació del programa, senyor Ros?

—Vinc a denunciar els culpables d'uns fets horribles.

# 69

L'alcohol, la droga i no saber aturar a temps una situació que se'ls havia escapat de les mans van ser els pilars de l'al·legat del Samuel davant els teleespectadors. «No era cent per cent conscient dels meus actes. Estava greument perjudicat pel consum d'alcohol i cocaïna, i això va afectar les meves capacitats. N'estic molt penedit i, de tot cor, demano perdó». El percentatge de veritat que contenia aquella frase, en realitat, tant era. El Víctor, l'únic testimoni viu juntament amb el Samuel, seria el primer interessat a corroborar fil per randa aquella versió. L'alcohol i la cocaïna podrien ser utilitzats pels advocats defensors com a atenuants per mirar de reduir la responsabilitat criminal. Així que, per regla de tres, allò esdevindria una veritat de vint-i-quatre quirats.

Un cop el Samuel va explicar el qui i el què, el Jordi Cidoncha va fer la pregunta que es feia tota l'audiència: per què ho confessava tant temps després en un programa de màxima audiència? Doncs, pel pes que carregava a la consciència. Què podia dir, si no? El músic va obviar qualsevol referència a les amenaces de la veu robòtica que havien forçat la seva capitulació. Confiava que, de cara al jutge, la confessió i el penediment públic en un mitjà de comunicació d'abast nacional fossin un altre atenuant per a una eventual reducció de condemna.

El Jordi Cidoncha va estirar l'entrevista fins als quaranta minuts i va donar pas a la publicitat per posar-hi el punt i final. A partir d'aquell moment, hi hauria tarifa plana per al descrèdit de l'Orquestra Filharmònica de Barcelona i per als quatre bastards que havien violat la Clara Guevara.

Adeu carrera musical.

Adeu patrocinadors.

Adeu ajuts públics.

Adeu prestigi cultivat durant anys.

Adeu futur.

Hola proscripció.

A l'OFB més li valia tancar la paradeta, perquè d'una crisi de reputació així no se n'hauria sortit ni el mateix Houdini. I, amb tot això, mancava la gota que faria vessar el got: el cos de Mossos d'Esquadra encara no havia fet públiques les detencions de l'Aurora Molina i els seus sequaços enmig del Mediterrani. Era, ben bé, que el pitjor encara havia d'arribar.

Quan el regidor de *La tarda de TV21* va anunciar que «estaven fora» i que, per tant, la publicitat «estava dins», el Jordi va aixecar-se per consultar la repercussió de l'entrevista a les xarxes. M'agrada, retuits i nous seguidors eren sempre benvinguts per satisfer el necessitat de gratificació instantània en la cruel jungla d'immediatesa i hiperconnectivitat tecnològica en què s'havia convertit el periodisme.

El presentador no va acomiadar-se del Samuel, que, com un estaquirot, va quedar-se clavat a la cadira, paralitzat mentre el món seguia girant al seu voltant. Totalment inexpressiva, la seva mirada era una porta oberta al no-res. Tantes voltes que hi havia donat al cap i ja estava fet. S'havia obert en canal i ara només calia esperar que voltors de tota mena i condició vinguessin a devorar-lo.

A l'altra banda de la balança hi havia la seva mare. Va pensar en ella, alleugerit. Se'n faria molts farts, de plorar. Però no li passaria res per culpa del tarambana del seu fill. Déu ens en guard. Això sí que, de debò, hauria sigut un llast a la consciència. No hi hauria hagut cap atenuant que mitigués un sentiment de culpa tan gran.

El Samuel va aixecar la vista cap al fons de l'estudi: sota els focus i rere les càmeres hi va reconèixer l'Aran Bosch. Recordava la seva cara de les declaracions al Palau de la Música Catalana i a la comissaria de les Corts. Rere seu, hi havia dos agents uniformats. Quedava inaugurada, formalment, una nova vida que de ben segur seria pitjor. El d'aquella tarda era l'inici d'una sèrie d'actes de supervivència. Les primeres passes serien el calvari del judici, que vindria seguit d'uns anys a la garjola. Uns quants, segurament. El rebombori mediàtic que es muntaria arran de l'entrevista, de ben segur, influiria sobre el jurat i el jutge. Si li tocava jutgessa, ja havia begut oli.

Procurava no pensar en les històries que s'explicaven sobre els violadors i les presons. Era una cosa que sobrevolava pels seus pensaments, però que encara no havia aterrat. Ja s'hi trobaria, ja hi bregaria. Creia intuir quins eren els límits rere els murs. Deien que només hi ha una cosa pitjor que convertir-se en una joguina sexual dins de la presó: ser un delator. Per a ells hi ha reservat un tracte encara més especial. Hauria d'improvisar i adaptar-se per sobreviure.

Durant una pausa publicitària, un plató de televisió és un anar i venir de tècnics, convidats, assistents i altra gent. Enmig d'aquella barrejadissa, la mirada del Samuel va topar amb la de l'Aran Bosch. Havia arribat el moment. Abans, però, tenia una darrera cosa a fer. Va treure el mòbil de la butxaca i va escriure un whatsapp al Víctor. Curt. No calia més. Era sentit, això sí. Estava escrit des del cor. Com se'l prengués, ja seria cosa seva.

Després, va alçar-se i va estirar l'esquena, les vèrtebres van cruixir per queixar-se. No va esperar que el vinguessin a detenir. Va caminar, a poc a poc i capjup, en direcció a la sortida del plató per anar a trobar els Mossos d'Esquadra. El Jordi Cidoncha, a qui no se n'hi escapava ni una, va llegir la jugada i va manar moure les càmeres robotitzades per tenir enregistrat el moment de la detenció. Una altra exclusiva d'un vanitós confés. Fote't, Canal 4.

—Hola, caporal Bosch. M'imagino que han vingut a detenir-me.

El Samuel va estendre els braços endavant i va oferir els canells.

# 70

Al saló de casa seva, el Víctor va llegir el missatge en què el Samuel es disculpava pel camí de pedres que li deixava per endavant. Tota una vida de favors abaixava el teló amb un «ho sento» per justificar una punyalada per l'esquena d'aquelles que no t'esperes i que, sens dubte, són les que fan més mal.

Sobre la tauleta de la sala d'estar, el Víctor hi tenia una ampolla de whisky, un got ple fins dalt de tot, un bitllet enroscat i molta més cocaïna de la que el seu cos podia arribar a tolerar. Fumava compulsivament, pres per la fúria i, per primer cop a la vida, també per la impotència de veure que la persona que el món havia admirat ja no existia. Les reverències, el respecte i el reconeixement se n'havien anat a can Pistraus en cosa de minuts i, amb ells, també aquella aura de divinitat que l'havia acompanyat.

La Cristina l'havia plantat i havia tocat el dos de casa. En una maleta de rodes hi havia encabit tota la roba i la dignitat que va poder per anar tirant fins que vinguessin temps millors. El seu pacte llibertí no incloïa, en absolut, les conductes denunciades pel Samuel i no va voler escoltar cap mena d'explicació. Si furgava el seu interior, s'adonava que el Víctor n'era perfectament capaç, d'allò. La dominació, la cocaïna, l'agressivitat, l'escassa tolerància a les negatives, la cantarella de l'addicció al sexe. No hi ha pitjor cec que el qui no hi vol veure i, durant molts anys, ella va mirar cap a una altra banda. El confort d'un compte corrent que no te l'acabes ja les té, aquestes coses.

De fons, el televisor omplia el silenci després de la tempesta amb la Cristina. El Jordi Cidoncha havia preparat una tertúlia en què periodistes farien de juristes, de policies i de psicòlegs per analitzar el patró sistemàtic d'abús de poder i d'abús contra les dones relatat pel Samuel. El mestre seria al centre d'una diana on els copets a l'esquena, habituals fins ara, es convertirien en afilats dards enverinats.

El Víctor va empassar-se un got de whisky d'un glop i, tot seguit, va tornar a omplir-lo fins dalt. Després del mam, venia la coca.

Mam, coca.

Mam, coca.

Mam, coca.

Una cosa portava a l'altra. Massa anys castigant el cos per no saber-ho. Era presoner d'aquell maleït cercle viciós. La seva particular roda d'hàmster.

Mentrestant, aquells xarlatans tenien carta blanca per dir-hi la seva a *La tarda de TV21*:

—*El Víctor Alemany utilitzava el poder per imposar la seva cultura de la por i de l'assetjament. Aquesta pràctica va acabar amb la vida de la Clara Guevara.*

—La puta de la Clara... No teníeu ni idea de qui era i ara resulta que la coneixeu tots.

El diàleg unidireccional amb la televisió era fruit d'una emoció tan potent com la ràbia. La seva flama s'expandia a gran velocitat per dins el Víctor com a resposta a una situació injusta que tirava per terra la seva imatge i posició social. Era exactament així, com ho percebia. Al sentiment de ràbia, l'acompanyava la frustració, la irritació, l'enuig i l'hostilitat. Mai ningú havia parlat d'ell en aquells termes. No estava preparat per a una bufetada de realitat d'aquella magnitud.

Negava amb el cap mentre preparava l'enèsima ratlla de cocaïna, que va esnifar com si s'acabés el món. Immediatament, va seguir amb aquella espiral diabòlica preparant-ne una altra, que va consumir amb la mateixa voracitat. Encabat, va tamborinejar el tou de l'índex per sobre de la tauleta i va llepar-lo per escurar els rosegons de polsim blanc. Sabor amarg. Plaer prohibit.

—*El Víctor Alemany s'aprofitava de la seva jerarquia. Hi ha una posició de domini que, després dels actes coneguts, el converteix en un violador.*

—Violador? Jo? Que jo també tinc mare i una germana, hòstia!

Des de l'estupefacció de qui creia ser víctima d'una cacera, el mestre tenia el convenciment que a aquell tribunal de la Inquisició format per periodistes no els importava ni la veritat ni les persones. El volien a ell en forma de trofeu, de medalla. Allò era un assassinat social en tota regla.

La confessió del Samuel havia fet descarrilar la seva vida. Amb tot el que havia fet per ell... Sempre l'havia considerat com de la família i mira com l'hi pagava. De desagraïts, el món n'és ple.

Va sentir un calfred que va anar acompanyat de suor. Quan va adonar-se'n, estava amarat amb la camisa xopa enganxada al pit i a l'esquena. Feia estona que el capvespre havia tret el nas. La finestra s'havia convertit en un mirall on es reflectia la seva imatge demacrada amb la cara desencaixada, la barba desmanegada i les pupil·les dilatadíssimes.

Mam, coca.

Mam, coca.

Mam, coca.

La roda de l'hàmster.

Va trucar a l'Aurora mentre feia anar el peu amunt i avall amb ansietat. El mòbil li tremolava a la mà. Donava senyal, però aquella idiota no responia.

El cor, desbocat, li repicava a tota velocitat. Cada batec era una martellada més forta que l'anterior que s'amplificava per tot el cos. Va posar-se la mà al pit. Allò anava molt de pressa. La farlopa, la pujada d'adrenalina, els putos nervis. Tot era culpa del Samuel. Va sentir una gota de suor que li regalimava per la templa. Va eixugar-se-la amb la mà i va notar-se calent, com si tingués febre. Va tocar-se les galtes. Li bullien. Del pit, li sortien fogots que s'escampaven sense control per tot arreu del cos.

—*Aquests personatges actuen així, per la sensació de poder que els dona* —continuava el Jordi Cidoncha—. *Si no passaves pel seu llit, no actuaves amb ell i ves a saber si podries tenir una altra oportunitat en el món de la música. La Clara Guevara tenia una posició vulnerable. No m'estranyaria que comencessin a sortir dones que expliquessin les seves vivències personals al costat d'aquest subjecte.*

El Víctor era conscient que, a partir d'aquell dia, un mercat negre d'històries sobre ell començaria a circular. Moltes serien veritat, algunes estarien exagerades i algunes serien una gran mentida, però totes es donarien per vàlides.

—Ara resulta que ho saben tot de mi, aquests fills de puta...

Va notar-se la veu tremolosa, distorsionada. Va inspirar i expirar acceleradament. Li costava respirar amb normalitat.

Va tornar a trucar a l'Aurora, però res. Va sentir com si l'estómac li comencés a escalar per la gola. Va preparar una altra ratlla que va anar nas amunt en un tres i no res.

—*Gent així, amb aquest poder, es valida de les seves coneixences i influència per creure que mai tindran problemes* —va afirmar el tertulià—. *Aquest senyor ha violat, vexat i agredit una dona. Que tot el pes de la llei caigui sobre seu.*

—*Disculpeu* —va tallar el Jordi Cidoncha—, *perquè ens porten una darrera hora des dels serveis informatius. Connectem amb el plató del Telenotícies amb el nostre company Pere Gómez Masip. Bona tarda, Pere.*

*—Bona tarda, Jordi, efectivament, tenim notícia d'última hora relacionada amb l'entrevista que has fet aquesta tarda al Samuel Ros, i és que, segons informen els Mossos d'Esquadra, en una operació policial feta la passada matinada s'han requisat més de cent quilos de cocaïna i s'han practicat diverses detencions relacionades directament amb aquest operatiu, entre les quals la de la gerent de T&M Grup i de l'Orquestra Filharmònica de Barcelona, Aurora Molina. De moment, no tenim més detalls de l'operació. En un altre ordre de coses, informar que l'escàndol al voltant de Víctor Alemany només ha fet que començar. Després de la confessió que acabem de sentir al teu programa, Jordi, ja hi ha veus a les xarxes socials que reclamen reaccions dins el món de la lírica i demanen que grans escenaris com el Metropolitan de Nova York, l'Òpera de Los Angeles i el Royal Albert Hall londinenc cancel·lin les actuacions que tenen programades amb Víctor Alemany. També es reclamen reaccions polítiques, i els partits de l'oposició han demanat al govern, a través de les xarxes socials, que es retirin totes les condecoracions atorgades a Víctor Alemany i que el govern es personi com a acusació popular en el cas. Ampliarem aquesta i altres informacions al Telenotícies vespre.*

*—Estarem atents al Telenotícies. Moltes gràcies, Pere Gómez Masip.*

Després d'anys transitant per laberints desaconsellables amb conductes delictives, el Víctor hauria d'enfrontar-se, amb tota probabilitat, a una pena de presó. Encara que, de ben segur, la pitjor pena seria la condemna a l'ostracisme. Ell, que sempre havia tingut especial cura de la relació amb els mitjans de comunicació per projectar la seva imatge, veuria, ara, com la bola de neu es faria més i més grossa. Era conscient que, quan et ve a sobre, aquest tsunami no l'atura ningú.

L'Aurora estava detinguda. Per això no responia. Va imaginar-se-la en una cel·la. Amargada, amb la seva cara de pansa.

No va fer-li cap pena, però això no treia que fos conscient que cada vegada anaven més mal dades.

—*Un abús físic comporta un abús emocional. Podem afirmar sense risc d'equivocar-nos que el senyor Víctor Alemany va destrossar moltes vides.*

—Fills de puta!

Va llançar el got de whisky contra el televisor amb tota la força del seu braç musculat. La pantalla va dibuixar diverses esquerdes que naixien des d'un mateix punt.

Estava acorralat.

Va trucar al mòbil personal del president de la Generalitat, però no va agafar-li el telèfon. Després, al conseller d'Interior, i tampoc. La gent és molt caragirada.

No parava de fer ganyotes, de fregar-se la llengua per les dents, d'aspirar compulsivament per efecte de la droga.

Un altre got fins dalt cap dins.

Una altra ratlla cap dins.

Tot d'una, va notar humitat sota els narius. Va passar-hi el canell i dos carrils de sang hi van deixar el seu rastre.

De sobte, va semblar-li que sentia un soroll a la llunyania. Totes les alarmes internes se li van posar en guàrdia. Va pujar corrents les escales cap al primer pis. Va entrar a la seva habitació per treure el cap pel balcó. Aleshores sí, va confirmar les seves sospites. El soroll de fons que sentia eren sirenes. Les llums blaves de tres cotxes patrulla ressaltaven en la foscor. S'acostaven a gran velocitat per la carretera que moria al seu casalot de la zona alta de Barcelona. Al darrere, segur, arribarien els voltors dels periodistes i, amb ells, la pena del Telenotícies: sortir emmanillat en horari de màxima audiència. Ell, el gran mestre, convertit en un criminal.

El Víctor va baixar les escales trontollant. Sentia les sirenes cada vegada més a prop, fins que, de cop, van emmudir. Segons més tard, va sentir a través del jardí uns cops de porta dels cotxes patrulla. A la sala d'estar, el Víctor respirava accelerat. Va passejar la vista per la vitrina de les vanitats. La medalla de l'Orde de les Arts i les Lletres de França, la Creu de Sant Jordi, el Grammy, les fotos amb Obama, amb Messi i amb el Sant Pare. Adeu a una vida d'èxit.

Els mossos aporrinaven la porta al crit de «policia». Va reconèixer la veu de la sergent Roca. Aquella desgraciada acabaria guanyant la partida.

Va sentir com les cames li fallaven i, tot seguit, va caure arraulit. El cos li tremolava sense cap mena de control. Va prémer fort els ulls. Qui t'ha vist i qui et veu.

De sobte, el Víctor va experimentar un dolor intens i opressiu al centre del pit acompanyat d'una forta cremor. El dolor va estendre's cap al braç esquerre i la mandíbula. Va sentir nàusees i les dificultats per respirar van agreujar-se. Una mena d'apnea en plena consciència. Les vies respiratòries s'havien tancat del tot. S'ofegava i ho sabia. La ment va omplir-se-li de terror mentre el seu cos buscava aire amb urgència, però, per més que ho provava, no n'entrava gens ni mica. El mal al pit era infernal; com si un punyal roent li travessés el cor. De fons, la policia seguia aporrinant la porta.

—Mossos d'Esquadra! Obri, senyor Alemany!

El seu cos va reaccionar amb moviments frenètics a la cerca desesperada d'una mica d'aire. La disminució del flux sanguini va provocar que el rostre empal·lidís amb rapidesa. Un brunzit a les orelles va ser el darrer que va sentir abans de deixar-se anar i caure en un bressoleig fosc que va fer-li perdre la consciència fins a desplomar-se a terra.

Quan els agents van aconseguir esbotzar la porta de l'entrada, la Martina ja no li va trobar el pols. El Víctor Alemany no seria mai jutjat pels seus actes.

# 71

La nit havia sigut llarga. Entre l'arribada de la comitiva judicial, l'examen forense, l'aixecament del cadàver i l'escorcoll, el grup d'investigadors va marxar a tres quarts de quinze de casa del Víctor Alemany. Amb tot plegat, a penes havien pogut maldormir un parell d'hores, i encara gràcies.

Aquell matí, carregaven al damunt una mena de ressaca que comportava pesantor al cos i una visió emboirada que tan sols s'esvairia amb unes quantes hores de descans. Mentre no arribaven, cafè a dojo i, què hi farem, a fer-se fotre.

L'adeu del gran mestre —l'autòpsia certificaria infart agut de miocardi per sobredosi de cocaïna— havia aixecat un gran rebombori mediàtic que va obrir els informatius, les portades dels diaris i els davantals dels grans programes radiofònics. Molts d'ells, potser tots, l'havien entrevistat, lloat o encimbellat en algun moment del passat recent. Però el gegant va resultar tenir els peus de fang, i ara, amb les evidències delictives sobre la taula, on van dir blanc deien negre i traurien a relluir una veritat absoluta que el Mark Twain va resumir amb aquella frase de «les persones són com la lluna. Sempre tenen un costat fosc que no ensenyen a ningú».

Malgrat el cansament i la mà d'hores treballades en les darreres jornades, els tres investigadors s'havien citat a la sala de reunions per ordre de la sergent. Quina mena de poli seria si donava festa a l'equip tenint la resolució del cas a tocar? Una bona poli no les feia, aquestes coses.

Només arribar a la comissaria, l'Aran va llegir un correu del Departament de Sistemes que esperava amb candeletes des de feia dies. A l'instant, va pujar dos pisos fins a plantar-se davant la taula de l'informàtic.

—Has rebut el meu mail?

—No. He vingut a veure't la cara, si et sembla. —L'Aran va parar la mà com qui reclama un deute.

—Ja està fet. *Password* petat. Ha sigut fàcil.

—Collons, rei, doncs per ser fàcil, bé que has trigat. Corria pressa.

—Sí, ja... —Va fer petar la llengua amb ironia—. Per a vosaltres tot sempre corre pressa. Apa, aquí el tens.

L'informàtic —rastes, foradat de pírcings i aires de Steve Jobs de pa sucat amb oli— va lliurar-li el portàtil de la Clara Guevara. En un pòstit, enganxat sobre l'aparell, hi havia escrita la contrasenya.

L'Aran va ficar l'ordinador en una motxilla i va anar-se'n sense acomiadar-se ni donar les gràcies. Ja el tenia calat, a aquell. Simulava que, per a ell, tot era bufar i fer ampolles. Encara que, en realitat, era dels que no explicava mai les hores que pencava per evitar que es qüestionés si tenia els coneixements suficients per treure's la feina. Un impostor amb aura d'eficiència. Un autèntic mestre en el vomitiu art de la falsa modèstia i en la utilització d'anglicismes a l'estil setciències. L'infern n'és ple, de gent així.

L'Aran va baixar un parell de plantes fins a la sala de reunions. Després de la nit gairebé en blanc, tant el cos com la ment li anaven a càmera lenta. Malauradament, el dia just començava i tot feia suposar que seria llarg. Així que paciència.

Va fer un parell de trucs a la porta i va entrar sense esperar resposta. La Martina i el Fede, asseguts, tenien la vista fixada en el telèfon del Víctor Alemany, que descansava al centre de la taula. De l'altaveu en sortia una veu distorsionada, d'aquelles que posen a la tele quan pixelen la cara d'algú que vol preservar la identitat.

—Escolta això, Aran.

La Martina va gesticular enèrgicament amb la mà perquè s'acostés. El Fede va posar, des del principi, el missatge que la veu robòtica havia enviat al Víctor Alemany.

El compte enrere ha començat. L'adverteixo que no dormirà.

Amb aquell missatge, el trencaclosques omplia molts dels buits que fins en aquell moment estaven en blanc. Tot i que encara els quedaria alguna peça per encaixar, l'enregistrament aplanava el camí.

—Hòstia, era un xantatge...

—Sí, Aran —va confirmar la Martina.

—Això lliga amb la informació que m'ha passat la Unitat de Salut Pública.

—Què t'han dit?

—Que cap dels que van participar en la violació de la Clara Guevara formava part de l'entramat de narcotràfic.

—Cap d'ells? —va preguntar la Martina.

—Per les escoltes telefòniques, sembla que potser el Víctor Alemany en tenia un cert coneixement, però res més. La seva tasca era purament artística.

—Però..., i els músics i el Leo Duart? Només la violació?

—Ahà. Tot allò relacionat amb el narcotràfic ho manegava l'Aurora Molina amb l'Arnaldo Quiroga i altres perles que tenien a les seves ordres. Els de la Unitat de Salut Pública n'estan completament segurs.

—Per tant, tot el que afecta la nostra part del cas es redueix a una venjança per la violació de la Clara Guevara —va resumir el Fede.

—Exacte.

—O sigui que el Samuel Ros no ha confessat pas perquè tingués remordiments.

—Hòstia, Fede, però que baixes d'Arbeca, tu? I què et pensaves? Que ho feia perquè de sobte s'havia tornat bona persona? —La sergent, incrèdula, va remenar el cap—. Hem trobat el missatge de l'amenaça al mòbil del Samuel Ros?

—No. Si el va rebre, va esborrar-lo.

—Demaneu als de sistemes a veure si poden recuperar els missatges eliminats.

—Sí, sergent —va respondre l'Aran, amb l'imbècil de les rastes al pensament.

—Estic convençuda que tots els altres ho van rebre i que el Samuel Ros, veient què els havia passat a la resta, va decidir parlar. El que em fa ballar el cap és que la Clara Guevara no tenia familiars a Barcelona i no li coneixem cap amistat. Qui collons hi deu haver darrere de tot això?

—Potser aquí hi trobarem la resposta.

L'Aran va treure de la motxilla l'ordinador que l'informàtic acabava d'entregar-li i va dipositar-lo sobre la taula.

—És el que em penso que és?

—Ho és, sergent. L'ordinador de la Clara Guevara que vas portar de Buenos Aires. Ja ens han piratejat la contrasenya.

—De puta mare. Ja han tornat les persones que tenien de baixa?

L'Aran va encongir les espatlles.

—És igual... Ara que, s'ho han pres amb calma, per això, eh!

—Ja saps, l'imbècil aquell... Quan el tinguem examinat t'expliquem què hi ha.

—No, Aran. Espera —va tallar la Martina—. Els de dalt

m'han trucat fa una estona. El conseller i el major han demanat l'informe del Víctor Alemany. I ja saps que això va en cascada i, ara, els de dalt pressionen per tenir-lo al més aviat possible. Sé que ahir vam acabar tard, però us hi heu de posar.

—Per a quan volen l'informe? —El to del Fede destil·lava desesperació i resignació a parts iguals.

—Per a aquest migdia... Ja sabeu què passa quan la dinya un famós a qui han condecorat.

—Si a més a més era un cocaïnòman i un violador que treballava per a una empresa que blanquejava del narcotràfic, imagino que l'informe encara els deu córrer més pressa.

—Això mateix, Aran.

—Putos polítics de m... —es va lamentar el Fede.

—Ja ho pots ben dir. Feu l'informe entre tots dos. Jo examino l'ordinador.

L'Aran va donar el portàtil a la Martina, que va marxar amb l'aparell sota el braç.

La sergent va tancar-se al despatx i va plantar el cul a la cadira de l'escriptori amb l'objectiu d'esprémer l'ordinador. Va engegar-lo i una foto de la Clara Guevara en plena actuació va ocupar la pantalla. Era guapíssima. Els ullassos blaus feien joc amb el vestit llarg de lluentons. Va imaginar-se-la sobre l'escenari, emocionada amb els aplaudiments del públic i fent reverències d'agraïment. Diuen que res enganxa tant els artistes com aquesta sensació.

La sergent va dreçar l'esquena, va consultar el pòstit i va teclejar la contrasenya. En prémer el «Return», una sintonia de benvinguda va sonar i un somriure va il·luminar-li la cara. Carta blanca per submergir-se en la memòria de la difunta.

A jutjar per com tenia organitzat l'ordinador, la Clara Guevara era una persona ordenada. Carpetes per temes i, dins de cadascuna, subcarpetes farcides de documents. N'hi havia de tot tipus, però hi predominaven els relacionats amb la música.

Fotos, contractes, partitures, entrades de les seves principals actuacions i les cròniques que n'havia fet la premsa especialitzada.

Després d'un parell d'hores aprofundint en la vida de la morta, la Martina va topar amb una icona d'un enregistrament de vídeo. Va clicar i la cara de la Clara Guevara va ocupar tota la pantalla mirant a càmera. El contrast amb les fotos que acabava de veure era abismal. La nit i el dia. Estava molt desmillorada, amb sacsons pronunciats a les galtes i bosses liloses bufades sota uns ulls tristos que demanaven a crits una espatlla on recolzar-se. La Martina va reconèixer el pis que havia visitat, on la Carme, la veïna del bloc, va assenyalar el Leo Duart com la persona que amenaçava la Clara. Pel seu cap van passejar-s'hi les fotos de l'expedient policial. Va tenir flaixos de diversos detalls.

Els ulls fixos i lleugerament oberts, amb pupil·les dilatades.

La mandíbula relaxada, amb la boca subtilment esquixada.

El cos penjat enmig d'un desordre que explicava com havien sigut els seus darrers dies de vida.

La sergent va rebufar com qui es disposa a pujar una muntanya costeruda, va col·locar-se els cascos i va prémer el «Play».

La Clara parlava a càmera sense esma i amb la mirada apagada, com si les forces haguessin decidit claudicar davant el destí. A mesura que avançava la gravació, els ulls de la Martina s'anaven obrint de manera creixent fins a arribar a ser dues taronges enmig d'una cara d'estupefacció. Sentia com l'adrenalina es disparava dins seu. Va fregar-se la closca amb el palmell de la mà. Un altre gir de guió. És ben bé que, en aquesta vida, mai no ho has vist tot.

Tenia el cap fet un niu de pensaments que es connectaven a tota velocitat.

Va consultar el rellotge: un quart de dues. Havia de córrer. Com una exhalació, va tancar l'ordinador de la Clara Guevara i va alçar-se de la cadira per sortir cames ajudeu-me del despatx.

—Marxo —va anunciar quan va passar per davant els caporals submergits en la burocràcia.

—Què fem quan tinguem l'informe?

—Envieu-me'l per correu electrònic i el passaré als de dalt.

—On vas?

—Al registre civil i a serveis funeraris.

Una partida de naixement.

Un llibre de família.

Un certificat de defunció.

El pagament d'unes exèquies.

Amb això hauria resolt el cas.

# 72

L'eco d'unes passes llunyanes va captar la seva atenció. A poc a poc, s'anaven acostant pel passadís fins que van aturar-se davant la cel·la. Ell, ajagut al matalàs, va alçar la vista.

—Duart, vine amb mi —va ordenar un agent.

Sortir del cau va ser una alenada d'aire fresc. Després de gairebé tres dies tancat, tenia el tuf d'orina ficat al nas, la penombra als ulls i la humitat als ossos. Ficats al cap, també, hi tenia una samfaina de pensaments, la majoria negatius. Qui s'ha trobat entre reixes ja sap com les gasta el coco.

L'agent va acompanyar el Leo fins a una de les sales contigües als passadissos de garjoles que hi havia a la planta menys u de la comissaria. A dins, la Martina l'esperava amb un ordinador i un sobre opac damunt la taula. El detingut va seure.

Un cop de porta darrere seu va anunciar que s'havia quedat sol amb la sergent. Entre aquelles quatre parets —pintura descrostada, mobiliari blau i llum gèlida—, esperava tenir l'oportunitat, per fi, de justificar els seus actes.

La investigadora, muda, va obrir l'ordinador i va fer trotar els dits per sobre del teclat. Instants després, el missatge de la veu robòtica va sortir dels altaveus. La Martina va deixar que el Leo l'escoltés de principi a fi, i que, un cop acabat, un silenci tens surés en un ambient governat per la mirada rígida amb què la sergent l'estava posant a prova, però ell va aguantar el tipus sense que cap reacció espontània el delatés. En tenia per donar i per vendre, d'aplom. No obstant això, si es regira bé, tothom té un punt dèbil. Una tecla que, si es toca, t'enfonsa. El Leo es preguntava si la sergent hauria trobat la seva. No trigaria gaire a saber-ho.

—Vostè va rebre aquest àudio, senyor Duart?

—No.

—N'està segur?

—Del tot.

—Sabia de la seva existència?

Aquí, el Leo va preferir callar per no ser esclau de les seves paraules. La sergent, condescendent, va teclejar a l'ordinador i van encarar-lo cap al detingut. A la pantalla hi havia la imatge d'un vídeo pausat de la Clara Guevara. El mateix que havia trobat al portàtil confiscat a Buenos Aires i que va fer-la sortir a correcuita cap al registre civil i els serveis funeraris feia tan sols unes hores.

En veure la pantalla, el Leo va sentir com un esglai que li naixia del còccix li pujava tota l'espina dorsal fins a tocar-li en el més profund de l'ànima, allà on fa més mal. Quan la Martina va creure que el detingut prestava tota la seva atenció al portàtil, va prémer el «Play», la imatge va descongelar-se i la Clara va començar a parlar.

—*Hola, Leo, quan vegis aquest vídeo, jo ja no hi seré. Hauré posat fi al malson que visc des de fa temps. Mai t'ho he acabat d'explicar tot. No n'he estat capaç. Però, ara, necessito que sàpigues la història completa i que entenguis les raons per les quals me'n vaig.*

Els ulls del Leo van humitejar-se i la barbeta li va començar a tremolar. Nerviós, va fitar la sergent, que, sense dir ni piu, va retornar-li una mirada indulgent. Un llarg sospir semblava voler alliberar espai interior per albergar el dolor que comportava tornar a veure aquelles imatges. La Clara distava molt de la bellesa que omplia l'escenari amb una veu privilegiada. Havia desconnectat del seu cos. Hi havia perdut l'interès. Semblava com si el menyspreés i que això li hagués generat trastorns com el d'abandonar la higiene o l'obesitat mòrbida. Amb una munió d'herpes al voltant de la boca, els cabells enredats i greixosos, un sobrepès extrem i les dents esgrogueïdes, tenia l'aspecte d'haver-se lliurat a l'autodestrucció.

—*Tot va passar a Nàpols, això ja ho saps. Després de l'actuació al San Carlo, jo estava eufòrica. Totes les felicitacions, els aplaudiments... Sabia que l'Andrea Bocelli era al teatre i això va ser... Però que baixés a felicitar-me als camerinos va ser un somni fet realitat. Em va dir que n'havia quedat impressionat. Que tenia una maduresa vocal inaudita per a la meva edat. «Madama Butterfly és com córrer una marató i tinc la impressió que tu la faries com si res», va dir. No tinc paraules per explicar com em vaig sentir. Aquella nit... vaig tocar el cel. Vaig pensar que ja em podia morir. I, d'alguna manera, vaig començar a fer-ho. Després del concert i del sopar, a l'hotel, el Víctor em va convidar a pujar a la seva suite. «Per celebrar-ho amb tots», va dir. Vam començar a beure: una copa, després una altra i una altra... M'ho passava bé i, per què negar-ho, ser dins del cercle reduït de l'orquestra, el Samuel, el Toni, el Jaume... i, és clar, el Víctor, em feia sentir especial. «Amb l'actuació d'aquesta nit és el pas natural», vaig pensar. «Ja formes part de l'elit». El Víctor pot arribar a ser molt seductor i sap jugar amb la seva aura per aconseguir el que vol. Admeto que aquella nit va tenir un gran poder d'atracció sobre mi. Estic segura que si haguessis estat allà, te les hauries empescat per agafar-me del ganyot i treure'm de l'habitació. Sé que mai has volgut que se sabés que estaves pendent de mi, que el Víctor havia de ser l'únic gall del galliner, però crec que aquell dia t'ho hauries saltat. Quan ja portàvem molt alcohol a sobre, el Víctor va treure cocaïna.*

El cervell del Leo va projectar el que algunes vegades havia vist: una muntanya de droga sobre la taula que els assistents a la festa anaven esnifant.

—*N'hi havia molta, de cocaïna. O això em va semblar. Només hi érem el Víctor, el Toni, el Samuel, el Jaume i jo. Vist amb el temps, m'adono de com d'estúpida vaig ser. Va oferir-ne a tothom. Tret del Toni, tots en vam prendre. No sé per què ho vaig fer... Per no ser menys, potser. Les bromes van anar pujant de to. Vam seguir una estona mentre la quantitat de coca anava disminuint. El to de la conversa seguia pujant i va ser llavors quan el Víctor em va dir «ens l'has de mamar a tots». Jo... vaig fer una rialla nerviosa, però el Víctor se'm va quedar mirant fixament i de seguida vaig adonar-me que no feia broma. Aleshores, vaig intentar fugir, però el Toni, el Jaume i el Samuel van subjectar-me mentre el Víctor s'abaixava els pantalons.*

La Clara no va dir cap paraula durant uns segons. Va desviar els ulls de la càmera alhora que serrava les dents, cercant forces per continuar.

A la Martina va ser-li impossible no pensar en la Irene. Aquella mirada, aquell esbufec, aquell creure que no pots. Però quina mena de poli seria si barrejava l'aspecte personal amb el professional? Una bona poli no les feia, aquestes coses.

—*Vaig suplicar que em deixessin. Els vaig fer entendre de totes les formes possibles que no ho volia. Vaig cridar, els vaig dir que paressin... Però estaven fora de si. El Víctor... El Víctor em va dir que no podia anar amb aquell vestit cenyit, ensenyar la regatera i escalfar-los la polla per després marxar com si res. Que què m'havia cregut. El Jaume va arrencar-me el vestit i la roba interior mentre el Samuel em subjectava. Em vaig quedar nua...* —La veu va començar a tremolar. Parlava com si les paraules haguessin d'esmicolar-se en qualsevol moment—. *I mentre els altres em subjectaven, el Víctor em va violar.*

La Clara va fer una altra pausa. Aquest cop una mica més

llarga. Va empassar-se la saliva, va mossegar-se els llavis plens d'herpes i va tancar els ulls amb força. Quan els va obrir, la seva mirada era un reflex dels seus pensaments.

—*Després del Víctor, el Jaume i el Samuel també em van violar. L'un darrere l'altre... «A veure si aprens a ser obedient», em deien mentre reien. El Toni es masturbava mentre mirava i ho anava filmant amb el mòbil. Em van amenaçar amb fer circular la gravació. Van tapar-se les cares perquè no se'ls veiés. Però a mi se'm reconeixia perfectament. Només de pensar que tothom podia veure el vídeo, em moria de la vergonya. No sé qui d'ells va ser que va dir «la de palles que em faré amb això». Fills de puta... Quan van acabar, el Víctor em va agafar pel coll. I, mirant-me fixament als ulls, em va dir: «Si expliques res d'això, et juro que et mato amb les meves mans». Em pressionava tan fort que no podia respirar. Em pensava que m'ofegava, que era el final. Quan em va deixar anar estava mig marejada; per un moment, l'aire no em va arribar als pulmons. Vaig sentir moltíssima por i vaig vomitar. Després, com vaig poder, me'n vaig anar corrents a la meva habitació. Sé que no és el que s'ha de fer, que has d'anar directament a comissaria per l'ADN i tot això... Però no vaig poder. Estava morta de por. Vaig estar hores i hores a la dutxa. Plorant, histèrica, tremolant. No podia amb la meva brutícia... I em feia mal tot: a baix, els braços, el coll, em van arrencar un floc de cabells... Però el pitjor és aquí.* —Va tocar-se la templa amb l'índex—. *No vaig dormir en tota la nit. L'endemà, a la tornada cap a Barcelona, cap d'ells em va dirigir la paraula. Jo estava amb el cap cot, no gosava ni mirar-los. En un moment donat, a l'aeroport, els meus ulls van topar amb els del Víctor... I vaig pixar-me a sobre... Mai a la vida he sentit tanta por. En tornar a casa, a Barcelona, vaig estar molts dies plorant. No em veia capaç de tornar, malgrat l'actuació a Nàpols. Vaig demanar la baixa al metge. No em van operar d'apendicitis, com vaig dir. Un dia vaig decidir que no hi tor-*

*naria. Que no podia. Que a la merda la meva carrera artística. Jo sabia que qui està a la llista negra del Víctor ho té molt difícil per treballar. Però m'era igual. Quan vaig deixar l'OFB, el Víctor em va enviar el vídeo de la violació. A ells no se'ls veia la cara, però a mi sí. Perfectament. Em va dir que si volia seguir viva, ja sabia què havia de fer.*

El Leo va sentir com la catifa de pèls de l'avantbraç se li cargolava d'una esgarrifança. Una arcada va treure el nas, però, sortosament, va aconseguir apaivagar-la. La tremolor a les extremitats va ser més difícil de negociar.

—*Després d'aquell dia, la meva vida es va convertir en una autèntica merda, en un malson. Encara ho és avui. M'he engreixat cinquanta quilos en cosa de mesos, ja ho saps. L'ansietat em fa menjar a tota hora... I no surto de casa. No puc. No en soc capaç. Fa setmanes que, fins i tot, no surto ni del llit. I no dormo. Estic en estat d'alerta permanent. No aconsegueixo superar-ho. Em venen flaixos del que va passar i sento pànic. No puc respirar. Sento que patiré un atac en qualsevol moment. La meva vida... és una puta merda... I no vull seguir així, no puc més. Sabies una part de la història, doncs bé, ara ja la saps tota. Vull donar-te les gràcies per tot allò que vas fer per mi, Leo. Ets un àngel. Quan vaig arribar a Barcelona em vas acollir. Sempre m'has guiat i ajudat. T'ho agraeixo molt. Però no puc més. Sé que trigaràs dies a veure això, sou als Estats Units de gira ara mateix i tu, el correu personal, no és que te'l miris gaire sovint que diguem. És per això que t'ho envio per aquí i no pas per WhatsApp. No t'ho prenguis malament. Millor que sigui així; no intentaràs aturar-me. L'última vegada que ens vam veure, et vas enfadar amb mi perquè no els denunciava. Porto el teu irònic «És clar que sí! No ho denunciïs! Pel teu bé és millor que callis!» aquí clavat.* —Amb l'índex va assenyalar-se el front—. *Tu i la teva ironia... En fi, Leo, sabies que ells s'havien passat amb mi, però mai m'havia vist amb cor d'explicar-t'ho tot fil per randa.*

*Sempre m'havia fet vergonya. No podia, no me'n veia capaç. Ara que saps tota la història espero que entenguis com em sentia. Recordo el Víctor quan m'escanyava, em violava, i la por em paralitza. T'estimo molt, Leo. Me'n vaig amb l'altra Clara, la teva estimada filla. Ens farem companyia allà dalt.*

# 73

El vídeo va acabar i la imatge de la Clara va quedar congelada de nou a la pantalla de l'ordinador. Deixada de la mà de Déu, segrestada pels dimonis que la devoraven i amb l'aigua al coll dins una societat que fuig com la pesta del patiment.

El Leo va començar a sanglotar. La Martina va treure un mocador de paper i va atansar-lo al detingut, que l'hi va agrair assentint lleugerament.

—Vam trobar aquest vídeo en un ordinador de la Clara que vam confiscar a casa de la seva mare, a Buenos Aires.

El Leo, resignat, va arronsar les espatlles.

—Efectivament, no va rebre l'àudio de la veu robòtica. No m'ha mentit. El que no m'ha dit és que vostè n'és l'autor.

—Tots tenim secrets.

—I culpes que ens turmenten. M'equivoco, senyor Duart?

La Martina va treure uns papers d'una carpeta i va deixar-los sobre la taula. El Leo va entretancar els ulls, fixant la vista per intentar llegir-ne alguna cosa. Va reconèixer els encapçalaments, eren del registre civil i dels serveis funeraris de Barcelona.

—Vostè va pagar el trasllat del cos a Buenos Aires, la cerimònia, la incineració i l'enviament de totes les pertinences a la mare.

—Ja vaig dir-li que s'equivocava amb mi. —El Leo parlava a batzegades, entretallat per sanglots.

—Ara ho sé... El Samuel Ros va confessar ahir en una entrevista a la televisió i va entregar-se. I el Víctor Alemany va morir d'un atac de cor, també ahir.

No calia que el Leo digués que s'havia quedat de pasta de moniato. La comunicació no verbal va fer-ho per ell.

—Un infart de miocardi per sobredosi... Va morir a casa seva poc abans que el detinguéssim. Dels quatre violadors, tres són morts i un és a la presó. Vostè ha guanyat, senyor Duart.

Lluny de somriure, el Leo va endurir la mirada. Era difícil descriure la tramuntana de sentiments que bufava dins seu. En cap cas, però, sentia pena. Més aviat al contrari.

La Martina va treure una fotografia del sobre que tenia damunt la taula i va mostrar-la al detingut. Era d'una noia jove, no devia arribar als vint anys. Havia perdut els cabells i les celles pels efectes de la quimioteràpia. Somreia en una escena de complicitat amb un Leo uns quants anys més jove; quan les canes encara no li havien platejat el cap ni les arrugues li havien ratllat la cara. Al coll, la noia hi portava el penjoll que van treure-li quan van detenir-lo i que ara estava sota custòdia amb la resta de les seves pertinences.

Amb el braç estirat, la Martina va sostenir la fotografia uns instants i, després, va dipositar-la amb cura sobre la taula. El Leo va mirar-se-la, va agafar-la amb la mà tremolosa, va acostar-se-la a escassos centímetres dels ulls i va fer-li un petó. Per un moment, els seus pensaments van viatjar fins a la calidesa de temps millors i la nostàlgia va clavar-li una punyalada que va travessar-li el cor. Després, els sanglots van convertir-se en un sentit plor.

—Totes dues es deien Clara.

El Leo, amb els ulls amarats, va fer que sí.

—Es deien igual i tenien la mateixa edat. La seva filla va morir de leucèmia als vint-i-un anys. —La Martina va alçar el certificat mèdic de defunció—. I quan, temps després, la Clara Guevara va aterrar a la seva vida, va acollir-la com a la filla que va perdre. Però quan es va suïcidar, la culpa es va acarnissar amb vostè. No va poder salvar la seva primera filla i tampoc va poder salvar aquesta segona filla sobrevinguda. Sent que li va fallar. Que potser no va ajudar-la prou. La culpa va derivar en ràbia i la ràbia en venjança. Vostè va penjar el Toni Guasch al Palau de la Música, va enviar els missatges de la veu robòtica i les amenaces a les famílies. Tenia la motivació i els mitjans per fer-ho.

Ho sabien tot fil per randa. No tenia sentit seguir driblant l'evidència.

—A poc a poc, em vaig anar introduint al cercle més proper al Víctor, guanyant-me la seva confiança. Va costar-me molt, no es pensi. Molt de temps picant pedra, empassant-me marrons... Anant a dormir amb ganes de vomitar. Quan em va començar a convidar a les seves festes posteriors als concerts, em vaig convèncer que podia executar el pla. Ja era un d'ells.

—Ho era, un d'ells?

El plor del Leo es va aturar en sec i va canviar la cara com si un comandament a distància hagués pausat les seves emocions. Va empassar-se la saliva per, tot seguit, dirigir una mirada granítica a la sergent. Aquella insinuació era una línia vermella que no estava disposat a tolerar.

—Escolti'm bé: mai he posat la mà a sobre de cap noia. Mai. Si vaig acostar-me a aquesta colla de... fills de puta va ser per poder dur a terme el meu pla. Punt. Queda clar?

—Senyor Duart...

—Queda clar? —va insistir.

—El crec, senyor Duart. El crec. No l'acusaré d'això, tranquil. Però ha d'entendre que ha comès un delicte i l'he de posar a disposició del jutge. Li caldrà assistència legal. Si no té un advocat, n'hi proporcionarem un d'ofici.

—Delicte... Quin delicte?

—Delicte d'amenaces. Sota coacció, va demanar una cosa a canvi; una confessió pública. Si no obtenia aquesta condició, vostè amenaçava d'infligir mal a una altra persona. Això és un delicte tipificat i regulat al codi penal.

—Amenaces... Jo l'únic que vaig fer va ser remenar la merda per provocar una reacció en cadena, però volia fer-ho ferintlos allà on els feia més mal: en l'orgull. En la imatge. Traient-los la careta. Per això, l'exigència de la denúncia pública. Volia destruir aquesta falsa aura que els envolta. Si simplement denunciava, seria la paraula de l'un contra la dels altres. Sap quantes vegades he sentit dir a dirigents d'aquest país que el Víctor era un exemple per als joves? Que era una gran persona? Que la seva aportació a la societat era d'un valor incalculable?

—I calia muntar aquell sidral al Palau de la Música?

—Necessitava una bona posada en escena perquè creguessin que l'amenaça era real, que anava de debò, que no estava farolejant. Per això el xou del Palau de la Música. Generar-los nervis que provoquessin una reacció en cadena. Això és el que buscava, sergent.

—I ho ha aconseguit... Però hi ha hagut morts.

—Jo no he matat ningú. No soc cap assassí. Ells solets ho han fet. I ara vostè m'acusarà, sergent? De què? D'amenaçar uns violadors? De defensar una noia que quatre bèsties van rebentar, que no va poder suportar-ho i que es va suïcidar? Penjada fins a... podrir-se. D'això, m'acusarà?

—No tinc altre remei, senyor Duart.

—I què volia que fes?

—Denunciar-ho i que la justícia actués.

—Sí, és clar... La justícia. La mateixa que permet a la fiscalia pactar amb uns policies que van violar una noia de divuit anys per deslliurar-se de la presó a canvi de fer un curs d'educació sexual. És aquesta la justícia de què em parla? O la mateixa que permet a un jutge dir que és abús i no violació; menys de dos anys de condemna i ni entren a la presó? A això es refereix? Si us plau, sergent...

—L'entenc, però...

—Però què, sergent? Però què?

—Doncs que si no confiem en la justícia, això serà el *far west*.

—Jo confio en la meva justícia. Què li haurien fet al Víctor per ser qui era? Un curs d'educació sexual i llestos? Va, home, va... No cal que li digui fins on arribaven els seus tentacles. Coneixia personalment la cancellera alemanya, el primer ministre italià i el rei d'Anglaterra. Evidentment, aquí parlava amb el rei i amb el president del govern quan li donava la gana. Només havia de despenjar el telèfon. Algú tan poderós, es pensa que hauria sigut condemnat per la via penal? De veritat, sergent? No la creia tan ingènua. Ni vostè ni ningú a qui estimi de veritat ha patit el que va patir la Clara. Perquè si sabés què és aquest patiment, m'entendria perfectament.

*Touché*. Les paraules del Leo van retronar amb tal força a l'interior de la Martina que van deixar-la compungida. Dins seu, va projectar les imatges que tantes vegades havia imaginat i que tantes vegades l'havien turmentat: les de la Irene violada en una nau industrial abandonada del Poblenou. I tot seguit, a terra, nua, impotent, sense poder moure's, aterrida. Congelada per la por. Totalment trencada. Igual que la Clara, la Irene va dutxar-se i es va fregar el cos amb tota la força, com si allò hagués d'esborrar el que li havien fet. Després d'aquella nit al Poblenou, vindrien la denúncia, la declaració, la revictimització, les mirades de desconfiança, el no poder suportar que un home, fos qui fos, s'acostés a menys de tres pams. L'aixecar-se a mitjanit, suada, amb malsons, al costat de la Martina. Totes dues assegudes al llit, de matinada. L'una plorant i l'altra consolant-la. L'una maleint la paràlisi que va sentir, l'altra traient-li del cap que fos culpable de res.

La Irene havia hagut de viure amb la impotència i la vergonya del que li va passar mentre els seus violadors campaven al seu aire perquè no els havia atrapat. I això, la Martina ho portava molt malament. Com n'és de fotuda, la culpabilitat. Poques emocions esdevenen tan espinoses i perilloses alhora. No deixa pensar amb claredat; sovint, les causes d'aquest sentiment estan relacionades amb una lluita entre els valors establerts. Uns valors que, en el cas de la Martina, anaven directament lligats al fet d'haver fallat a la Irene: una bona poli hauria engarjolat els seus violadors. Aquella taca a l'expedient era un llast molt pesant que no la deixava avançar. Ara, però, tenia davant dels nassos l'oportunitat d'afrontar aquest sentiment i, d'alguna manera, redimir-se.

La Martina va mirar fixament i llargament el Leo. Va fregar-se repetidament el cap rapat. Després, es va mirar el tatuatge del canell, bessó del de la Irene. Va besar-lo, va tancar els ulls amb força i va respirar fondo.

Va entregar al Leo la foto de la seva filla, de la Clara Duart. Després, lentament, va agafar la documentació que havia mostrat al detingut i, mirant-lo de fit a fit, va estripar-la fins a deixar-la feta bocins. Tot seguit, va tombar l'ordinador cap al Leo i, davant seu, va esborrar el missatge de la Clara Guevara.

—Li comunicaré al jutge que la seva detenció queda sense efecte. Ja se'n pot anar.

El Leo, descol·locat, va quedar-se mut.

—Sense proves, no tinc amb què acusar-lo. Tot haurà estat un terrible malentès. Això és el que dirà el meu informe. Disculpi l'estada al calabós.

—Però... com justificarà el que va passar al Palau de la Música?

—Una revenja entre clans de narcotraficants.

—Què diu?

—Estigui atent a les notícies i ho entendrà. Aquests tres dies han passat moltes coses fora d'aquí. Sense saber-ho, vostè ens va obrir el camí de tot. Ja se'n pot anar. És un home lliure, senyor Duart.

Allò que estava fent posava de cap per avall conviccions que la Martina tenia molt arrelades en el seu interior. Gravades a foc. Quina mena de poli era si deixava lliure algú que mereix pena de presó? Una bona poli no les feia, aquestes coses. Però què se suposava que havia de fer algú que necessitava reconciliar-se amb la seva consciència?

Una persona pot suportar les desgràcies que són accidentals
i arriben de fora. Però patir per culpes pròpies
és el malson de la vida.

Oscar Wilde

# Agraïments

A tu, per haver dedicat unes hores del teu temps a llegir aquesta història. Si has passat una bona estona, m'has fet la persona més feliç del món. Si et ve de gust, estaré encantat de comentar el llibre amb tu; em trobaràs a @oriolcanals (X, Instragram i Facebook).

A l'estimada Núria Puyuelo, per confiar en aquesta història, per guiar-me, per ser perepunyetes amb els noms ;-), per les crítiques constructives i per portar sempre un somriure dibuixat a la cara que ho fa tot molt fàcil. Ets collonuda. Moltes gràcies també a tot l'equip (l'equipàs) de Rosa dels Vents i Penguin Random House per la seva feina. Del primer a l'últim.

A l'Àrea de Relacions Externes i Protocol, a l'Àrea Regional d'Instrucció d'Atestats i Custòdia de Detinguts i a la Unitat Territorial de Policia Científica de Barcelona del cos de Mossos d'Esquadra, per la seva immensa amabilitat i per compartir els seus coneixements, experiència i temps. Cada detall ha estat or per a la construcció de la trama.

Als autèntics Daniel Mañaricúa i Maribel Palau Verdejo (sí, són reals), per la gran estima que sempre em donen. Gràcies per la seva generositat i paciència en explicar tots els racons del Palau de la Música Catalana sense saber absolutament res de la trama.

Moltes gràcies també a l'estimada Isabel Illana i a tots i cada un dels treballadors del Palau per la seva increïble, rigorosa i honesta feina en vetllar per aquesta joia de casa nostra. Per sort, *No dormiràs* és una ficció. Llarga vida el Palau de la Música Catalana (sencer).

A la Martina Ribalta, per posar el seu coneixement musical a disposició de la història i per trencar-se el cap perquè tot tingués sentit. Qualsevol error que pugui haver-hi és responsabilitat meva.

Al Sergi Rebollo, per ajudar-me a trobar les claus per deslligar la trama quan estava encallada.

*An die so hilfreichen Freunde, Marc Borneis und Franzi Boerner, für ihre unschätzbare Hilfe beim deutschen Teil der Handlung. Vielen Dank, dass ihr mir geholfen habt, Hauptkommissar Jan Petersen und Kommissarin Hanna Schmidt zu erschaffen.* (Als estimats amics Marc Borneis i Franzi Boerner, per la seva inestimable ajuda amb la part alemanya de la trama. Gràcies per ajudar-me a crear l'inspector en cap Jan Petersen i la inspectora Hanna Schmidt).

A tots els que m'han ajudat i que, per alguna raó, no poden sortir en aquests agraïments. Gràcies de tot cor.

Als amics i les amigues que m'envolten. Gràcies per ser-hi sempre.

Al Max, la Patri, el Roger, la Susanna, la Maria, l'Anna, el Guillem, el Martí, la Montse, el Cristóbal, el Roger, el Sergio, l'Amparo, l'Enric, l'Elena, la Sara, el Ramón i la Lina pel vostre suport en aquesta aventura increïble que per a mi és escriure.

I a tu, papa. Amb el Max busquem sovint la teva estrella al cel. Ens acompanya cada dia.